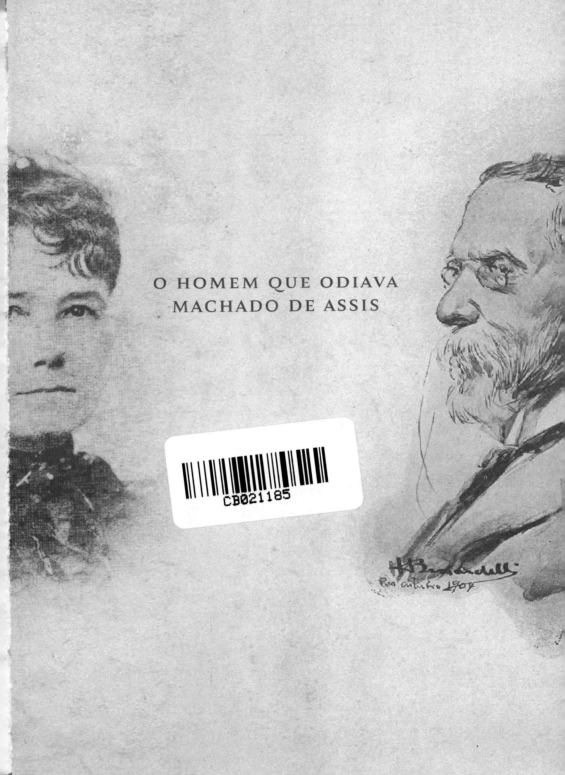

O HOMEM QUE ODIAVA
MACHADO DE ASSIS

JOSÉ ALMEIDA JÚNIOR

O HOMEM QUE ODIAVA MACHADO DE ASSIS

COPYRIGHT © 2019. O HOMEM QUE ODIAVA MACHADO DE ASSIS, DE JOSÉ ALMEIDA JÚNIOR. PUBLICADO EM PARCERIA COM VB&M _ VILLAS-BOAS & MOSS AGÊNCIA LITERÁRIA.
COPYRIGHT © FARO EDITORIAL, 2019

Todos os direitos reservados.
Nenhuma parte deste livro pode ser reproduzida sob quaisquer meios existentes sem autorização por escrito do editor.

Diretor editorial PEDRO ALMEIDA
Preparação TUCA FARIA
Revisão CARLA SACRATO
Capa e Diagramação OSMANE GARCIA FILHO
Imagens de capa MONTAGEM COM IMAGENS DE STILL AB | SHUTTERSTOCK, MSSA | DEPOSITPHOTOS E MACHADO DE ASSIS SOBRE ILUSTRAÇÃO DE FERNANDO MENA
Imagens de quarta-capa DIOGEN E NISAKORN NEERA | SHUTTERSTOCK
Imagens de miolo [P. 1] ARTE SOBRE REPRODUÇÃO DE FOTO E GRAVURA DA BIBLIOTECA NACIONAL, RETRATO DE CAROLINA XAVIER DE NOVAIS E GRAVURA DE HENRIQUE BERNARDELLI. [PP. 2-3] PLATSLEE | SHUTTERSTOCK
DEMAIS IMAGENS, REPRODUÇÕES DO ACERVO DA BIBLIOTECA NACIONAL.

Dados Internacionais de Catalogação na Publicação (CIP)
Angélica Ilacqua CRB-8/7057

Almeida Júnior, José
    O homem que odiava Machado de Assis / José Almeida Júnior. — São Paulo : Faro Editorial, 2019.
    240 p.

    ISBN 978-85-9581-075-4

    1. Ficção brasileira 2. Assis, Machado de I. Título

19-0483   CDD B869
Índice para catálogo sistemático:
1. Ficção brasileira B869

1ª edição brasileira: 2019
Direitos de edição em língua portuguesa, para o Brasil, adquiridos por FARO EDITORIAL

Avenida Andrômeda, 885 – Sala 310
Alphaville – Barueri – SP – Brasil
CEP: 06473-000 – Tel.: +55 11 4208-0868
www.faroeditorial.com.br

O HOMEM QUE ODIAVA MACHADO DE ASSIS

CAPÍTULO 1

OS FREGUESES DA TAVERNA DO FERREIRA NÃO PUXAVAM assunto comigo, sabiam que eu não costumava jogar prosa fora. Sempre que me perguntavam algo, ficavam sem resposta. Quando o homem chega a uma idade como a minha, não tolera perguntas vazias, assuntos banais, conversas sobre o clima e o que se passa nos bastidores da sociedade fluminense. Um dos poucos com quem dialogava era o próprio dono do boteco, que se recusava a me servir antes de perguntar os mexericos da cidade.

A taverna tinha poucos frequentadores, mas os escassos clientes compareciam com regularidade. A maioria trabalhava no edifício do Silogeu, que ficava alguns metros adiante. O prédio abrigava a Academia de Medicina, o Instituto dos Advogados do Brasil, o Instituto Histórico e Geográfico Brasileiro e a Academia Brasileira de Letras.

Aproximei-me do balcão mancando. Os joelhos rangiam, o tronco envergado pesava sobre os quadris e o tendão de Aquiles tentava se aliviar no sustento da bengala. O efeito das duas doses de conhaque que tomara em casa começava a passar. Sentei-me num banco sem encosto para as costas. As cadeiras e as mesas estavam ocupadas. Nunca tinha visto a taverna tão movimentada. A todo momento, sujeitos vestidos de preto chegavam para beber. Depois do terceiro trago, alguns soluçavam junto ao balcão. Pareciam consternados. No Silogeu, ocorria o velório de Machado de Assis.

Eu havia saído com a intenção de contar a todos que Joaquim Maria Machado de Assis não passava de um leviano. Pouco me importava se o velório não propiciava revelações ultrajantes sobre o defunto.

Poderiam me execrar por isso, mas o segredo que carregava comigo tinha que ser escancarado. A partir daquele dia, a imagem de intelectual cordato que todos tinham do escritor iria mudar.

Ferreira, sempre sedento para saber os mexericos do momento, sorriu do outro lado da bancada levantando o bigode grisalho em direção às orelhas.

— Uma dose de conhaque — pedi, batendo a bengala no balcão.

Ele serviu a bebida, que virei de uma golada só. Cuspi no chão e pigarreei. Senti de imediato um alívio nas costas. Estendi a mão com o copo vazio para que o enchesse novamente.

— Como vão as novidades? — perguntou, sorrindo com a garrafa suspensa no ar, como se aguardasse alguma notícia como condição para me servir.

Seria a oportunidade de falar ao homem mais fuxiqueiro da cidade a verdade sobre o Machado de Assis que poucos conheciam. Depois da revelação, ele se encarregaria de espalhá-la. A reputação do escritor construída à base de fraude e de bajulações se esfacelaria.

Como tardei a falar, serviu-me a segunda dose e prosseguiu:

— O cortejo vai sair daqui a pouco. Dizem que Machado de Assis foi um grande escritor. Vinha sempre a minha mercearia após as reuniões da Academia Brasileira de Letras. Todos aqui gostavam dele. Era um homem simples, querido e honrado. — Embargou a voz, fingindo-se emocionado.

Tudo que eu havia ensaiado dizer sobre Machado se apagou diante da manifestação de Ferreira. O dono da taverna decerto nunca lera nada do escritor, tampouco o conhecera o suficiente para prestar aquelas homenagens. Apenas reproduzia o que escutava de fregueses.

— Teve sorte de se casar com uma mulher direita como Carolina. Teria sido um ótimo pai se a esposa lhe tivesse dado a graça de um filho. — Ele me puxou e me sussurrou ao pé do ouvido: — Dizem que Machado de Assis era estéril.

Ferreira me serviu mais uma dose.

— Cheguei agora há pouco do velório — continuou. — Doutor Rui Barbosa fez um discurso longo que emocionou todo mundo.

— O que ele falou de interessante? — perguntei.

— O senhor sabe que não tenho muito estudo para entender aquelas palavras difíceis, mas, pelo que consegui captar, vi que o Doutor Rui Barbosa é um grande orador.

— Ainda bem que eu não estava lá. — Assoei o nariz com o lenço de seda branco.

— Não vai passar no velório para prestar a última homenagem?

Balancei a cabeça indicando que não.

— Vai fazer essa desfeita com o defunto? Soube que eram amigos de infância. As pessoas podem maldar essa falta de consideração.

Saí da frente de Ferreira para evitar o prolongamento da conversa e fui me sentar à mesa do lado de fora que acabara de ficar vaga.

Da calçada dava para ver o movimento de pessoas vestidas de luto chegando à Academia Brasileira de Letras. Em frente ao prédio, avistei alguns membros da instituição. Mário de Alencar estava aos prantos. José Veríssimo tentava acalmá-lo, mas ele parecia inconsolado. Como se não tivesse forças para ficar em pé, sentou-se na escadaria, pôs as mãos no rosto e soluçou. Euclides da Cunha e Graça Aranha se achegaram para confortá-lo.

Não passavam de paspalhões. Não teriam espaço em qualquer clube de escritores da Europa. Mário de Alencar representava bem a academia. Nunca escrevera algo relevante para ser eleito, só havia entrado lá por ser amigo de Machado de Assis e filho de José de Alencar. Uma instituição de apadrinhados.

Eu me levantava para pegar mais uma dose quando Sílvio Romero chegou. Após me cumprimentar, sentou-se comigo à mesa.

Sem que pedíssemos, Ferreira trouxe dois copos de conhaque e ficou ao nosso lado, como se quisesse escutar a conversa. Mantivemos silêncio por uns dois minutos até o mexeriqueiro desistir e voltar a seus afazeres.

— Chegou mais cedo para acompanhar o enterro? — perguntou Romero.

— Vim só para denunciar Machado de Assis. Você foi vítima dele tanto quanto eu. Isso não pode ficar assim.

— É melhor ter calma. Se for falar alguma coisa que deponha contra a reputação do defunto nesse momento de comoção, é capaz de ser preso, internado num manicômio ou até mesmo levar uma sova. — Romero tomou um gole do conhaque e fez careta. — Além do mais, ninguém vai acreditar em você, vão dizer que está bêbado.

— Não posso ficar calado, enquanto canonizam aquele patife. O povo precisa conhecer o caráter dele.

— Concordo. Se dependesse de mim, aquele mulato não teria lugar na história da literatura brasileira. Mas temos que agir de forma inteligente. Já pensou em escrever suas memórias contando tudo que Machado de Assis fez?

— Não sei se conseguiria. Estou velho e com a vista embaçada. — Confuso, enxuguei o rosto com o mesmo lenço de seda com que assoara o nariz.

— Posso ajudá-lo no que for preciso. A única pessoa que poderia se sentir ofendida com sua história está sendo velada no prédio a poucos metros daqui — disse com a mão em meu ombro, como se quisesse me acalmar.

— Talvez você tenha razão.

— O cortejo já está saindo. Não serei hipócrita em prestar uma homenagem no enterro daquele canalha. Tenho que ir embora antes que me vejam bebendo pelo falecido. Pense no que falei sobre sua biografia.

Sílvio Romero saiu e me deixou sozinho na mesa assistindo àquele espetáculo.

Machado de Assis recebeu homenagens dos principais jornais cariocas, da Câmara dos Deputados e do Instituto Histórico e Geográfico Brasileiro. Até o presidente Afonso Pena telegrafou à Academia Brasileira de Letras apresentando os seus pêsames. Como se não bastassem as honras, o governo custeou todo o funeral.

O caixão com frisos dourados saiu do Silogeu, carregado por Rui Barbosa, Graça Aranha e Olavo Bilac à esquerda e Coelho Neto, Raimundo Correia e Euclides da Cunha à direita. Desceram as escadas e puseram o ataúde num carro fúnebre, conduzido por cavalos pretos de raça e cocheiros elegantemente fardados.

A comitiva seguiu pela rua do Catete, acompanhada por uma banda com tambores, trompetes e flautas. Parecia um evento de aristocrata. Por algum momento, esqueci que se tratava do enterro de um pobre mulato.

Paguei a conta e decidi ir ao Cemitério São João Batista.

Esperei na esquina um bonde por alguns minutos. Não havia transporte disponível no Rio de Janeiro. Aqui sempre se arruma um pretexto para não se trabalhar. Parecia que a cidade inteira seguia o cortejo — em nítido contraste com os onze amigos que acompanharam Brás Cubas ao cemitério. Como não chegou nenhum carro, resolvi acompanhar o evento a pé.

Em frente ao Palácio do Catete, a banda parou de tocar e a comitiva fez uma pausa. Todos silenciaram por um minuto. Em seguida, Rui Barbosa ergueu a mão direita, fechou os olhos e falou alto, como se fosse iniciar um novo discurso:

— Modelo foi de pureza e correção, temperança e doçura. No sentimento da língua pátria, prosava como Luís de Sousa e cantava como Luís de Camões...

Rui Barbosa prosseguiu, mas não tive paciência de escutar. Para não tapar meus ouvidos na frente de todos, afastei-me. Graça Aranha e Olavo Bilac começaram a empurrar o carro fúnebre e outros os acompanharam, como se quisessem abreviar o enterro e evitar mais um maçante discurso.

Quando Rui Barbosa abriu os olhos, não havia mais plateia para escutá-lo. O caixão já se encaminhava rumo ao Largo do Machado. Com expressão desconcertada, precisou apressar o passo para não perder o cortejo.

Mais uma vez, a banda parou de tocar e o séquito fez uma pausa perante a estátua de José de Alencar. Para alívio de todos, ninguém resolveu discursar de novo. Diante da imagem do pai, Mário de Alencar voltou a derramar lágrimas e abraçou Euclides da Cunha. Ele fizera o mesmo com quase todos.

Apesar de não me conhecer, Mário de Alencar me encarou e veio em minha direção de braços abertos. Antes que me alcançasse, entrei depressa numa barbearia, onde me escondi no banheiro por alguns minutos.

Da porta do estabelecimento, vi que Graça Aranha foi mais uma vítima da manifestação de Mário de Alencar. Para evitar outros contratempos, resolvi cortar o cabelo e aparar a barba enquanto o enterro prosseguia.

Com o pelo cortado, certifiquei-me de que não havia mais ninguém por perto. A essa altura, o defunto já devia ter chegado ao destino. Por sorte, consegui um tílburi para me levar até lá. Não sei se aguentaria andar tanto apenas com a ajuda de uma bengala.

O sol se escondia, quando o cocheiro me deixou na porta do cemitério. O público que acompanhava o cortejo fúnebre tinha deixado o local. Após longa caminhada com as articulações rangendo como uma porta enferrujada, consegui chegar ao túmulo número 1.359.

As velas ainda acesas iluminavam as fotos de Machado de Assis e Carolina. Ele acabara de chegar para dividir o jazigo com a esposa, importunando o sossego dela, que durava quatro anos. O casal perfeito se unia eternamente pela morte como numa obra shakespeariana, mas a relação entre os falecidos parecia mais um romance de Flaubert.

Depositei no mausoléu uma flor e fiz uma oração. O gesto não foi em memória de Machado de Assis, mas de Carolina, por quem eu nutria profundo amor e respeito. O escritor ateu não merecia que eu gastasse com ele o pouco de fé que eu possuía. Ele que se virasse para explicar ao Altíssimo todas as maldades que causara a mim e a sua esposa. Dificilmente escaparia no Juízo Final, pois, além de tudo, tinha recusado a extrema-unção do padre nos momentos anteriores a sua morte.

Depois de conversar com Carolina, pensei nas palavras de Sílvio Romero sobre escrever minhas memórias. Teria que tomar a decisão de imediato. Caso não começasse logo a escrevê-las, as mãos trêmulas e a visão gasta pela idade não permitiriam que as concluísse.

Tinha receio de que minhas revelações pudessem macular a história de Carolina. Seria uma narrativa de amor que Eça de Queiroz adoraria publicar. A morte de Machado de Assis, porém, apagou qualquer resistência à publicação de minha biografia. Além do mais, as homenagens hipócritas que acabara de presenciar me levavam a querer mostrar a verdade.

Sílvio Romero tinha razão, não havia mais tempo a perder.

CAPÍTULO 2

EU ACABARA DE COMPLETAR SEIS ANOS DE IDADE QUANDO minha mãe faleceu de tuberculose. Depois de sua morte, fiquei aos cuidados de uma preta chamada Francisca. Como ela não dispunha de tempo para mim, pois passava o dia resolvendo os problemas das fazendas de café, meu pai receava que minha educação fosse prejudicada pelos modos rudes da mucama. Assim, ele resolveu me tirar de São Paulo para morar com minha tia materna, Dona Maria José, numa chácara no Morro do Livramento.

A viagem de São Paulo à chácara de Dona Maria José demorou dias. Além do desconforto de viajar num coche balançando no ritmo do trote dos cavalos, meu pai passou o trajeto sem trocar uma palavra comigo. Eu não sabia o que lhe havia feito para que me ignorasse daquela forma.

Quando chegamos ao Morro do Livramento, meu pai parecia tão desesperado para esticar as pernas que desceu do carro antes mesmo que o lacaio viesse abrir a portinhola. Nem se deu conta de que eu ficara. Abri a cortina de couro do coche e o vi conversando na varanda com uma senhora rechonchuda que não parava de sorrir e um padre com uma batina branca encardida como um pano de chão.

Por um instante, achei que ele me esquecera e que eu poderia ficar por ali sem ser notado. Quando meu pai percebeu que eu não ia sair espontaneamente, foi me buscar.

— Sua tia e o padre estão nos esperando. Desça do coche.

Fiquei paralisado e cravei os dedos no banco para não sair. Meu pai entrou e me puxou pelo braço direito, mas eu estava grudado. Tentou por mais duas vezes e não conseguiu me descolar do carro.

— Se não descer agora, vou mandar um negro tirar você à força e lhe dar uma sova.

Aquilo não passava de uma ameaça, eu sabia que ele não teria coragem de chamar um preto para me bater. Nunca permitira que um escravo me aplicasse um corretivo, nem mesmo Francisca. Continuei na mesma posição, e ele voltou ao casarão.

Fiquei por cerca de quinze minutos dentro do coche sem ser importunado. Minha camisa começava a empapar de suor. O calor do Rio de Janeiro se avultava no interior do carro fechado. Quando pus a cabeça fora do carro para pegar um pouco de vento, duas mãos grandes, de pele grossa como uma lixa, pegaram nos meus braços e me puxaram pela janela. Um homem mulato de ombros largos me colocou em suas costas e me levou em direção à casa. Ele exalava um cheiro acre de cavalo molhado que ficou entranhado em meu corpo. Deixou-me ao lado de meu pai e foi embora. Depois fiquei sabendo que seu nome era Raimundo, o cocheiro da chácara.

— Dona Maria José, este é seu sobrinho Pedro Junqueira — disse meu pai.

Minha tia se aproximou e me deu um abraço apertado, estreitando minha cabeça em meio àqueles seios corpulentos que me acolheram como um travesseiro de plumas de ganso. Sua pele branca e macia tinha um aroma doce de leite de rosas. O sentimento materno de seu gesto diminuiu minha aflição.

— Pedrinho, você se parece muito com sua finada mãe. Ela foi criada por mim aqui no Livramento.

O padre Narciso se intrometeu na conversa:

— Doutor Francisco Junqueira, seu filho estará em excelentes mãos aqui. Cuidarei pessoalmente de sua educação como faço com as outras crianças na capela. Tenho dois alunos do tamanho de Pedrinho: Joana e Joaquim.

— São da família?

— Joana é filha da cozinheira e de pai desconhecido, e Joaquim é filho do pintor com uma agregada da Dona Maria José.

— Com todo o respeito, padre, meu filho não pode ser educado junto com escravos e agregados. Eu retirei o menino da fazenda para não ser criado por uma mucama. Trouxe Pedro para a corte para fazê-lo doutor, deputado, quem sabe até chegue a ser conselheiro do Imperador.

— Então, deveria interná-lo no Colégio Pedro II para estudar com filhos de barões e viscondes — aconselhou o padre, passando a mão na careca suada.

— É o que farei. Quando retornar a São Paulo, usarei minha influência para conseguir uma vaga.

— Pedrinho é só uma criança, não é o momento de decidir o futuro dele. Vamos tomar um café — propôs Dona Maria José, como quem quisesse desfazer o inconveniente gerado por meu pai.

Dona Maria José levou meu pai e o padre para a sala de jantar, enquanto permaneci na varanda. Do morro se podia ver o mar, que ora parecia azul, ora esverdeado. Embora nunca tivesse ido ao Rio de Janeiro antes, era como se eu já conhecesse o lugar. Minha mãe me contava histórias do Livramento, e parecia que pouca coisa tinha mudado desde que ela fora para São Paulo para se casar com meu pai.

O portão por onde saíam e entravam os trabalhadores da chácara estava aberto e sem movimentação de pessoas e animais. Aproveitei que os adultos conversavam dentro do casarão para fugir. Atravessei o portão e desci a ladeira em direção ao mar. No caminho, avistei de longe um moleque e uma menina correndo no meio do mato. Aproximei-me para ver se poderiam me auxiliar a sair daquele lugar. Não queria ser criado por pessoas que nem sequer conhecia.

O mulato tinha um nariz um pouco achatado e as pernas finas como gravetos. A menina também tinha uma pele morena e cabelos lisos levemente ondulados, que batiam na cintura.

— O que estão fazendo? — perguntei.

— Caçando lagartixas — respondeu a menina.

— Você é novo aqui no Livramento? — indagou o mulato, gaguejando.

Assenti com a cabeça.

— Vim contra minha vontade, quero voltar para minha casa, mas não sei como sair deste morro. Não quero morar com estranhos.

— Sou Joaquim, e ela, Joana. Você deve ser o menino que o padre Narciso disse que ia estudar com a gente. Sei de uma pessoa que pode ajudar. Espere aqui. — Joaquim saiu correndo e me deixou sozinho com a menina.

Joana não parava de me fitar. Tentei desviar de seu olhar, mas ela me sugava com os olhos. Eu não sabia como lidar com meninas. Meu único amigo na fazenda era um negrinho, neto de Francisca. Para passar o tempo, comecei a pegar pedras no chão e jogá-las em direção ao mato.

— Joaquim não vai ajudar — afirmou Joana.

— Por quê?

Antes que ela respondesse, senti em meus ombros as mesmas mãos grossas que me haviam retirado à força do coche.

— Oh menino medonho, vou levar você de volta pro casarão agora — disse Raimundo ao me carregar de novo em suas costas.

O cocheiro me levou para dentro do casarão e ficou me olhando para se certificar de que eu não fugiria novamente. A casa tinha pintura branca de cal desgastada. O reboco das paredes se esfarelavam no ponto em que se unia ao chão de cimento. Meus olhos coçaram e eu comecei a espirrar, o mofo estava por toda parte. Havia poucos adornos, apenas um quadro de uma menina tomando banho num riacho e alguns móveis de jacarandá antigos que se apequenavam diante dos espaços vazios.

Meu pai, Dona Maria José e o padre ainda estavam na sala de jantar. Conversavam em voz alta, e parecia que nem haviam notado minha ausência.

— Tenho que ir resolver umas coisas no centro antes de voltar para São Paulo — disse meu pai ao se levantar da mesa.

Corri para perto dele e agarrei em suas pernas.

— Papai, quero ir com o senhor. Não vou ficar.

— Não me envergonhe na frente de sua tia e do padre Narciso — disse meu pai, sacudindo as pernas para eu soltar.

Ele se despediu sem muita cerimônia do padre e de Dona Maria José. Não me deu um abraço, não deu uma palavra de conforto, nem sequer me disse adeus. Fui à varanda para vê-lo partir. Tinha a esperança de que ele se arrependeria e voltaria para me buscar, mas não retornou. A imagem do coche e dos cavalos foi sumindo à medida que desciam o Morro do Livramento.

Eu havia sido forte até aquele momento, mas não consegui mais me segurar e desabei de joelhos aos prantos no canto da varanda. Joaquim se aproximou, me viu com o rosto inchado e sorriu com suas pequenas feridas nos cantos da boca. Depois saiu correndo.

Dona Maria José reservou um quarto espaçoso para me alojar. Além do odor de mofo, era possível sentir o perfume doce de minha tia, como se ela tivesse cuidado de cada detalhe de minha estada. Assim como no resto da casa, havia poucos móveis e nenhum adorno, apenas uma cama envolvida com um lençol de linho branco e um armário, que de tão velho não tive coragem de abrir na primeira noite.

Após um dia difícil, adormeci rápido. Por mim, cochilaria o dia inteiro, mas a casa-grande acordava cedo. A voz de Dona Maria José comandando o movimento de negros e agregados entrando e saindo não deixava ninguém descansar até mais tarde. Levantei-me com o barulho, mas preferi ficar no quarto fingindo que dormia. Não queria falar com ninguém.

— Está na hora de acordar — gritou Dona Maria José à porta do meu quarto.

Não falei nada, apenas aguardei que minha tia desistisse e me deixasse sozinho.

Quando meu estômago grunhiu, deixei o quarto para fazer o desjejum. Na sala de jantar, estavam sentados à mesa Dona Maria José, na cabeceira, Joaquim à direita e Joana à esquerda. Imaginei que os agregados sairiam da mesa quando eu chegasse, mas eles permaneceram. Na fazenda de meu pai, jamais teriam essa liberdade.

— Esses serão seus amigos aqui no Livramento. Eles são praticamente da família, dão vida e alegria a esta casa. Tenho certeza de que você vai se divertir muito com eles — disse Dona Maria José, ruminando o pedaço de bolo de batata.

Meu pai não admitia que nenhum escravo ou agregado sequer dirigisse a palavra a ele sem autorização. Como a matriarca de uma família rica e influente na capital permitia dividir a mesa com dois mulatos?

— Conheci Pedrinho ontem quando caçava lagartixa no mato — disse Joana.

— Ele estava tentando fugir. Falou que não queria morar com estranhos — alcaguetou Joaquim.

Joana tagarelou durante toda a refeição. Dona Maria José e Joaquim pareciam se divertir com a menina. Ainda me sentindo estranho naquele ambiente, apenas comi em silêncio. Após encher a barriga, saí da mesa sem pedir licença e fui à varanda.

O mar parecia mais verde do que no dia anterior. Da varanda dava para sentir a brisa da maresia batendo em meu rosto. Era uma sensação que nunca experimentara em São Paulo. Joana se aproximou, pegou em minha mão e me conduziu até o outro lado do casarão. Joaquim também nos acompanhou.

Os fundos do palacete não se assemelhavam à edificação imponente que se via na fachada. Havia escravos trazendo mantimentos para a casa, mucamas lavando roupas, gado e porcos soltos, muita sujeira, como se fosse uma feira de domingo em São Paulo.

— Quer brincar de esconde-esconde? — perguntou ela.

— Você procura, e eu e Pedrinho nos escondemos — propôs o mulato.

— Vou começar a contar, podem ir. — Joana fechou os olhos e começou a contar até dez.

Corri, e Joaquim foi atrás de mim. Entre os negros, a minha alvura se destacava, o que facilitava ser identificado por Joana. Eu precisava encontrar um lugar para me esconder antes que fosse pego. Passei ao lado de um carro de boi com um tonel em cima parado sob um pé de manga.

— Entre no tonel. Joana não vai encontrar você nunca aí dentro — disse Joaquim.

O tonel batia na altura de meu ombro. Ele me ajudou a subir no carro de boi e foi se esconder em outro lugar. Olhei para dentro, estava vazio, não havia sinais de umidade, mas exalava um odor de esgoto que me deixou com náuseas. Joana se aproximava. Se eu não entrasse no tonel, ela me encontraria. Pulei ali dentro e fiquei de cócoras, de nariz tapado para aguentar o cheiro forte. Joana não me acharia, e Joaquim seria encontrado primeiro. O mulato perderia o jogo.

Escutei um barulho vindo de fora do tonel, como se alguém se aproximasse. Duas pessoas conversavam nas proximidades, as vozes pareciam de adultos. Quando me levantei para ver, despejaram uma grande mistura de fezes, urina e resto de comidas em cima de mim. Caí sentado e quase me afoguei na imundície.

Pulei para fora do tonel e deparei com dois negros que andavam em direção à casa. Suas costas tinham marcas brancas que contrastavam com a pele escura e iam se espalhando pelo corpo como se fossem raízes de uma samambaia. Eles escutaram meus grunhidos. Olharam para trás, viram o meu estado e riram.

Comecei a vomitar, parecia que minhas entranhas sairiam pela boca. Só parei quando meu estômago esvaziou. Deitei no chão de terra batida prestes a desmaiar. Uma escrava jogou em mim uma bacia de água que usava para lavar roupas. Tirou minha camisa e foi buscar mais água para me lavar. Antes que ela voltasse com outro balde, vi Joaquim e Joana às gargalhadas.

Mesmo molhado e sujo, corri atrás do mulato. Daria uma surra nele como nunca devia ter levado. Quando percebeu, Joaquim disparou em direção à capela que ficava ao lado da casa. Eu não podia perdê-lo de vista. Entrei na igreja, mas deparei com padre Narciso tomando um cálice de vinho.

— O que aconteceu com você? — perguntou o padre, colocando as mãos para trás para esconder a bebida.

— Cadê aquele moleque desgraçado?

— Olhe como fala na casa de Deus, menino. Joaquim entrou na capela e saiu pela porta lateral como se fosse para a casa-grande. Vai ter que rezar dez...

Antes que ele acabasse a frase, saí à procura do mulato e deixei o padre falando sozinho.

Quando entrei na casa, Joaquim conversava e sorria ao lado de Dona Maria José, como se contasse o banho de merda que eu havia tomado. Sem que me vissem, aproximei-me e dei um empurrão no menino, que caiu no chão. Quando ia pular em cima dele para lhe dar uma surra, Dona Maria José pegou a minha orelha e torceu.

— Não vai bater em ninguém aqui em minha casa. Vá tomar banho agora para tirar essa sujeira.

Fiquei com os olhos cheios de água e comecei a chorar. Ela soltou minha orelha, e eu rumei para o banheiro.

Por mais que me esfregasse, o cheiro de excrementos não saía de meu corpo. Talvez nunca tenha saído, pois sempre sentia o odor entranhado na pele, especialmente nas mãos, que eu lavava compulsivamente várias vezes ao dia, embora não adiantasse.

CAPÍTULO 3

NA MANHÃ SEGUINTE, DONA MARIA JOSÉ ME ACORDOU cedo para ir à missa. Como se ainda sentisse o odor de excrementos, pediu que eu tomasse um banho acurado. Para mostrar a todos que não havia me abatido com o episódio do dia anterior, vesti minha melhor roupa — uma calça preta com suspensórios e uma camisa branca de linho —, passei um pano em meu sapato escuro empoeirado e fui à capela.

A Capela de Nossa Senhora do Livramento se dividia numa área nobre, situada à esquerda do altar, com poucos assentos para os donos da casa-grande e convidados, e outra parte em que se amontoavam agregados e escravos. Como membro da família, sentei-me na tribuna privativa que até então permanecia vazia. Os negros e mulatos quase lotavam o restante do espaço.

Joana entrou na capela com um vestido branco e cabelos bem escovados. Sentou-se junto a mim e me falou ao pé do ouvido:

— Joaquim está com padre Narciso, arrumando as coisas da missa. Não quer ir ajudar?

Hesitei em auxiliar o mulato, mas Joana pegou em minha mão e me conduziu à sala do padre.

Vestido com uma capa branca de coroinha, Joaquim limpava o cálice dourado. Ele se assustou com minha presença ao lado de Joana e deixou o objeto cair no piso de madeira.

— Leve as velas para o altar — ordenou-lhe Joaquim, enquanto apanhava o cálice do chão.

Joaquim continuou com seus afazeres, ignorando minha presença. Analisei o local e notei a âmbula de prata tampada em cima da mesa.

Quando a abri, vi que as hóstias estavam todas lá. Peguei a âmbula, sem que ele percebesse, e saí pela porta que dava acesso ao casarão. Deixei-a em cima da mesa de jantar e voltei à capela.

Na entrada da pequena igreja, dois negros com manchas brancas no pescoço que desciam em direção às costas conversavam. Vestiam trapos bege com pequenos furos. Quando passei ao lado deles, senti o mesmo cheiro de fezes que não saía de minhas mãos. Deviam ser os escravos que haviam derramado os excrementos em cima de mim no tonel.

Entrei na capela, mas não fui à tribuna onde minha tia Maria José orava, decidi me misturar entre os comuns nos bancos em frente ao altar. Não vi Joaquim nem Joana. Deviam estar desesperados atrás da peça de prata com as hóstias.

Senti cheiro de cavalo. Quando olhei para o lado, Raimundo limpava o ouvido direito com o dedo mindinho.

— Vê se não vai aprontar hoje e querer fugir de novo — alertou o cocheiro.

Dei de ombros e o desdenhei.

Virei-me para a porta, e os dois escravos continuavam parados me olhando e conversando como se falassem de mim.

— Por que aqueles pretos não entram para assistir à missa? — perguntei a Raimundo, apontando para eles.

— Ih, ninguém chega perto deles. Se entrarem, todos vão embora. Eles carregam o esgoto da chácara nas costas. Está vendo aquelas marcas brancas no pescoço deles?

Assenti com a cabeça.

— O chorume vaza dos cestos e o sol deixa aquelas manchas, por isso são chamado de tigres. Todos que veem essas marcas já sabem que são pretos carregadores de merda e se afastam.

A conversa me deixara com náuseas. Temi ficar com manchas nas costas e ser chamado de tigre. O mal-estar só passou quando Joaquim apareceu como se procurasse algo.

Com alguns minutos de atraso, padre Narciso entrou com sua túnica branca, enxugou o suor da careca e iniciou a celebração em latim. O padre parecia desconcentrado, gaguejando e falando coisas sem sentido. Talvez sua mente estivesse em outro lugar, tentando encontrar uma solução para o que serviria aos fiéis como corpo de Cristo.

Joaquim entrou na cerimônia, e percebi que carregava nas mãos trêmulas a âmbula. O mulato tropeçou nas próprias pernas e a âmbula caiu, espalhando as hóstias no chão. Padre Narciso fingiu que nada acontecera e continuou a homilia. O moleque catou todas as hóstias e as colocou em cima do altar. O padre serviu o corpo de Cristo aos fiéis de maneira apática, não conseguindo disfarçar o constrangimento.

Quando a cerimônia acabou, fui à tribuna onde minha tia e o padre conversavam.

— Joaquim vai ficar de castigo. A missa atrasou porque a âmbula sumiu. A sorte é que Joana a encontrou largada na mesa da sala de jantar. Além do mais, ele derrubou as hóstias na frente de todos — bufou o padre.

— Ele é apenas um menino, padre, não pode ter muitas responsabilidades — disse Dona Maria José.

— Tenho que educar Joaquim com rigor, vou ter uma conversa com ele em minha sala.

Minha tia balançou a cabeça, mas resolveu não contrariar o padre.

Na saída da capela, encontrei-me com Joana. Ela me deu um empurrão e vociferou expelindo salivas em minha cara:

— Como pôde fazer isso com ele? Joaquim está de castigo na sala do padre.

Antes que eu pudesse me explicar, ela saiu.

Quando cheguei à sala da capela, o menino estava ajoelhado no milho. Aproximei-me para ver seu rosto. Ele chorava e rezava ao mesmo tempo. Sentei-me na cadeira e fiquei apreciando o momento. Joaquim se levantou, seus joelhos feridos revelavam pequenos pontos de sangue. Quase tive pena dele, mas, quando lembrei o cheiro de fezes em minhas mãos, percebi que ele apenas pagava pelas maldades cometidas contra mim.

O mulato passou um pano para limpar as feridas nos joelhos. Ele me encarou com olhos lacrimejados. Joaquim se aproximou e sussurrou ao meu ouvido:

— Seu tigre fedorento, isso não vai ficar assim.

* * *

Após o almoço de domingo, resolvi entrar na biblioteca. O nariz coçou com o cheiro de mofo mais forte ali do que no restante da casa. Havia muito não se fazia uma limpeza no cômodo. A sala vasta com janelas de grade de ferro me deixou assustado. O retrato pendurado na parede do finado Bento Barroso Pereira, marido de minha tia, vigiava-me ao lado da imagem do imperador D. Pedro I. Mais à frente, as estantes de jacarandá cheias de livros quase chegavam ao teto.

Passei a ponta dos dedos nas obras empoeiradas e peguei um exemplar do acervo. Ao folheá-lo, vi que era em língua estrangeira, mas não me recordo do título ou do autor. Aos seis anos, mal lia em português, embora minha mãe tenha se esforçado para me ensinar.

Escutei vozes de crianças se aproximando. Escondi-me entre uma estante e outra. A poeira me asfixiava. Reconheci a gagueira de Joaquim e a voz suave de Joana. O moleque abriu um livro e começou a recitar um poema romântico para ela. Diferentemente de mim, que lia com muito custo algumas frases, Joaquim já declamava poesias com palavras difíceis que eu jamais havia escutado.

Botei a cabeça para fora do esconderijo para respirar melhor e verifiquei que ele estava sentado de pernas cruzadas com um livro aberto sobre elas. O menino devolveu o volume à estante, pegou outro, colocou-o embaixo da camisa e saiu com Joana.

Quando saí, minha tia me pegou de surpresa e interpelou, ressabiada:

— O que foi fazer na biblioteca?

— Joaquim que estava lá — respondi.

— Deixe de ser mentiroso, Joaquim que me avisou que você estava brincando de se esconder entre as estantes. Não quero ninguém mexendo nos livros do finado Bento.

Ela pegou na minha orelha e me levou até o quarto.

— Só saia daí para jantar — disse, batendo a porta em seguida.

Eu precisava contar que Joaquim tinha furtado um livro da biblioteca, mas o odor de mofo não me ajudava a pensar. Comecei uma crise de espirros. Quando abri a janela do quarto para que o ar circulasse, vi

Joaquim se despedindo de Joana e saindo do casarão. Pulei a janela e fui atrás dele. Mantive certa distância para que não me visse.

Depois de alguns minutos de caminhada por uma estrada de barro com mato invadindo a pista, cruzei com um carro de boi conduzido por dois negros. Pareciam os tigres que haviam me banhado de fezes no dia anterior. Desviei a rota para evitar que caçoassem de mim novamente. A estrada terminava numa rua estreita cheia de casas. Joaquim entrou num casebre branco com uma porta e uma janela que davam para a rua.

Na ponta dos pés, vi pela janela aberta uma menina deitada numa rede bege e Joaquim sentado na cadeira de balanço com o livro aberto, lendo para ela. Uma senhora de pele clara — que depois eu soube que se tratava da mãe deles — chegou do quintal e pediu que ele se afastasse da irmã para que não ficasse doente. Quando ela se virou, veio em minha direção. Com medo de ser pego, disparei.

Correndo, passei novamente pelos tigres que conduziam o carro de boi e cheguei à casa-grande. Pulei a janela e me deitei ofegante na cama. Aguardei o momento do jantar para contar a minha tia que o mestiço havia mesmo roubado o livro e levado para sua casa.

Dona Maria José abriu a porta de meu quarto e me chamou para ir à mesa.

— Tia Maria José, tenho uma coisa para lhe contar. — Pela primeira vez chamava a matriarca de tia.

Ela se sentou à beira da cama e acomodou minha cabeça entre seus seios. Seu perfume doce me confortava. Ela começou a massagear meu couro cabeludo com suas mãos enrugadas.

— Joaquim fez uma coisa terrível com a senhora.

— Você e sua implicância com o menino — disse ela, tirando suas mãos de meus cabelos.

— Aquele moleque roubou a senhora.

— Não diga isso de Joaquim. Ele é meu afilhado, foi criado aqui desde que nasceu e é de absoluta confiança. Jamais faria isso.

— Mas vi que ele roubou um livro da biblioteca.

— A irmã de Joaquim está doente e ele me pediu para pegar um livro. Queria ler para a menina. Deixei que levasse, desde de que fosse discreto e evitasse que os outros o vissem com o livro. Não queria abrir um precedente para que ninguém pedisse o acervo do falecido emprestado.

Fiquei desconcertado, sem saber o que falar.

— Você hoje vai dormir sem jantar por causa desses mexericos — disse minha tia, deixando o quarto.

Joana estava sentada no chão da varada do casarão com as pernas cruzadas deixando a calçola à mostra. Jogava pequenas pedras para o alto numa brincadeira cuja lógica nunca entendi. A menina contou que a irmã de Joaquim havia piorado da moléstia.

Dona Maria José e o padre Narciso logo se juntaram a nós na varanda e se sentaram nas cadeiras de balanço. Conversaram sobre atividades da chácara e problemas com alguns escravos que haviam fugido. Mas interromperam a prosa quando Joaquim chegou aos prantos.

— O que foi que houve, menino? — perguntou minha tia.

Ele soluçava e não conseguia responder.

— Desembucha, Joaquim, ou vai se ajoelhar no milho de novo — advertiu padre Narciso apertando os dois braços dele.

— Padre, minha mãe pediu para chamar o senhor — Joaquim embargou a voz com o choro.

Joana se achegou, passou a mão no rosto dele e perguntou:

— Fala pra mim: aconteceu algo com sua irmã?

— Ela morreu.

Joana abraçou o menino, e eles soluçaram juntos.

— Tenho que levar a palavra de Deus para a família. Vou à capela pegar a Bíblia, os castiçais e as velas — disse padre Narciso.

Todos foram se arrumar às pressas com roupas apropriadas para a ocasião.

Quando chegamos ao casebre, a mãe e o pai de Joaquim estavam ajoelhados em volta da menina deitada na cama, enquanto três ou quatro mulheres rezavam a ave-maria em voz alta.

Aproximei-me para ver o corpo da criança de apenas quatro anos. Assim como minha tia, a menina também se chamava Maria, Maria Machado de Assis. Usava um vestido branco com babados de renda. As manchas avermelhadas da doença ainda cobriam a sua pele mulata. Em seu rosto havia marcas de unhas, como se ela tivesse se ferido ao se coçar nos dias anteriores a sua morte.

Em frente à casa, alguns homens fumavam e conversavam alto. Joaquim estava sentado com as mãos no rosto, e Joana tinha passado o braço direito em volta de seu ombro, tentando consolá-lo. Lembrei-me do dia da morte de minha mãe. Evitei a todo custo olhar para o corpo dela no caixão. Não tive uma pessoa como Joana para segurar minha mão e para me ajudar a superar o momento de dor. No dia, meu pai nem sequer falou comigo.

Ao retornar ao casebre, Dona Maria José estava sentada numa cadeira de balanço, e padre Narciso a abanava com um pano. Minha tia parecia frágil, quase desmaiando. Desde que a conheci, nunca a tinha visto naquele estado, pois a matriarca era sempre altiva. Minha mãe falava que ela governava o Livramento com pulso firme e justiça.

Raimundo acompanhou minha tia até o coche, enquanto padre Narciso ficou velando a menininha. O percurso da casa de Joaquim ao casarão durava em torno de quinze minutos no comando do experiente cocheiro, mas naquele dia pareceu levar horas. Não sei a razão, mas minha tia delirava, falava do finado marido Bento e de seus filhos. Permaneci encolhido num canto do coche, com medo de que ela me atacasse num surto. Eu suava mais do que ela.

Quando o coche chegou à casa-grande, o corpo da minha tia ardia em febre. Raimundo a retirou do carro, apoiando-a pela cintura, e a deixou em seu quarto. Fiquei sozinho com ela. Passei um pano em sua testa para enxugar o suor e vi pintas vermelhas brotando em sua pele.

Assustado, deixei o tecido úmido cair no chão. Nos últimos dias, várias pessoas haviam morrido de sarampo no Morro do Livramento. A moléstia parecia que ia dizimar o Rio de Janeiro.

Não sabia o que fazer. Se deveria continuar no quarto sozinho com ela ou buscar ajuda no velório. Mas, se permanecesse ali dentro, havia o risco de me contaminar. Com medo de adoecer, abandonei Dona Maria José e chamei Raimundo. O cocheiro ficou ao lado dela, ao passo que eu observava a cena da porta. Comecei a me coçar como se também houvesse me contaminado. Corri para meu quarto e me lavei com uma bacia de água. Percebi que em minha pele já apareciam pintas vermelhas.

CAPÍTULO 4

MINHA TIA MORREU DE SARAMPO UNS DIAS DEPOIS DA irmã de Joaquim. As pintas vermelhas que haviam aparecido em meu corpo sumiram no dia seguinte. As manchas não foram diagnosticadas como sarampo. Deviam ser um efeito psicológico ao ver outras pessoas padecendo da epidemia que assolou o Rio de Janeiro.

Após a morte de Dona Maria José, meu pai me enviou para estudar no Colégio Pedro II. Durante nove anos, fiquei internado na escola. Não saía nem mesmo nas férias. Desde que minha mãe falecera, meu pai me ignorava, como se tivesse perdido o filho junto com a esposa.

Recebi uma ordem dele para retornar à Chácara do Livramento com todos os meus trapos. Após anos sem vê-lo e longe do casarão, passaria as festas de final de ano em família.

Ao contrário da primeira vez que cheguei à casa-grande, retornar para lá me deixava entusiasmado, pois, além de reencontrar meu pai, seria uma oportunidade de rever Joana, padre Narciso e até mesmo o cocheiro Raimundo. Eles eram o mais próximo de uma família que eu tinha. Só não ansiava por encontrar Joaquim. Na verdade, torcia para que ele tivesse deixado a chácara após a morte de minha tia.

Um tílburi me levou com dificuldade ao Morro do Livramento. Chovia naquele dia, e a lama descia a ladeira, atrapalhando o trote da mula. O percurso que durava minutos demorou quase um dia inteiro. Quando cheguei, Raimundo pegou um guarda-chuva e me acompanhou até a entrada do casarão. Padre Narciso se balançava sozinho na cadeira com sua batina branca puída. Parecia velho e abatido, talvez sentisse falta das conversas ali na varanda com Dona Maria José. O padre demorou a perceber minha presença. Levantou-se lentamente e me deu um abraço prolongado.

— Como você está grande, Pedrinho — disse, franzindo a careca enrugada.

— Senti falta do senhor e do Livramento.

— Joana e Joaquim estão tomando banho de chuva. Talvez você nem reconheça os dois. Eles cresceram muito também.

Não demorou e eles chegaram encharcados. O mulato cultivava uma aparência mais feia do que quando criança. Os cabelos crespos repartidos ao meio pareciam secos apesar do dilúvio, ao passo que o buço ralo e fino acumulava gotas que eu não conseguia identificar se eram de água, suor ou a mistura dos dois.

Joana ficou parada, tragando-me com seus olhos grandes castanho-claros. O vestido de chita azul molhado moldava as curvas de seu corpo. A menina de pernas finas que eu conhecera nove anos atrás se transformara numa adolescente com uma sensualidade que brotava na pele morena. Os bicos de seus pequenos seios me fitavam discretamente. Olhei para eles, não conseguindo disfarçar. Como quem houvesse notado minha indiscrição, Joaquim aproximou-se e me cumprimentou com um aperto de mão.

Percebi que Raimundo também não desgrudava os olhos dos peitos de Joana, mas logo padre Narciso interrompeu sua lascívia, mandando-o deixar minha mala no quarto.

— Não vai falar comigo, Pedrinho? — perguntou Joana.

Ela colou o corpo molhado no meu, dando-me um abraço apertado. Senti os botões de seus mamilos pressionando meu tronco. Procurei pensar em outra coisa para não ficar excitado. Mas não consegui me conter. Embora sentisse minha ereção, Joana não se desgrudava de mim.

Sem saber, padre Narciso me ajudou a sair daquela situação, chamando-me para tomar um café. Imediatamente aceitei. Joana enlaçou seu braço no meu e me acompanhou à sala de jantar.

— Meu pai ainda não chegou, padre?

— Acho que ele deve esperar a chuva passar. Talvez tenha chovido também em São Paulo e ele esteja esperando o tempo melhorar.

— Amanhã vão inaugurar a iluminação pública no centro. Farão uma festança por lá. Não quer ir com a gente? — perguntou Joana.

— É melhor não — disse Joaquim. — Ele vai querer ficar com o pai.

— Obrigado, mas estou com saudades do meu pai, faz tempo que não o vejo.

— E como andam os estudos no Colégio Pedro II? — quis saber o padre.

— Há nove anos não faço outra coisa senão estudar.

— Aproveite a oportunidade, você está aprendendo com a elite da corte. Costumo me corresponder com seu pai, e ele sempre fala que você se formará advogado e depois será deputado pela província de São Paulo. Ele tem muitos planos para seu futuro, menino. Agradeça a Deus por ter um pai assim.

Raimundo chegou à sala bufando com uma carta na mão.

— O que foi que houve, Raimundo? — perguntou o padre.

— Acabaram de entregar. É para o senhor.

— Pois me dê logo, homem de Deus. — E arrebatou a carta das mãos do cocheiro.

O padre se esforçou para ler as letras miúdas aproximando o papel do rosto.

— A carta é de seu pai, Pedrinho. Ele diz que não poderá passar o Natal conosco e só virá ao Rio de Janeiro depois da virada do ano, por causa de negócios. Pediu desculpas e desejou um feliz Natal a todos.

— Desculpe, padre. Peço licença para ir descansar.

— Pode ir, meu filho. Raimundo, leve a mala de Pedrinho para o quarto dele.

O cocheiro levou meus trapos para o mesmo quarto em que me havia hospedado aos meus seis anos. O local ainda tinha o perfume doce de Dona Maria José. A cama e o armário velho estavam dispostos na mesma posição. O lençol de linho branco agora mostrava manchas amareladas como se não tivesse sido lavado desde que fui embora de lá. Sem a administração de Dona Maria José, a chácara aparentava abandono.

Lavei as mãos numa bacia de água e me deitei na cama empoeirada. Pensei no convite de Joana para ir ao centro da cidade acompanhar a estreia da iluminação pública. O problema era ter que aguentar Joaquim. O agregado parecia apaixonado por Joana, e deixou clara sua intenção em me dissuadir de comparecer à inauguração. Embora tivesse passado muito tempo, eu ainda não havia me esquecido do banho de merda que Joaquim me fizera levar. E talvez por causa dessa birra resolvi ir à festa com eles.

Encontrei Joana sentada no chão da varanda com as pernas cruzadas. Usava um vestido curto, e as vestes íntimas ficavam à mostra. Ela parecia não se importar que eu a visse naquela posição. Talvez quisesse despertar meu desejo sexual por ela.

— Quem vai com a gente à festa? — perguntei.

— Eu, você e Joaquim.

— Será que não poderíamos arrumar uma desculpa para irmos sem ele?

— Padre Narciso não deixaria irmos só eu e você.

— Mas por que ele se importaria?

Ela hesitou em responder e ficou mexendo nos fios encaracolados dos cabelos.

— Vamos só nós dois. Podemos nos divertir mais — insisti.

— Ele é meu pai — respondeu ela em tom baixo, quase inaudível.

— O quê?

— Padre Narciso é meu pai, por isso tem tanto cuidado comigo. Minha mãe era uma escrava e, depois que nasci, o padre pediu para Dona Maria José lhe dar a carta de alforria.

A revelação de Joana esclarecia muita coisa. Eu nunca havia entendido a razão por que minha tia a tratava com tanta estima. Afinal, a mãe dela era uma mucama que lavava roupas. A menina se sentava até mesmo na tribuna da família na capela de Nossa Senhora do Livramento e fazia as refeições na sala de jantar do casarão junto com os familiares.

A partir daí, pude concluir também que, se padre Narciso não fosse careca, seus cabelos seriam muito lisos, pois os da menina, apesar de encaracolados, tinham um aspecto delicado e sedoso, ao passo que os da mãe eram crespos e secos como um arame farpado.

O trânsito livre de Joana pelo casarão se explicava por sua ascendência, mas e Joaquim? Por que minha tia e padre Narciso o protegiam tanto, confiando mais nele do que em mim? Ele também devia ser filho do padre, pois só assim tudo se explicaria. Joana e Joaquim eram irmãos.

No final da tarde, eles me esperavam na sala de estar. Joana usava um vestido branco de renda que contrastava com seu tom de pele e realçava suas coxas. Raimundo não parava de olhar para as pernas dela. Não tinha como um homem não apreciar. Joaquim vestia um terno branco enorme para seu corpo, como se o tivesse pegado emprestado do pai. Mesmo sendo irmão de Joana, o rapaz continuava a me incomodar. As desavenças do passado não foram esquecidas por mim. Provavelmente por ele também não.

— Meninos, Raimundo deixará vocês no centro e ficará lá até a festa acabar. Tenham cuidado, o Rio de Janeiro está muito perigoso — alertou o padre Narciso.

— Pode deixar. Vamos nos comportar — respondeu Joana.

Raimundo nos deixou no Centro e disse para voltarmos em duas horas.

Todos esperavam escurecer para ver as lâmpadas a gás se acenderem. Mas o sol demorava a se pôr como se quisesse atrapalhar a festa de inauguração.

— Tomara que acendam logo as luzes. Estou ansiosa — disse Joana.

— As grandes cidades da Europa já contam com esse sistema de iluminação pública. Graças à obra do Barão de Mauá, o Rio de Janeiro hoje ficará mais iluminado do que Paris — explicou Joaquim, como quem já tivesse ido ao continente europeu.

Uma banda começou a tocar na rua do Ouvidor. Homens e mulheres bebiam para comemorar o progresso que chegava à cidade. Políticos aproveitaram a oportunidade para discursar. Destacaram o avanço que o novo sistema traria para a cidade, deixando-a mais segura para a população e para a realização de negócios no período noturno.

Escureceu, e as luzes não acenderam. As pessoas mal conseguiam ver quem estava ao lado. A banda interrompeu a música, os políticos deixaram de discursar, mas o povo não parou de beber. Surgiram as primeiras vaias que foram aumentando à medida que o tempo passava e não ligavam o gás.

Quando enfim as luzes se acenderam, os mesmos que tinham vaiado começaram a aplaudir. Eu nunca vira uma imagem tão encantadora. Os homens haviam transformado a noite em dia. As vitrines da rua do Ouvidor reluziam seus chapéus, vestidos e fraques. A iluminação a gás agora substituía os ineficientes lampiões a óleo de baleia. A banda voltou a tocar, e o povo se embebedou ainda mais.

Não demorou muito e as lâmpadas começaram a falhar, e as luzes piscavam como um farol dando sinal para um navio. No início, muitas pessoas não perceberam, mas depois o incômodo foi geral. Um bêbado gritou:

— O gás virou lamparina.

Todos começaram a gargalhar e a repetir a frase. A rua do Ouvidor foi se esvaziando. Em alguns pontos, a escuridão tornava o passeio perigoso. Resolvi chamar Joana e Joaquim para voltar ao Livramento, mas não os encontrei. Procurei em vão dentro das lojas. Fui ao encontro de Raimundo, imaginando que talvez eles já estivessem lá para irmos embora.

No caminho, avistei um casal se agarrando num beco escuro. Parei e me aproximei para ver. Pareciam dois adolescentes. Num lampejo das luzes a gás, notei que o vestido se assemelhava ao da filha do padre Narciso. Acheguei-me ainda mais e vi o que não queria. Joaquim e Joana se beijavam na escuridão.

— Vocês não têm vergonha de fazer isso, não?

Joaquim tentou se afastar de Joana.

— Pedrinho, não vá contar ao padre Narciso — disse Joana ajeitando o vestido.

— Como não? Vocês estão cometendo um pecado mortal. Vocês são irmãos.

— Não somos, não — retrucou Joana.

— Mas Joaquim não é filho do padre Narciso?

— De onde você tirou isso? Vamos para o casarão que já é tarde. — Joana pegou na minha mão e na de Joaquim e foi em direção ao coche em que Raimundo nos esperava.

Em nenhum momento o covarde do Joaquim abriu a boca, deixou que a menina respondesse tudo e assumisse toda a responsabilidade.

Durante o trajeto para o morro, também fiquei mudo. Joana não parava de tagarelar com Raimundo, contando o fiasco da inauguração da nova iluminação pública. Nem parecia que havia sido flagrada no beco escuro agarrada com Joaquim.

No dia seguinte, fui à capela de Nossa Senhora do Livramento. A igreja estava vazia, com aparência de abandonada. Com a idade já avançada, padre Narciso agora só realizava missa aos domingos, mas o templo ficava aberto para quem quisesse fazer suas orações ou se confessar. Ajoelhei-me diante do altar e comecei a rezar.

Padre Narciso rompeu o silêncio e minha concentração:

— Você precisa se confessar, Pedrinho. Aguardo-o no confessionário.

Padre Narciso se encaminhou para sua sala, enquanto eu continuei de joelhos. Suspeitei que sua verdadeira intenção era saber o que havia ocorrido na festa do dia anterior, sem que eu tivesse o direito de mentir ou omitir os fatos, já que estaria me confessando. Mas se eu mencionasse o romance de Joaquim com Joana, ele proibiria o moleque de se aproximar dela.

Antes que eu fosse ao encontro do padre, escutei uma voz chamando meu nome fora da capela.

— Venha rápido para o casarão — disse Raimundo da porta da igreja.

— O que houve?

Raimundo não respondeu, apenas caminhou depressa em direção à casa velha. Eu o segui. Na varanda não tinha ninguém. Na sala também não. Quando cheguei a meu quarto, encontrei meu pai sentado na cama com minha mala a seu lado. Parecia envelhecido após todos aqueles anos, os cabelos brancos haviam tomado conta dele.

Sorri. Senti vontade de abraçá-lo; afinal, fazia nove anos que não o via. Mas ele não tomou nenhuma iniciativa de me acolher. Apenas me fitou com os olhos parcialmente cobertos pela catarata.

— Arrume suas coisas na mala.

— Vou morar com o senhor em São Paulo?

Meu pai abanou a cabeça em sinal de negação.

— Para onde vou?

— Vai ficar um tempo com seus tios no Porto até começar a faculdade de direito em Coimbra.

— Porto? Não sei nem onde fica isso.

— Prepare-se, porque você viaja amanhã para Portugal.

"Não quero ir, estou gostando de uma menina chamada Joana. Preciso continuar no Rio de Janeiro para ficar com ela". Pensei em dizer essas palavras, mas meu pai faria ouvidos moucos. Minhas vontades ou opiniões não interessavam a ele.

— Estou fazendo o melhor para você — disse e saiu do quarto em seguida.

Como eu deixaria o país sem Joana? Joaquim teria o caminho livre para continuar com ela.

Deparei com Joaquim na sala conversando com padre Narciso. Ele parecia feliz, como se já soubesse que se livrara do adversário.

— Está sabendo da novidade? — perguntei a Joaquim só para confirmar.

— Não. Qual?

— Partirei amanhã para o estrangeiro. Meu pai falou que vou estudar nas melhores escolas da Europa.

Padre Narciso apenas observava nosso diálogo sem interferir.

— Também acabei de receber uma boa notícia — revelou Joaquim, abrindo um sorriso.

— A informação de que vou sair de seu caminho?

— Não. Um convite de Paula Brito para trabalhar em sua loja e contribuir com minhas poesias para o jornal *A Marmota*.

— Poesias? Não sabia nem que você escrevia.

— Há alguns anos venho me aperfeiçoando, e agora vou começar a publicá-las.

— É uma pena que não tenha a oportunidade de se formar numa escola de qualidade para se tornar um grande poeta.

— Não tenha pena de mim, não existe escola melhor do que a vida. Além do mais, a melhor ferramenta do poeta é a inspiração e o amor. Aqui tenho os dois.

Padre Narciso parecia não entender a razão da inspiração de Joaquim e saiu de perto. Mas eu compreendia que ele se referia a Joana. O moleque sabia me irritar. Eu daria tudo para não ter que sair da cidade e continuar perto de Joana. Precisava ter coragem de enfrentar meu pai e tentar convencê-lo a reconsiderar essa ideia de me levar para Portugal. Quem sabe eu não poderia arrumar um emprego em algum jornal e terminar os estudos no Brasil?

Meu pai se balançava numa cadeira da varanda, quando resolvi falar com ele.

— Não quero sair do país.

— Você não tem querer. Quem decide seu futuro sou eu. Tenho planos para você.

— Mas eu poderia terminar meus estudos aqui mesmo, no Colégio Pedro II. O senhor pode usar sua influência para conseguir um emprego para mim num jornal para eu começar a trabalhar.

— Trabalhar em jornal? Seu destino já está decidido e não se fala mais nisso. Vá arrumar suas coisas para não atrasar a viagem.

Contrariado, recolhi-me ao quarto. Não toquei na mala, ainda na esperança de não viajar. Eu nem havia ido embora e a saudade da menina já me consumia. Pensei em desobedecer meu pai e fincar os pés para continuar na cidade. Mas quem iria me sustentar? O padre Narciso talvez, mas ele envelhecia e não viveria muitos anos para cuidar de minha educação. Além do que, não faria nada sem a anuência de meu pai.

Escutei três batidas na porta do quarto. Não precisei nem perguntar quem era, pois o cheiro de Joana havia chegado antes. Ela veio me ver com o mesmo vestido azul do dia em que a reencontrei toda molhada.

— O que está fazendo aqui? — perguntei com a voz trêmula.

Sem falar nada, ela se aproximou e me empurrou contra a parede. Joana me encarou por alguns segundos. Como não tomei nenhuma atitude, ela mesma se encarregou de me beijar na boca. Alisei seus cabelos com a ponta dos dedos, enquanto ela tragava minha língua. Joana retirou minhas mãos de sua cabeça e as conduziu até as nádegas.

Eu nunca beijara uma menina, tampouco apalpara glúteos. Aquela cena mais parecia um sonho de adolescente. Joana afastou a alça do vestido e ofereceu seus seios rijos para serem sugados. Ela lambeu minha orelha e gemeu. Depois começou a fazer movimentos circulares com os quadris contra o meu sexo excitado.

Ela desabotoava minha calça quando escutei um barulho próximo ao quarto. A voz parecia de padre Narciso. Ela me empurrou, cobriu os mamilos com o vestido e saiu do quarto sem se despedir. Abri a porta em sua busca, mas não havia sinal de seu paradeiro.

Não a vi mais antes de viajar.

CAPÍTULO 5

APROVEITEI AS FÉRIAS NA FACULDADE DE DIREITO PARA visitar meus tios Manoel e Aparecida na cidade do Porto. Eles me tratavam como um filho. Eu morara por três anos com eles, antes de me mudar para Coimbra. Meus tios se correspondiam comigo quinzenalmente, ao contrário de meu pai, com quem eu me comunicava uma ou duas vezes por ano.

Manoel me deu um forte abraço. Ele se parecia fisicamente com meu pai, embora um pouco mais envelhecido. Nos anos em que morei com ele, recebi um carinho que meu pai nunca foi capaz de me dar.

— Achei que você só chegaria amanhã. Nem nos preparamos para recebê-lo. Sua tia saiu para comprar bacalhau para a janta e volta daqui a pouco. Vou abrir um vinho para comemorarmos seu retorno.

— Preciso beber mesmo. Tive uma viagem cansativa, e ultimamente só tenho tempo para estudar.

Meu tio pegou o melhor vinho de sua adega, o que não significava muita coisa, já que ele só tinha bebidas baratas.

— Recebi um convite para o baile de um amigo que conheci em Coimbra — comentei após tomar um copo de vinho.

— Quem é?

— Artur Napoleão.

— Ah. Eu o conheço desde pequeno. É filho de Alexandre Napoleão. Parecia ser um bom menino, mas o rapaz se perdeu e inventou de ser músico. O pai dele tinha muito desgosto. Você não deveria andar com ele, não é uma boa companhia.

— O senhor está enganado. Ele fez sucesso na passagem por Coimbra. Tive notícias de que a elite de Lisboa também já reconheceu o talento dele.

— Lembre que você está muito acima dele. Seu pai fica cada vez mais rico no Brasil e quer fazer sua candidatura a deputado logo que terminar seus estudos. Você deve ter cuidado com quem anda. Às vezes me arrependo de não ter ido com ele tentar a vida no Brasil, mas já tinha me apaixonado por sua tia. Ainda propus a ela casarmos no Porto e depois irmos morar em São Paulo, mas Aparecida não aceitou.

Escutei o rangido da porta se abrindo. Minha tia Aparecida chegou com um bacalhau numa mão e uma sacola de legumes na outra. Largou as compras no chão e me deu um beijo no rosto e um abraço. Percebi um odor forte de peixe por todo meu corpo. Não me lembro de ter ficado com cheiro tão ruim desde que os tigres me deram um banho de excrementos. Com sua avareza, minha tia deve ter comprado o peixe mais barato da feira.

— Vou preparar aquela sardinha frita de que você tanto gosta — disse ela, pegando ainda em meus braços com as mãos sujas.

— Peço licença, tenho que tomar um banho. Vou me encontrar com Artur Napoleão.

Depois do banho, saí da casa de meus tios sem jantar, apesar de seus protestos.

O baile acontecia na casa de um nobre português, que mais parecia um palácio. Um grande salão na entrada, poucos móveis para não atrapalhar os convidados, mas muitos adornos nas paredes e lustres de cristal no teto. Eu não sabia em que trabalhava o dono da casa, mas provavelmente ele não fazia nada. Devia viver de herança, como a maioria dos detentores de títulos de nobreza de Portugal.

Procurei Artur Napoleão, mas não o encontrei. Há três anos fora do Porto, eu não conhecia quase ninguém no baile. Peguei um copo de vinho para me animar. A maioria das moças já havia encontrado seu companheiro. Não me restou alternativa a não ser bebericar e flertar com raparigas acompanhadas.

Em meio a tantas pessoas, avistei uma mulher com rosto quadrado e lábios finos que sorriu discretamente em minha direção. Ela usava um vestido azul-claro e um penteado que deixava seus cabelos encaracolados. Não vislumbrei beleza nem feiura, mas parecia a única interessada em mim. Retribuí o sorriso. Ela desviou o olhar, mas vez ou outra me fitava de soslaio.

Resolvi me aproximar e me apresentar. Quando estava a cinco passos dela, um homem se interpôs entre nós dois e me encarou como quem chama um adversário para um duelo. Para evitar um confronto, dei meia-volta e fui pegar outra bebida.

Depois de andar em vão pelo sarau, reencontrei o casal num canto da sala. O rapaz apontava o dedo para ela e falava alto. A moça estava retraída e com os olhos cheios de lágrimas. Alguns convidados da festa lançavam olhares reprovadores para os dois. O namorado ciumento devia estar brigando com a mulher por ter flertado comigo.

Dei as costas para o casal e segui à procura de outro rabo de saia. Se não arrumasse logo uma acompanhante, terminaria a noite sozinho e bêbado.

Senti a mão de uma pessoa em meu ombro. Paralisei por alguns segundos. Pensei que fosse o rapaz querendo tirar satisfação comigo. Mal chegara ao Porto e já me envolveria em encrenca.

— Seu pândego — disse uma voz grave.

Era Artur Napoleão.

— Está mais branco do que nunca. O que houve? — perguntou.

Dei de ombros.

— Acabei há pouco minha apresentação de piano. Acho que o público gostou. Fui muito aplaudido, principalmente pelas raparigas. — Artur sorria.

— As coisas aqui hoje não estão boas. Ainda não consegui chegar em nenhuma moça.

— Não vai encontrar muitas opções disponíveis. Esse é o tipo de baile em que as donzelas já chegam acompanhadas.

— Uma mulher flertou comigo. O problema é que estava acompanhada, e o parceiro não gostou. Ela está ali ao lado do namorado. — Indiquei a moça, que novamente sorriu para mim, como se percebesse que falávamos dela.

— É Carolina Novais.

— Você também conhece o corno?

— Corno? — Artur sorriu. — Miguel é irmão dela.

— Quer dizer que ela é descompromissada?

Ele assentiu.

— Carolina encalhou há muito tempo. Parece que sofreu alguma desilusão amorosa. Não sei de maiores detalhes. O fato é que já passa do momento de se casar e está difícil conseguir um pretendente. Para complicar, Miguel tem ciúme e afasta todos os rapazes que se aproximam dela.

— Vou fazer esse favor de desencalhá-la — disse-lhe rindo. — Você precisa me apresentá-la.

— Aguarde Miguel se afastar.

Concordei e arrebatei mais um copo de vinho. Para minha sorte, pouco tempo depois, Miguel se distanciou da irmã. Puxei Artur pelo braço e fomos em sua direção.

— Carolina, este aqui é Pedro, um grande amigo meu.

— Meu nome é Carolina Novais — apresentou-se com um sorriso que suavizava a forma quadrangular de seu rosto.

— Vou deixá-los à vontade para conversar enquanto procuro uma bebida mais forte — disse o músico.

— Você me daria a honra de uma dança? — convidei.

— Claro.

Conduzi Carolina até o meio do salão para uma valsa. Esbarramos em outros casais que dançavam. Eu não levava jeito para aquilo. Pisei nos pés dela algumas vezes e na ponta de seu vestido, a ponto de quase rasgá-lo. Respirei profundamente e tentei relaxar. Ela tinha um perfume de lavanda que me deixava com vontade de cheirar seu pescoço. Não trocamos palavras, apenas nos sentimos pelo contato de nossas mãos que se tocavam durante a música.

Antes que terminasse a dança, senti um solavanco que quase me derrubou ao chão. Miguel arrebatou Carolina, segurando-a pelo braço. Ela não esboçou nenhuma resistência, apenas olhou para mim como se pedisse desculpa. Estranhei sua passividade, talvez quisesse evitar um escândalo de maior proporção.

A atitude de Miguel me despertou uma ira que só havia sentido nos tempos em que rivalizava com Joaquim por Joana. Embora fosse irmão de Carolina, ele não tinha o direito de me fazer passar por aquele vexame. Cogitei aplicar uma sova nele, como deveria ter dado no mulato na infância. Peguei um casco de vinho vazio da bandeja carregada pelo garçom que passava ao meu lado. Virei o fundo da garrafa para cima e saí em busca de Miguel.

— Pedro, tenha calma — disse Artur Napoleão, segurando em minha mão que carregava o vidro. — Não vá fazer besteira. Miguel costuma andar armado. Vamos evitar que haja uma tragédia. Amanhã é domingo, e Carolina vai à missa na Igreja São Francisco. Você pode encontrar com ela lá.

— Miguel deve acompanhá-la — respondi, bufando.

— Não, ela costuma ir sozinha. Miguel não é dado à religião. Você conseguirá conquistar Carolina, mas precisa ter paciência.

Suspirei tentando me acalmar. Larguei a garrafa vazia no chão e engoli a desfeita.

Desde a época em que assistia às missas com o padre Narciso na Capela de Nossa Senhora do Livramento, eu não frequentava mais uma igreja. A soberba de um estudante que acreditava que tudo podia ser resolvido por meio da razão afastou-me da religião. Mas, para me aproximar de Carolina, estava disposto a qualquer coisa, inclusive voltar a ser um católico fervoroso.

Subi a escadaria da Igreja São Francisco bufando. Minhas pernas longas e finas não tinham musculatura suficiente para grandes esforços. Os ossos dos joelhos quase se deslocavam das articulações a cada degrau. Uma senhora gorda me ultrapassou subindo os degraus rapidamente sem arquejar, o que me animou a concluir o percurso.

Na entrada da igreja, vi uma arquitetura imponente, com paredes e teto revestidos por uma talha dourada, estilo barroco. Os adornos representavam o luxo e a ostentação de uma época áurea do Império português. Em Portugal, havia dezenas de igrejas como aquela, entalhadas a ouro pilhado do Brasil.

Encontrei Carolina ajoelhada num dos primeiros bancos com as palmas das mãos juntas, próximas ao rosto, rezando. A cerimônia ainda não tivera início, e ela parecia desacompanhada. Mas a senhora gorda que me ultrapassara na escadaria sentou-se a seu lado. Acomodei-me no mesmo banco, e a velha ficou entre mim e ela. Quando Carolina notou minha presença, olhou na minha direção e abriu um sorriso.

Eu esperava o momento da eucaristia para ter a oportunidade de ficar a seu lado. Quando o padre convidou os fiéis para receberem o corpo de Cristo, a velha não foi. Talvez tivesse mais pecados do que eu ou então percebera minha intenção de me aproximar dela. Carolina balançava as pernas sem parar, como se não conseguisse se concentrar na liturgia. Ela se atrapalhou toda ao fazer o sinal da cruz. A velha a olhou com olhar reprovador.

Quando a missa acabou, a senhora insistiu em ficar sentada entre nós, impedindo nossa aproximação, mas nos levantamos cada um por um lado do assento e nos encontramos na porta da igreja.

Fiquei alguns minutos calado, apenas contemplando a vista das águas calmas do rio Douro, sentindo o vento úmido bater em meu rosto e observando as pessoas saírem da igreja em direção a suas casas. A velha passou a nosso lado, olhou para nós e balançou a cabeça negativamente.

— Artur Napoleão me disse que encontraria você aqui hoje — rompi o silêncio, encarando-a. — Desde ontem não paro de pensar em você.

Carolina corou as bochechas e desviou o olhar do meu.

— Peço desculpas pelo constrangimento causado por meu irmão. Miguel afasta todos que tentam se aproximar de mim. Ele diz que só quer me proteger, mas me sufoca. Já pensei até em ir morar no Brasil, com meu irmão Faustino, para me livrar dele.

Peguei em suas mãos trêmulas e geladas.

— É melhor se afastar. — Ela puxou as mãos.

— Estou disposto a ganhar a confiança de Miguel e de toda sua família para ficar com você.

— Ontem meu irmão disse que você era um estudante aventureiro interessado apenas em deflorar as moças do Porto. E que, caso se aproximasse de mim, acabaria com você.

— Mas Miguel nem sequer me conhece... Como pode ter essa ideia sobre minha pessoa?

— Ele disse que você era amigo do maior boêmio da cidade, Artur Napoleão. Isso bastava para saber de seu caráter.

— Você acredita nele?

— Não sei — respondeu ela com olhar desconfiado.

— Miguel não sabe nada sobre minha vida. Meu pai nasceu aqui no Porto, mas foi para São Paulo tentar vencer na vida. Desde os quinze anos que moro aqui com meus tios. Estou terminando meus estudos em Coimbra, mas quero morar e construir minha família aqui em Portugal. Não sou nenhum aventureiro como diz seu irmão.

— Não sei se devo confiar em você.

— Acredite e não se arrependerá. Quero acompanhá-la até sua casa.

— É melhor não arriscar. Vamos caminhar às margens do Douro e você me deixa uma rua antes.

Descemos lentamente cada degrau da escadaria da Igreja São Francisco. Ao lado do rio Douro, andamos sem sequer pegarmos na mão do outro. Pensei em ousar tocá-la, mas não podia me precipitar. Carolina não conseguia disfarçar a felicidade por ter sido cortejada. O sorriso não saía de seu rosto quadrangular. Aos vinte e sete anos, ela já passava da idade de se casar e devia estar desesperada para arrumar um marido.

— Aonde pensam que vão? — gritou uma pessoa atrás de nós.

Quando virei, Miguel cruzava os braços e franzia as sobrancelhas. Achei que fosse me desafiar para um duelo. Carolina se afastou de mim, assustada. Ele se aproximou e pressionou o dedo indicador direito em meu ombro:

— Quero você longe dela. Entendeu? Procurei me informar sobre sua pessoa e soube que você está apenas querendo desgraçar a vida das mulheres de família do Porto junto com seu amigo Artur Napoleão.

— Eu tenho boas intenções...

— Não quero saber dessa conversinha — interrompeu-me. — É meu último aviso. Distância de minha irmã.

Miguel pegou no antebraço de Carolina. Ela resistiu, tentando se soltar, mas ele segurou ainda mais firme e a levou.

CAPÍTULO 6

MARQUEI UM ENCONTRO COM ARTUR NAPOLEÃO NUMA taverna que ficava próximo a sua casa. Já anoitecia, mas o dono do bar retardava em ligar os lampiões, o que deixava o local escuro e assustador. O bar só tinha quatro mesas, duas ocupadas por oito pescadores, que falavam alto sobre o resultado da pescaria do dia, e outras duas vazias. Sentei-me à mesa mais afastada para não ser incomodado. Não sabia por que Artur havia escolhido esse ambiente de higiene duvidosa para conversar. Ele sempre gostara dessas biroscas.

Pontualidade também não era uma marca dele, já estava atrasado trinta minutos. Enquanto o aguardava, pedi uma garrafa de vinho a um velho careca, que vestia camisa branca de algodão furada e suja com uma calça marrom. Depois do primeiro gole, percebi que a bebida era intragável, apenas aqueles ribeirinhos fedendo a sardinha poderiam tomar um vinho assim.

— O senhor é o dono daqui? — perguntei.

Ele assentiu com a cabeça.

— Então traga um conhaque e leve embora esta porcaria — disse-lhe, devolvendo a garrafa.

O velho não respondeu e levou o vinho. Aguardei dez minutos para que me trouxesse o conhaque. Parecia demorar de propósito. Eu já deveria ter aprendido que não se reclama com um dono de bar.

— Este conhaque aqui é dos bons — avisou, deixando a garrafa na mesa.

Ignorei-o e tomei um copo cheio de uma vez. A bebida desceu cortando minha garganta como um caco de vidro. Pensei em devolvê-la também, mas desisti. Não devia haver nada melhor ali, e entre tomar um vinho ruim e um conhaque igualmente indigesto preferi o destilado. Pelo menos ficaria bêbado mais rápido e esqueceria meus infortúnios. Depois desse dia, o conhaque foi companheiro quase que diário em minha vida.

Só depois da quarta dose, Artur Napoleão apareceu.

— O amigo está um pouco atrasado.

Ele puxou uma cadeira e se sentou.

— O importante é que estou aqui e tenho novidades. Vamos andar um pouco lá fora. Esses pescadores podem escutar, e eles adoram um mexerico.

— Então é por isso que você gosta daqui.

Artur abriu um sorriso, como se não houvesse entendido meu sarcasmo, e se levantou da mesa. Deixei umas moedas para pagar a bebida e saímos da taverna.

— Não me mate de curiosidade. Conte logo quais são as novidades.

— Na verdade, são duas. A primeira é que falei com os pais de Carolina, Dona Custódia e Seu Antônio Novais, sobre suas intenções com ela. A mãe se interessou, quer casar a filha antes de morrer. Parece que está convalescendo de uma doença que os médicos ainda não identificaram.

— E o pai?

— Seu Antônio quer conversar com você na casa deles. O problema é que já está velho e é muito influenciado por Miguel. Eu disse a ele que você iria amanhã.

— Amanhã? Não sei se vou poder.

— Você tem que enfrentar. Marquei com os pais de Carolina e não posso voltar atrás.

— Vou ver o que posso fazer. Mas qual era a outra notícia que tinha para me dar?

— O pai autorizou Carolina a me acompanhar num passeio quando saí de sua casa.

— Você tem mesmo a confiança do velho.

— Conheço a família há muitos anos. À exceção de Miguel, todos gostam de mim.

— Onde Carolina está?

— Na esquina nos esperando. Não podia trazer uma moça de família para uma taverna de pescadores — disse Napoleão apontando para ela.

Carolina me olhou e esboçou um sorriso discreto. Ela usava um vestido verde-musgo, apertado na cintura, que realçava suas ancas. Por um momento me lembrei dos quadris da mulata Joana, mas as cadeiras de Carolina eram mais modestas. Seus cabelos amarrados formavam um coque. Ela parecia mais bonita do que a última vez que a vi.

Aproximei-me e, por alguns segundos, só conseguia encarar seus olhos, sem dizer nada. Artur Napoleão deixou-nos a sós.

— Pensei que nunca fosse me encontrar com você de novo. — Eu peguei em sua mão.

Ela enrubesceu e ficou em silêncio.

— Artur me disse que seus pais querem falar comigo.

— Minha mãe está me ajudando lá em casa. Ela conversou bastante com meu pai para que ele o aceitasse. Mas Miguel fala horrores a seu respeito. Para ele, você não passa de um calhorda.

— Não se preocupe. Amanhã me encontrarei com seus pais e tentarei desfazer a imagem ruim que Miguel fez de mim.

Carolina me abraçou e alisou minhas costas com as unhas. Enlacei sua nuca com minha mão e encostei a testa na dela. Senti seu hálito quente. Tentei beijá-la, mas ela virou o rosto para o lado esquerdo. Insisti em busca de seus lábios. Ela não resistiu.

Após o beijo, ela sussurrou em meu ouvido:

— Meu pai vai aprovar nosso casamento. Não tenho dúvida.

Afastei-me de Carolina. Afrouxei a gravata e fingi não passar bem.

— Você está pálido. O que houve?

— Preciso de um pouco de ar.

— Desculpem-me, mas tenho que levar a moça para casa — interrompeu-nos Artur Napoleão, aproximando-se. — Está tarde, e Seu Antônio pode não gostar. Eu me comprometi a entregá-la cedo e em segurança.

Ainda atordoado, não ofereci resistência. Na verdade, até gostei de Artur ter aparecido, pois não conseguia mais disfarçar o incômodo gerado pela ideia de casamento.

— Está confirmada a visita para amanhã? — perguntou Napoleão.

— Está. Pedro vai conversar com meus pais, e eles hão de lhe conceder minha mão — apressou-se em dizer Carolina, sem me deixar responder.

Cheguei à casa dos pais de Carolina pela manhã e fui recebido por Dona Custódia. A residência, pouco conservada, ficava no centro do Porto. As paredes brancas descascavam e as portas mal se sustentavam em pé. Tinha apenas alguns móveis antigos, e relógios pendurados — certamente em razão da profissão de relojoeiro de Antônio Novais.

Dona Custódia usava um vestido azul-claro desbotado. Seu rosto quadrangular e os lábios finos lembravam as feições de Carolina, mas com aparência bem mais deteriorada. Os cabelos foram tomados por fios brancos, apenas alguns pretos remanescentes. A face também dava sinais do tempo com as bochechas repleta de vincos.

— Então você é o famoso Pedro Junqueira, o jovem que arrebatou o coração de minha filha — disse Dona Custódia em tom amável.

— Ela conquistou o meu também. Quero que a senhora saiba que tenho a melhor das intenções com sua filha.

— Apenas quero que Carolina seja feliz ao lado de quem ela ama. Mas não é para mim que você tem que falar isso. Antônio o aguarda na sala.

— Carolina está com ele?

— Não. Ele quer falar a sós com você. Peço que tenha paciência, porque meu marido está cada dia mais ranzinza.

— Pode deixar.

— Recomendo também que fale um pouco alto, porque ele não está escutando bem.

Dona Custódia me conduziu até a sala. Antônio Novais se balançava em sua cadeira, fumando um cigarro. O velho nem sequer se levantou para me cumprimentar. Seu rosto parecia tão gasto quanto a casa, as rugas tomavam conta de sua face e os cabelos rareavam na cabeça. Vestia uma camisa branca com botões abertos até a altura do peito, uma calça preta e uma sandália que deixava os dedos dos pés com as unhas amareladas à mostra.

— Já pode se retirar, Custódia — disse ele.

A mãe de Carolina saiu em direção à cozinha e nos deixou a sós.

— Então deseja cortejar minha filha?

— Com todo o respeito que sua filha e o senhor merecem.

— Fale um pouco mais alto, não estou escutando bem — disse, colocando a mão em concha na orelha direita, como se fosse possível ouvir melhor com o auxílio dela.

— Vim aqui pedir a autorização do senhor para cortejar sua filha.

Antônio Novais tossiu como se tivesse engasgado com seu fumo.

— De onde é a sua família?

— Meu pai mora no Brasil, mas a família Junqueira é daqui mesmo, do Porto. Tenho tios que moram próximo a sua casa. Chamam-se Manoel e Aparecida. O senhor deve conhecê-los.

— Não sei quem são.

— Vou marcar um almoço para apresentá-los.

— Não precisa — interrompeu-me o velho.

Tirei um lenço do bolso e enxuguei a testa.

— O que você faz da vida?

— Estou terminando meus estudos na faculdade de direito em Coimbra.

Ele ficou em silêncio por alguns segundos e me examinou da cabeça aos pés.

— Minha filha não tem idade para esperar um estudante se formar. Precisa de um homem feito para se casar.

— É meu último ano de faculdade, quando concluir pretendo morar no Porto com meus tios e abrir uma banca de advocacia.

— Só o recebi, rapazinho, em deferência a Artur Napoleão, que veio aqui me pedir, mas não tenho tempo para perder com você. Pode se retirar de minha casa.

— Então poderia me conceder ao menos a oportunidade de visitá-lo em outra ocasião para o senhor me conhecer melhor?

O velho apagou o cigarro num jarro com areia, levantou-se com dificuldade da cadeira de balanço e me deixou sozinho na sala.

Dona Custódia reapareceu em seguida e disse, com o constrangimento estampado no rosto:

— Desculpe, meu filho, Antônio está velho e impaciente. Não quis maltratar você, é que ele se preocupa com o futuro de Carolina.

— Ele não vai retornar para terminar a conversa comigo?

Dona Custódia meneou a cabeça.

Deixei a casa dos pais de Carolina e fui à taverna beber uma garrafa de conhaque.

Artur Napoleão estava sentado a uma mesa contando anedotas aos pescadores que se reuniam a sua volta. Acomodei-me mais distante para tomar minha bebida em paz, mas pelo visto Artur não se deu conta disso e veio se sentar comigo.

— E essa cara amuada, amigo?

— Deu tudo errado. O velho me tratou mal e me negou os encontros com Carolina. Talvez seja o momento de procurar outra rapariga. Também ela já falou em casamento e acho que não estou pronto para isso.

— O mais difícil você já conquistou, que é o coração dela.

— Mas sem a concordância de sua família...

— Os Novais estão passando por dificuldades financeiras. Como havia lhe falado, Dona Custódia está adoentada e ninguém sabe o motivo. Miguel não é dado ao trabalho, e o velho também não tem mais força para pegar no pesado. Não consegue mais consertar um relógio, nem manusear o ouro. Além do mais, o outro irmão de Carolina, Faustino, sofre de uma doença mental no Rio de Janeiro e está à míngua, vivendo de favor.

— E em que isso pode me ajudar?

— Vou falar para Antônio Novais que seu pai é um grande cafeicultor no Brasil e que tem influência e dinheiro para conseguir um tratamento para Faustino.

— Diga ao velho que posso pagar o tratamento do irmão de Carolina. Mas veja bem... — Apontei o dedo para Artur. — Essa será a última tentativa. Se ele não me conceder a autorização para cortejar a filha, abandono tudo e volto para Coimbra nessa semana mesmo.

CAPÍTULO 7

DEPOIS DE UM DIA DE CAMA, RECUPERANDO-ME DA RES-saca causada pelo conhaque, resolvi ir à última missa do dia na Igreja São Francisco para acalmar a ansiedade. Nesses momentos, a religião surte melhor efeito do que o ópio para livrar o homem da angústia que aflige a alma. O canto gregoriano, a imagem de Cristo de braços abertos, a liturgia da Igreja, tudo isso acalenta o coração até mesmo dos infiéis.

Vesti um traje preto com camisa branca, peguei minha cartola e tentei sair sem ser visto pelos meus tios para evitar sermões sobre noitadas e mulheres. Precisava escutar a voz macia do padre e esquecer os problemas. Quando abria a porta do quarto, tia Aparecida me viu e disse com uma voz rouca:

— Vai aonde tão elegante?

— À missa.

— Não sairá sem antes comer algo. Passou o dia trancado no quarto, nem almoçou — disse ela, conduzindo-me até a sala.

Minha barriga ainda estava embrulhada da bebida. Não queria comer nada, mas o cheiro de pão quente me levou à mesa. Tentei comer um pedaço com nata, mas regurgitei. Apenas bebi uma xícara de chá que esquentou meu estômago vazio e aliviou a enxaqueca que quase explodia minha cabeça.

— Está com algum problema, Pedrinho?

— Não.

— Você não quer me falar, mas sei do que se trata. Alguma mulher está lhe fazendo mal e você está se afogando na bebida.

Fiquei calado para ver se ela parava de tagarelar, mas não adiantou.

— Meus cinquenta anos me deram experiência para saber quando um homem foi machucado por uma mulher. Não adianta mentir para mim.

— Tenho que ir, senão vou chegar atrasado à missa.

— Amanhã, seu tio e eu viajaremos para Lisboa. Vamos passar alguns dias...

Deixei minha tia falando sozinha e saí rapidamente para evitar mais perguntas e intromissões.

O sol já se punha. Apressei o passo. Faltavam pouco mais de dez minutos para a última missa. A duas quadras da igreja, escutei alguém chamar pelo meu nome, mas não havia nada mais comum do que Pedro em Portugal, por isso continuei andando. De novo ouvi um grito, só que dessa vez chamando por Pedro Junqueira. Interrompi a caminhada e vi um homem com uma cartola preta na cabeça. Como a iluminação da via pública ainda estava apagada, não reconheci quem era.

— Preciso falar com você — disse o homem, aproximando-se.

— Miguel? — perguntei, esfregando as mãos nos olhos.

— Não está me reconhecendo?

— Estou, claro. Mas não enxergo bem à noite.

— Vamos a um lugar mais reservado para conversar.

— O que quer? Tenho que ir à igreja.

— Você pode ir em outra ocasião. Há missas todos os dias. Preciso falar com você agora. Acompanhe-me — disse ele após pegar em meu braço com força.

Miguel usava trajes escuros de gala parecidos com os meus. Percebi pelo volume na roupa que ele portava uma garrucha. Tentei me livrar de suas mãos, mas ele segurava firme. Conduziu-me por uma viela escura. Olhei para trás e para os lados e não vi uma pessoa sequer.

Minhas pernas fraquejaram e passei a andar claudicante, apenas me sustentava em pé porque Miguel segurava meu braço de maneira firme. Pensei em me livrar dele e sair correndo, mas eu poderia ser atingido pelas costas.

Após caminharmos por alguns minutos em silêncio, vi duas mulheres na rua. Uma ruiva com maquiagem pouco discreta conversava com uma mulher branca de cabelos pretos. Quase dei um grito de socorro, mas me contive. Precisava manter a postura e honra até mesmo no momento da morte.

— Os cavalheiros estão precisando de companhia? — perguntou a ruiva.

— Estamos — respondi ainda com a voz trêmula.

Miguel olhou para mim como se fosse me esganar, mas eu tinha que dificultar seu trabalho. Para me matar, ele precisaria eliminar as prostitutas também.

A mulher enlaçou meu pescoço e me deu um cheiro que me deixou arrepiado.

— Deixe-nos em paz — ordenou Miguel, empurrando a cortesã.

— Não gosta de mulher? — perguntou a branca de cabelos pretos.

As prostitutas riram. Miguel afastou o traje e lhes mostrou a arma.

— Calma. Só queríamos saber se estavam precisando relaxar — disse a ruiva.

Ele pegou novamente em meu braço e continuou a caminhada. Na quadra seguinte, entramos numa taverna. Todas as mesas estavam desocupadas, apenas um velho limpava os copos atrás do balcão. Miguel largou meu braço e se sentou. Retirou a garrucha e a pôs sobre a mesa com o cano apontado em minha direção.

— Vai ficar em pé?

— Por que me trouxe aqui? — perguntei após me sentar.

Miguel ignorou minha pergunta e pediu uma garrafa de vinho. Depois de beber um trago, disse:

— Quer cortejar minha irmã, não é?

— Não. De forma alguma.

— Então o que foi fazer na minha casa ontem?

— Na verdade, só se a família autorizasse — respondi gaguejando.

— Pois bem. Conversei com meu pai hoje e resolvemos autorizar o namorico de vocês. — Miguel bebeu um copo. — Não quero que esse namoro demore. Carolina precisa se casar logo. Quando você concluir os estudos em Coimbra, já quero o casamento marcado.

— Claro, você não vai se arrepender. Minha família ficará feliz em saber que vou me casar com Carolina.

— Por falar em sua família, preciso mencionar um tema delicado. Mas acho melhor deixar para outro momento.

— Se é delicado, precisamos resolver logo. Diga.

— Fico constrangido em tocar no assunto, mas como você agora faz parte da família, tenho que colocá-lo a par da situação. Meu irmão Faustino está muito doente no Rio de Janeiro. É um excelente poeta, mas não dá para viver da escrita no Brasil. Ele precisa de tratamento, e não temos como lhe enviar recursos.

Miguel ficou olhando para mim como se esperasse que eu desde logo me prontificasse a abrir a carteira. Como viu que eu não me dispus, continuou:

— Artur Napoleão disse que seu pai é um grande cafeicultor no Brasil. Queria saber se seria possível nos ajudar. A família Novais ficaria muito agradecida.

— Providenciarei um tratamento para ele. Os deputados da província de São Paulo são todos ligados a meu pai. Amanhã mesmo enviarei uma carta para colocar Faustino no melhor hospital do Brasil.

Miguel abriu um sorriso, levantou-se e apertou minha mão.

— Sempre soube que seria o homem ideal para minha irmã.

Alguns dias depois de prometer ajuda no tratamento de Faustino, chegava a hora de cobrar a fatura da família Novais. Ainda traumatizado com a última visita, bati timidamente à porta da casa. Assim como na primeira vez, quem me recebeu foi Dona Custódia, só que agora mais debilitada; seus lábios haviam empalidecido, e seu rosto, de tão enrugado, parecia uma laranja murcha.

— Torci muito para que conseguissem oficializar esse noivado. Estou doente, meu filho. A cada dia que passa me sinto mais fraca, sem vontade de viver. Quero ver Carolina casada antes de minha hora chegar.

— A senhora ainda viverá muitos anos. Deus há de permitir.

Dona Custódia me deu um abraço e soluçou em meus ombros.

Após se recompor, disse, com a voz ainda embargada pelas lágrimas:

— Antônio o espera na sala. Quer falar a sós com você.

— Será que vai me receber bem desta vez?

— Não se preocupe. Miguel veio hoje cedo falar com ele e convenceu o pai de que o melhor era aceitar o casamento de vocês.

Dona Custódia me acompanhou até a sala. A casa demonstrava a decadência dos Novais, a umidade tomava conta do ambiente e destruía a tinta da parede. Os relógios que ornavam a residência tinham sumido. Deviam ter sido negociados para saldar dívidas da família.

Antônio Novais fumava seu cigarro balançando-se na cadeira. O velho usava a mesma calça preta e camisa branca, parecia que não trocava de roupa havia alguns dias. Quando me viu, levantou-se e me cumprimentou.

— Soube que pretende ajudar meu filho Faustino no Brasil. Ele é muito tolo. Apenas com uma pena na mão e a falta de coragem para trabalhar foi tentar fazer fortuna no mundo novo a convite da família do Conde de São Mamede — disse, voltando a se sentar na cadeira.

— Já enviei uma carta para meu pai providenciar o hospital. Deve demorar um pouco para que resolva tudo. Mas não se preocupe, Faustino não estará mais desamparado.

— Obrigado, meu filho. — O velho apagou o cigarro na areia do jarro. — Posso chamá-lo de filho?

— Claro, agora sou da família.

— Quero conhecer seus tios de quem falou da última vez. Como eles se chamam mesmo?

— Manoel e Aparecida, mas infelizmente eles viajaram hoje de manhã para Lisboa e passarão alguns dias fora.

— Quando retornarem, marcaremos um almoço. Custódia, vá chamar Carolina.

Dona Custódia obedeceu à ordem de Antônio e trouxe Carolina à sala. Ela usava um vestido amarelo com detalhes em renda, e uma redinha envolvia os cabelos formando um coque. O sorriso não saía de seu rosto, parecia não acreditar que sua família iria me aceitar.

— A partir de hoje dou minha bênção para que corteje minha filha. Mas exijo respeito acima de tudo.

Dona Custódia não conseguiu se conter, e uma lágrima rolou em seu rosto.

— Agradeço a confiança que o senhor deposita em mim. Prometo não o decepcionar e fazer Carolina feliz.

— Espero que esse casamento não demore a sair.

— Quando retornar de meu último ano em Coimbra, iniciaremos os preparativos para a festa.

— Tomara que eu e Custódia ainda estejamos vivos quando esse momento chegar.

— O senhor poderia autorizar um passeio com Carolina?

— Como? — perguntou ele, com a mão direita na orelha.

— Carolina poderia ir a um passeio comigo? — repeti, pois ele só escutava o que lhe convinha.

— Só se Custódia acompanhar vocês. Já vai anoitecer e pode ser perigoso.

Mesmo decadente e precisando de minha ajuda, o velho não perdia a empáfia. Queria mostrar que ainda mandava na casa.

— Você sabe que não tenho condições de sair, Antônio — disse Dona Custódia. — Meu corpo ainda arde de febre, e estou muito fraca. Carolina é uma menina ajuizada. Deixe os dois irem sozinhos.

— Tudo bem, mas voltem cedo e não me decepcionem.

Saímos para um passeio às margens do rio Douro. Os últimos raios solares ainda iluminavam o local. O movimento de pessoas retornando do trabalho não me deixava ter um momento de mais privacidade com Carolina. Fomos à beira do rio apreciar o fluxo das águas. Alguns casais de namorados também ficavam lá parados observando a paisagem, como se aguardassem o sol se pôr e as ruas esvaziarem.

Tentei abraçar Carolina, mas ela me afastou.

— Aqui não é um local adequado para isso. Há muitas pessoas passando e elas podem comentar.

— Não me importo com o que dizem.

— Mas eu sim. Deixe as coisas acontecerem de forma mais natural.

— Você tem razão. Vamos contar a Artur a novidade?

— Está escurecendo. Temos que voltar cedo para casa.

— Voltaremos logo — disse, pegando em sua mão.

Ela assentiu.

O sol já havia se posto completamente e a lua estava encoberta por algumas nuvens. Apenas os postes iluminavam as ruas. Entramos numa viela escura e deserta que dava para a casa de meu amigo.

— Não é melhor voltarmos para casa, Pedro? — perguntou ela, parecendo assustada.

Aproveitei a escuridão e a envolvi num abraço antes de beijá-la. Carolina não ofereceu resistência e acariciou minha nuca. Puxei sua cintura para junto da minha. Ela se afastou como se tivesse sentido meu estado de excitação. Pus as mãos em suas costas e as desci até o final da região lombar. Apalpei suas nádegas sobre o vestido, mas com o tecido volumoso não consegui sentir o calor de sua pele. Levantei a parte de trás de sua roupa e coloquei a mão por baixo das anáguas, pegando firmemente em seus glúteos. Carolina me empurrou e deu um tapa no meu rosto.

— Vou embora para casa.

— Desculpe.

— Miguel tinha razão sobre sua índole.

Ela virou as costas. Peguei em seu braço para impedir que fosse embora.

— Acompanho você até sua casa.

— Não precisa. Sinto-me mais segura sozinha.

Carolina se desvencilhou de mim e partiu.

CAPÍTULO 8

COMO MEUS TIOS TINHAM VIAJADO PARA LISBOA, FIQUEI sozinho em casa. Tentei falar com Carolina por diversas vezes, mas não consegui. Mandei recado por um moleque perguntando se ela iria ao baile em que Artur Napoleão tocaria, mas não obtive resposta.

Fui à casa do músico para saber detalhes da festa e pôr a conversa em dia. Artur me recebeu. O piano e outros instrumentos musicais ornavam a sala. Ele retirou o violino da poltrona e me convidou a sentar.

— Fui à casa dos Novais hoje. Carolina disse que está brigada com você, mas não quis me contar a razão. Perguntou se poderia ir ao baile de hoje comigo.

— Você aceitou?

— O que eu poderia fazer?

— Recusar, ora. Deveria ter dito que ela tinha que ir comigo.

— Qual foi o problema que você me apresentou até hoje que não resolvi? Fiz a família Novais se ajoelhar a seus pés, coloquei Carolina em suas mãos. Não se preocupe, meu amigo, as coisas vão se acertar. Farei as pazes entre vocês no baile.

— Não quero que nos reconcilie na festa.

— Já enjoou dela?

— Levarei Carolina ao baile em seu lugar e vou inventar uma desculpa para justificar sua ausência. Apenas confirme minha mentira.

— Ela vai ficar zangada comigo.

— Carolina está apaixonada por mim. Na verdade, quer ficar em paz comigo, mas se faz de difícil.

Embora parecesse contrariado, Artur concordou com minha ideia.

O sol já se punha quando cheguei à casa de Carolina. Dona Custódia falou de sua moléstia e das dores que sentia pelo corpo. Seus olhos fundos e abatidos causavam compaixão. Se eu estivesse em seu lugar, preferiria morrer logo para aliviar a dor e deixar de preocupar os familiares. Perguntei por sua filha. Ela pediu para eu entrar na casa e foi chamá-la.

— O que está fazendo aqui? — perguntou Carolina.

— Minha filha, isso é forma de cumprimentar seu noivo? Essa não foi a educação que lhe dei.

— Eu ia ao baile com Artur. Não com ele.

— Calma, deixe-me explicar. Houve um imprevisto com o piano que Artur vai usar, e ele teve que ir mais cedo afinar o instrumento. Ele me pediu que a acompanhasse ao baile.

— Que rapaz gentil — disse Dona Custódia.

— Meu pai não vai me deixar ir só com Pedro.

Só faltava o velho aparecer ali para atrapalhar tudo.

— Ele já está dormindo.

— Mas quando souber que fui ao baile com Pedro, ficará furioso. É capaz até de anular a autorização de nosso noivado.

— Minha filha, toda mulher tem seus segredos; seu pai não precisa saber de tudo que se passa nesta casa.

Carolina balançou a cabeça em sinal de reprovação.

— Tudo bem. Se a senhora concorda com tudo isso, então vou terminar de me arrumar e já vamos.

Após meia hora, Carolina retornou à sala. Então, saímos de casa e fomos caminhando em direção ao baile. Enquanto andávamos, tentei pegar em sua mão, mas ela se esquivou. Ainda parecia arisca comigo. Enfiei as mãos nos bolsos, de forma bem exagerada para que Carolina visse.

— Acho que não trouxe minha carteira. Temos que passar na casa de meus tios para pegá-la.

Ela balançou a cabeça negativamente.

— Você vai nos atrasar. Eu deveria ter ido ao baile sozinha, já que Artur não pôde me acompanhar.

— A casa de meus tios fica no caminho da festa.

— Se não tem outra alternativa, então vamos.

Quando cheguei à casa de meus tios, a escuridão tomava conta do local. Tateando, consegui acender a lamparina. Carolina olhava detidamente o interior da residência. Talvez esperasse mais luxo num lar dos Junqueira, mas meus tios faziam parte do lado pobre da família.

— Seus tios estão dormindo?

— Não. Foram para Lisboa passar uns dias.

— Por que não me contou? Não posso ficar sozinha dentro de casa com um homem. Sou uma mulher direita — disse Carolina dirigindo-se à porta.

— Espere um pouco. — Peguei em sua mão gelada. — Vou só apanhar minha carteira no quarto e saímos.

Carolina concordou e se sentou no sofá. Fui ao quarto para buscar a carteira que havia esquecido. Aproveitei para arrumar a gravata e reforçar o perfume.

Quando retornei à sala, ela havia se levantado e segurava um pequeno jarro. Olhava para ele como se admirasse os mosaicos azul-claros com branco. Aproximei-me sem que ela percebesse, agarrei-a de costas e cheirei sua nuca.

— É melhor você parar com isso — advertiu ela, tentando se afastar.

Insisti e continuei beijando seu pescoço. Carolina deixou o jarro se espatifar no chão.

— Vamos embora. Estamos atrasados.

Passei a mão em seus seios. Com uma voz baixa, quase sussurrando, ela pedia para eu parar, mas fazia movimentos com as ancas subindo e descendo como se quisesse sentir minha excitação. Ainda beijando sua nuca, comecei a desabotoar seu vestido até deixá-lo cair suavemente. Ela se encarregou de se livrar das anáguas e da calçola, ficando completamente nua.

Carolina cobria os seios com uma das mãos, e com a outra, os genitais, como a deusa Vênus na tela pintada por Botticelli. Afastei seus braços e suguei seus mamilos rijos e rosados. Aos poucos ela parecia perder a timidez e usufruir o momento.

Joguei minha cartola longe. Despi-me e a levei para o sofá. Beijei sua boca, abri suas pernas e a penetrei sem resistência, como se o caminho já houvesse sido desbravado antes. Ela fincou as unhas em minhas costas, arranhando-me como se fosse me rasgar todo. Carolina gemia e estranhamente chamava por seu pai. O sofá começou a ranger com o movimento de nossos corpos. Sentei-me no chão em cima do tapete e apoiei minhas costas no sofá. Carolina subiu em cima de mim e remexeu os quadris até gritar de prazer. Terminei derramando todo meu amor em seu ventre.

Sentindo sua respiração ainda ofegante com meu rosto sobre seu peito, percebi que Carolina apresentara uma desenvoltura de mulher experiente no sexo. Uma virgem teria chorado, sofrido com a perda de sua inocência e com o rompimento do hímen. Levantei-me para ver se havia sangue no sofá. Não encontrei nenhum sinal. Fui tomar um banho e a deixei deitada no sofá.

Quando retornei à sala, ela ainda estava deitada, nua. Abriu um sorriso e me chamou para ficar com ela. Talvez tivesse esperança de fazer sexo novamente. Deitei-me com ela, mas, de tão exausto, adormeci em seus braços.

A ideia de que Carolina havia perdido a virgindade com outro homem não saía da minha cabeça. Na verdade, eu não sabia nem com quantos homens ela se deitara. Toda aquela proteção que Miguel e o velho faziam da honra de Carolina não passava de uma farsa.

Enquanto me vestia para ir à taverna de pescadores, escutei batidas na porta. Achava que fosse Artur Napoleão, há alguns dias não me encontrava com ele. Coloquei rapidamente a gravata e fui receber a visita. Para minha surpresa, quem apareceu foi Carolina.

Ela usava um vestido amarelo-claro e um chapéu da mesma cor. Sentou-se de forma elegante, com a coluna ereta e apoiando as mãos nos joelhos levemente inclinados para o lado esquerdo no mesmo sofá em que outrora fizemos amor.

Após ficar alguns segundos calada, ela rompeu o silêncio:

— Minha mãe reclamou porque cheguei tarde naquele dia da festa de Artur.

— Ela desconfiou de algo?

— Não sei. Ela tem o dom de saber tudo que faço sem que lhe fale nada. Acho que o sorriso amarelo de quando cheguei me denunciou.

— E seu pai?

— Esse não soube nem que saí com você. A propósito, ele perguntou se você não ia cumprir a promessa de ajudar meu irmão Faustino no Rio de Janeiro.

— Já enviei uma carta a meu pai, mas ele é um homem muito ocupado. Não sei se teve tempo de resolver isso. Aceita um café?

Carolina assentiu.

Eu prometera ao velho ajudar Faustino, mas nem sequer tinha mandado uma carta a meu pai pedindo o tratamento.

Servi o café a Carolina, que insistiu em falar sobre Faustino:

— Meu pobre irmão não tem sorte mesmo na vida. Ele me mandou uma carta com algumas palavras desconexas e falou de um amigo poeta que fez no Brasil.

— Qual o nome dele?

— Joaquim Maria Machado de Assis. Conhece?

— Não me recordo. Desde que deixei o Rio de Janeiro, não tenho lido autores brasileiros. A França tem produzido obras bem melhores. Além do mais, são mais fáceis de serem encontradas em Portugal.

— Também adoro os romances franceses.

— O que está lendo no momento?

— *Madame Bovary*, de Gustave Flaubert.

Queimei a língua com o café e deixei derramar um pouco sobre a roupa.

— Li, mas acho melhor você abandonar o livro antes de terminar. Poderá ter surpresas desagradáveis. Ainda está no início?

— Não. Acho que amanhã concluo. Emma Bovary é uma personagem incrível. Mulher de ideias próprias e que não reprime seus desejos. O estúpido Charles Bovary bem que mereceu as traições com Léon e Rodolfo.

— Preciso trocar a camisa que sujei de café — disse indo em direção a meu quarto.

Como uma mulher de família poderia ler um romance tão pervertido e ainda apoiar as traições de Emma Bovary? Que ideias eram aquelas, em total dissonância com os princípios católicos que os portugueses e nós, brasileiros, tanto prezamos? Tudo isso só vinha a confirmar minhas suspeitas de que ela já tinha se deitado com outros homens. Caso se casasse comigo, ia achar natural me trair também.

Retornei à sala não conseguindo disfarçar meu transtorno.

— Algum problema, Pedro? — Carolina perguntou como se tivesse notado que eu estava chateado.

Sinalizei negativamente com a cabeça.

— Temos que conversar sobre um assunto delicado e preciso de sua compreensão, Carolina.

— Pode dizer, tentarei ajudá-lo se for possível.

— Retornarei amanhã a Coimbra. Devo passar meu último semestre lá para concluir meu curso.

— Achei que depois do que aconteceu as coisas tivessem mudado. O que vai ser de mim sem você aqui?

Dei de ombros.

— Por favor, não vá, Pedro. Você não precisa trabalhar como advogado, seu pai é rico. Não vou aguentar passar tanto tempo longe de você.

— Infelizmente, tenho que ir. Não posso deixar todos os meus anos de estudo agora.

— Você me usou e agora quer me abandonar? Minha família já criou expectativas sobre nosso relacionamento. Se for embora, temo que meu pai e Miguel criem obstáculos para ficarmos juntos. Se ao menos você oficializasse nosso noivado, seria tudo mais fácil.

— Ainda é cedo para noivarmos.

— Então, é melhor encerrarmos nosso relacionamento agora para não nos machucarmos ainda mais no futuro. Certamente você vai encontrar outra em Coimbra. Um homem não passa seis meses sem as saias de uma mulher.

— Tenha calma. Prometo que quando retornar trago a aliança de lá. Não precisamos resolver isso agora. Vamos aproveitar os últimos momentos que ainda nos restam juntos antes de eu viajar.

— Sei muito bem o que está querendo. Não vou deixar que se aproveite de mim de novo. Você já deixou bem claro que não quer compromisso sério.

Carolina se levantou e caminhou até a porta. Com a mão no trinco, ficou parada como se esperasse que eu voltasse atrás e a pedisse em noivado. Como eu não disse mais nada, ela foi embora.

CAPÍTULO 9

DESDE QUE EU RETORNARA A COIMBRA, TIVE CONTATO com poucas pessoas. Os dias demoravam a passar, e eu me dedicava quase que exclusivamente aos estudos.

Permaneci a maior parte do tempo em meu quarto. Aproveitei o isolamento também para renovar minhas leituras. Um colega de sala brasileiro me emprestou um livro de poesias de Machado de Assis chamado *Crisálidas*. Não conhecia o autor, mas parecia ser iniciante nas letras, porque o livro tinha rimas fracas e versos pueris. Quando cheguei ao poema intitulado "Quinze anos", não aguentei e fechei o volume.

Uma pessoa abriu a porta e entrou no quarto, de súbito. Era a dona da pensão. Ela nunca batia antes de entrar. Já me havia flagrado em situações embaraçosas antes. A mulher tinha seios fartos, que adorava deixar à mostra. Seu marido morrera havia alguns anos, e ela parecia procurar um homem para satisfazer sua lascívia.

— Chegou uma carta para você.

— Deve ser de meu pai. Pode deixar ali.

Ela obedeceu e deixou a correspondência em cima de uma mesa ao lado de minha cama, mostrando parte das auréolas enegrecidas e gastas dos seios.

— A carta não é de seu pai. Quem escreveu foi uma tal de Carolina Novais.

Imediatamente, peguei-a para ler.

Ela ficou parada como se quisesse saber do que se tratava.

— Você já pode sair.

— Seu pai ainda não pagou o aluguel deste mês.

Levantei-me da cama e entreguei algumas moedas para a mulher deixar o quarto.

Em seguida, abri a carta. Carolina dizia que as saudades a consumiam e que não podia esperar mais tempo longe de mim. Falava que precisava se encontrar comigo o mais breve possível, pois tinha ocorrido algo terrível, que só poderia me contar pessoalmente. Percebi que as letras da carta estavam borradas, como se ela houvesse chorado ao escrevê-la.

Hesitei em deixar Coimbra e ser reprovado em meu último ano. Mas a carta de Carolina parecia ser séria. Ela não exigiria minha presença se algo muito grave não tivesse acontecido. Forjei uma recomendação médica para me tratar em Lisboa por suspeita de tuberculose e viajei ao Porto já no dia seguinte.

Logo que cheguei à cidade, fui direto à casa dos pais de Carolina. Ainda ofegante da viagem, bati à porta de forma mais bruta do que o usual. Quem abriu foi Carolina. Ela tinha os olhos fundos e escuros. Pareceu surpresa quando me viu. Ficou parada por alguns segundos, sem reação. Depois me abraçou e começou a chorar em meus braços.

— O que houve?

— Não posso falar agora. Estão todos na sala. Tenho que me recompor para que não percebam que chorei — disse ela, enxugando as lágrimas com um lenço branco.

A família estava toda reunida. Antônio Novais fumava seu cigarro na cadeira de balanço, enquanto Dona Custódia tricotava na poltrona. A mãe de Carolina parecia mais cansada, como se não tivesse mais forças para lutar contra a doença. Levantou-se com dificuldade e me deu um abraço. O velho, por sua vez, mal olhou para mim.

— Não vai falar com seu genro, Antônio? — perguntou Dona Custódia.

O pai de Carolina fechou a cara ranzinza e apenas acenou com a mão sem se levantar.

Miguel logo chegou para se juntar ao resto da família. Abraçou a mãe e o pai, mas, assim como o velho, não me cumprimentou.

— Meu pai, um homem sem palavra não é nada. Não é nem digno de ser chamado de homem. — Miguel apontou o dedo indicador para mim e prosseguiu: — Há quase dois meses, esse sujeito prometeu ao senhor e a esta família ajudar Faustino e até agora meu irmão não recebeu absolutamente nada..

— Meu filho, tenha calma — interveio Dona Custódia. — Certamente Pedro fez tudo o que pôde para nos ajudar.

O velho me encarou, como se esperasse uma satisfação.

— Já enviei diversas cartas a meu pai para que providenciasse um tratamento adequado para Faustino — menti mais uma vez. — Na semana passada, ele me respondeu, dizendo que estava envolvido numa missão recomendada pessoalmente pelo Imperador D. Pedro ii, mas que, tão logo concluísse, resolveria esse problema.

— Mentiroso. Aposto que nem sequer entrou em contato com o pai — disse Miguel.

— Está enganado. Pedro me mostrou uma das cartas que enviou ao pai — interveio Carolina, aderindo a minha mentira. — Meu pai, pode confiar em Pedro. Ele fez todo o possível para ajudar meu irmão.

— O que vocês têm que entender é que meu pai é um homem muito ocupado. Se pudesse, eu mesmo iria ao Brasil cuidar dessa situação.

O velho permaneceu impassível. Não deu sinal de que acreditou, nem de que rejeitou a justificativa forjada por mim e acompanhada por Carolina.

— Chega dessa ladainha. Vocês acreditam em tudo que esse calhorda diz — esbravejou Miguel, levantando-se e se encaminhando em direção à porta da casa.

Depois que ele se foi, a sala ficou em silêncio por alguns minutos. Fiz sinal a Carolina para sairmos. Ela pediu licença aos pais e me chamou para um passeio.

Logo que nos livramos do alcance da vista dos pais de Carolina, ela tornou a chorar.

— Diga-me o que aconteceu.

Carolina não conseguia falar, apenas soluçava e continuava caminhando. Eu a encarei e implorei que me contasse o que havia ocorrido.

— Até quando vai continuar com esse suspense, Carolina?

— Estou grávida.

— Não pode ser.

— Você esqueceu? Fizemos amor na casa de seus tios sem nenhuma precaução para evitar a gravidez.

Fiquei alguns segundos sem reação, em estado de pânico.

— Você não podia ter deixado isso acontecer. Essa responsabilidade é tão somente sua.

Carolina voltou a cair em prantos.

— Não esperava essa atitude sua. Vou ter um filho seu.

— Como imaginava que eu fosse receber essa novidade? Você acabou com minha vida, minha carreira.

— Posso cuidar da criança sozinha, Pedro. Não preciso de você. — Ela enxugou os olhos e tentou segurar o choro. — Bem que devia ter acreditado em Miguel. Jamais podia ter me entregado para uma pessoa como você.

Antes que eu pudesse retrucar, Carolina virou-se em direção a sua casa. Segurei firme em seu braço, impedindo-a de me deixar sozinho. Tentei falar algo, mas não me veio nada à cabeça. O que ela esperava de mim? Que eu recebesse essa notícia de bom grado? Propusesse um casamento às pressas? Minha vontade era voltar para o Brasil e deixar aquela gente.

A expressão de Carolina demonstrava desespero. Devia ter passado noites em claro sem saber o que iria falar para os pais e Miguel. Além de tudo, teria que enfrentar o falatório da sociedade hipócrita por ter sido violada antes do casamento. Meu coração começou a amolecer.

— Sou um homem de respeito — afirmei, rompendo o silêncio. — Preciso de um tempo para digerir a ideia de ser pai e contar tudo para sua família.

— Meu pai e Miguel vão querer matá-lo.

— Não tenho medo deles. Resolverei tudo como um cavalheiro.

A expressão de Carolina mudou imediatamente. As lágrimas secaram e ela abriu um sorriso discreto.

— No fundo, sabia que você não iria me decepcionar.

Após dormir pouco na noite anterior, ainda aflito com a notícia de que Carolina carregava um filho meu no ventre, acordei de ressaca, embora não tivesse ingerido álcool. Lavei o rosto para tirar as remelas dos olhos, que mal conseguiam abrir, e fui encontrar Artur Napoleão na taverna de pescadores.

Mais uma vez Artur Napoleão se atrasou. Chamei o dono para me servir algo.

— O que vai beber hoje? — perguntou enquanto limpava um copo com um pano branco encardido.

Imaginando que ele serviria minha bebida naquele copo mal higienizado, pensei em desistir. Mas a vontade de me embriagar prevaleceu.

— Traga um conhaque dos bons.

— Aqui não tem conhaque bom ou ruim. Se quiser beber, tem que ser o que está disponível na casa.

— Tudo bem. Traga o que tiver.

Ele pegou a garrafa e encheu o copo até transbordar. Tomei tudo de um só gole, pigarreei e cuspi no chão próximo aos pés do dono do bar. Aquele ambiente rude me deixava com costumes grosseiros de pescador.

— Pode deixar a garrafa.

— Quer uma sardinha frita para acompanhar?

— Quais as outras opções?

— Nenhuma, só o peixe mesmo.

— Então pode trazer.

As sardinhas estralavam na boca de tão crocantes. Apesar da aparência, nem tudo era ruim na taverna.

Eu havia bebido quase metade da garrafa quando Artur chegou.

— Tive que passar na residência de uma moça de família que estou cortejando.

— Você é um pândego mesmo. Deixa os amigos esperando para ir em busca de novas saias.

— Uma coisa eu garanto, ela é muito mais interessante do que você — disse Artur abrindo um sorriso.

Ele pediu ao dono da taverna um copo e mais um prato de sardinhas fritas para acompanhar.

— Como está seu relacionamento com Carolina?

— Acho melhor não falarmos disso aqui. Os pescadores podem escutar, e eles adoram mexericos.

— Vamos lá fora.

Apenas o segui. Artur tragava o cachimbo e baforava na minha cara.

— Diga-me agora o que aconteceu entre vocês.

— Carolina está grávida.

Artur levou a mão ao rosto.

— O que vai fazer agora?

— Ainda não sei se volto para o Brasil, se me caso com ela ou se a convenço a tirar a criança.

— Você não pode fazer isso com Carolina.

— Não seja falso moralista. Você já deflorou muitas moças por aí.

— Mas com Carolina é diferente. Avalizei esse relacionamento junto à família dela. Vocês só ficaram juntos por causa da confiança que os Novais depositavam em mim. Dei minha palavra de que você era um homem de honra. Minha reputação também ficará arranhada no Porto.

— Mas o que faço?

— Tem que enfrentar o problema de forma digna.

— Meu pai jamais aceitaria que eu assumisse essa criança. Ele tem planos para me casar com a filha de um fazendeiro amigo. É capaz de me deserdar.

— Amanhã você vai à casa dos pais dela para pedi-la em casamento. Marque o casório para as próximas semanas, porque a barriga de Carolina vai começar a crescer e ela pode ficar falada, principalmente pelas carolas amigas de Dona Custódia.

— Não tenho certeza se é isso que quero.

— Pouco importa o que você quer. Mais importante é mostrar que pode agir como homem.

Retornei à mesa e virei três copos de conhaque seguidos em silêncio, tentando digerir os conselhos de meu melhor amigo. Eu jogaria meu futuro fora em troca de um rabo de saia que arrumei em Portugal. Não estava preparado para me casar, tampouco para a paternidade.

Artur passou um tempo fora da taverna. Parecia abalado com a notícia.

— Tenho que ir agora — anunciou ele após retornar ao bar. — Lembre-se do que tem que fazer amanhã. Converse com o velho e Dona Custódia para marcar a cerimônia às pressas.

— Farei isso.

— Não se esqueça de me convidar para ser padrinho.

Abri um sorriso amarelo e me despedi de Artur.

Paguei a conta e levei o que restou do conhaque para terminar de beber na casa de meus tios. Quando saía da taverna, percebi que havia um cocheiro bem-vestido bebendo uma garrafa de vinho em cima do coche.

— Poderia me levar para casa? — perguntei.

— Estou de folga, acabei de deixar o patrão. Mas minha bebida está acabando. Se comprar uma garrafa de vinho para mim, posso pensar no seu caso.

— Seu patrão permite que saia no carro dele?

— Fiquei com o coche para fazer alguns consertos. Você mora perto daqui?

— A pouco mais de mil metros.

— Não precisa ser vinho, basta me dar esse resto de conhaque que tem embaixo do braço.

O cocheiro largou a garrafa de vinho vazia e pegou meu conhaque.

— Você toparia uma viagem de madrugada até Coimbra? — perguntei.

— O que tem a fazer de tão urgente lá para querer ir a essa hora?

— Na verdade, preciso sair da cidade antes de amanhecer.

O homem silenciou, pensativo.

Retirei umas notas do bolso e comecei a contar a sua frente.

— Se pagar bem e trouxer duas garrafas de conhaque para a gente beber no caminho...

Comprei a bebida e entrei no coche.

CAPÍTULO 10

SOBRE A CABECEIRA DA CAMA ACUMULAVAM-SE CARTAS de Carolina, Artur Napoleão e até de Dona Custódia. Não abri nenhuma delas. Depois, queimei todas. Só abria as correspondências de meu pai, que traziam notícias e dinheiro do Brasil.

Havia se passado mais de quatro meses desde que eu deixara às pressas a cidade do Porto. Naquela madrugada, ocorreram infortúnios de toda sorte: a roda do coche quebrou, tivemos que fugir de saqueadores e paramos inúmeras vezes para o cocheiro vomitar. Por um milagre, conseguimos chegar a salvo a Coimbra.

Passei mais de um mês sem sair de casa, nem mesmo para ir à universidade. Só não fui reprovado porque alguns colegas se encarregavam de fazer meus trabalhos. Quase não comia também, apenas o que a dona da pensão deixava no quarto. Minha barba cresceu, os olhos ficaram fundos com pálpebras arroxeadas e as bochechas secaram, deixando meu rosto cadavérico. Não conseguia me reconhecer no espelho.

Acreditava que o tempo me ajudaria a esquecer Carolina. Mas a solidão do quarto me impedia de tirá-la da mente. Sentia falta dela, de Dona Custódia e até mesmo do velho rabugento. A consciência também começou a pesar. Faltou-me hombridade para lidar com a situação. Deveria ter seguido os conselhos de meu amigo Artur.

Naquela manhã, a dona da pensão entrou no quarto sem bater e me acordou:

— Trouxe café com bolinhos. — Ela me encarou, espantada. — Você está pálido e magro. Se continuar sem comer, vai adoecer.

Ao se abaixar para colocar a bandeja na mesa, a viúva deixou os seios à mostra como costumava fazer. Mas aquela cena não me excitava mais. Aliás, quase nada me dava ânimo na vida. Ficar trancado no quarto na companhia dos poemas de Lorde Byron me bastava.

— Nunca mais recebeu cartas de seu amigo Artur?

Dei de ombros.

— E sua namoradinha Carolina? Será que já se esqueceu de você?

Mais uma vez não respondi, apenas lancei um olhar que a fez parar de falar. Jamais lhe contei nada sobre minha vida pessoal, mas suas incursões em minha intimidade confirmavam as suspeitas de que ela lia minhas cartas antes de me entregar.

Comecei a tossir sem parar. Já tinha sofrido crises antes, mas das outras vezes de forma mais branda. Meus pulmões pareciam se desintegrar como se fossem sair aos pedaços pela boca. A dona da pensão ajudou-me a sentar na cama e tentou aliviar minha dor massageando minhas costas com um emplasto em movimentos circulares.

— Pedro, veja seus lençóis.

Percebi, então, que a roupa de cama branca estava manchada com gotas de sangue e material purulento. Minha mandíbula tremia, e comecei a ranger os dentes. Fui tomado por uma vertigem tão forte que quase desmaiei. Só senti a mão da dona da pensão em minha testa e escutei sua voz longínqua:

— Você está ardendo em febre. Vou preparar um chá que vai curá-lo em poucos dias.

Depois disso, apaguei.

Após algum minutos, fui acordado por ela, que erguia minha cabeça apoiando-a em seus peitos para depois derramar o chá delicadamente em minha boca. A bebida quente passou por meu esôfago como uma brasa acesa, e aos poucos acalmou o ronco de meus brônquios.

— Vou trocar os lençóis.

Ela colocou uma roupa de cama limpa e abriu a janela. Os raios invadiram o quarto queimando minha pele que havia dias não tinha contato algum com a luz do sol.

— Feche essa janela — ordenei, cobrindo o rosto com o lençol.

— Você está precisando tomar um banho de sol para acabar com essas moléstias que o estão matando. — Ela puxou o pano de minha cara. — A partir de hoje vou lhe dar mais atenção; afinal, é meu melhor cliente. Há quase cinco anos seu pai sempre me paga um pouco a mais para lhe dar um tratamento diferenciado. Não vou deixar que uma paixão estúpida por uma rapariga acabe com sua vida.

A dona da pensão ainda disse algumas bobagens das quais não me recordo e partiu, deixando-me sozinho.

Parecia que o mal do século tomara conta de meu corpo. A tuberculose aproveitou-se de minha alma enfraquecida e se instalou de forma sorrateira. Temi que a moléstia a que sucumbiu Álvares de Azevedo, Casimiro de Abreu e tantos outros poetas que também sofreram por amor tirasse minha vida.

Durante a convalescença só conseguia pensar em Carolina e em meu filho. Se nascesse homem, teria o nome de Francisco Junqueira Neto, em homenagem a meu pai. Se fosse mulher, deixaria que a mãe escolhesse. De toda forma, o que importava era que o bebê viesse com saúde. A falta de notícias me deixava angustiado. Como queimara todas as cartas antes de ler, não havia como ter informações sobre a gestação de Carolina.

Passei cerca de três semanas acamado, ingerindo todos os chás e remédios oferecidos pela dona da pensão. Tão logo tive vigor para sair do quarto, parti para a cidade do Porto.

Chegando lá, resolvi procurar primeiro meu amigo Artur para intermediar a situação. Não podia chegar de supetão para enfrentar Antônio Novais e Dona Custódia depois de tê-los decepcionado daquela forma. Além do mais, havia uma grande probabilidade de deparar com Miguel. Ele tentaria partir para as vias de fato comigo ou me matar.

O pai de Artur, Alexandre Napoleão, me recebeu com um forte aperto de mão e me convidou para entrar. A sala parecia mais ampla do que das outras vezes que visitei Artur. O piano e outros instrumentos musicais que costumavam ornar a casa não estavam mais ali. A poltrona em que sempre repousava um violino se encontrava vazia.

— Preciso falar com Arthur.

— Infelizmente não será possível. Ele viajou há algumas semana para o Brasil.

— Brasil? Quando retorna?

— Receio que não volte tão cedo. Disse que conseguiu uma oportunidade de lecionar música no país. Arrumou as malas às pressas e comunicou que ia partir acompanhado de uma moça. Foi tão rápido que não deu tempo nem de segui-lo ao navio.

— O senhor sabe quem é a moça?

Napoleão desviou o assunto perguntando sobre meus estudos e outras amenidades. Como eu não tinha tempo a perder, despedi-me do velho e fui à casa dos pais de Carolina. Com Artur no Brasil, não havia escapatória. Eu teria que enfrentar a família sozinho.

Levantei a lapela do sobretudo para cobrir o rosto. Passei em frente à casa dos Novais por diversas vezes para observar quem estava no local. A ocasião exigia cautela, eu tinha que evitar esbarrar com Miguel. Em frente à calçada, acumulavam-se folhas e sujeira. A residência parecia abandonada.

Depois de aguardar por mais de duas horas, sem que houvesse movimentação alguma na casa, resolvi bater à porta devagar. Ninguém apareceu. Gritei por Dona Custódia. Não adiantou. Forcei o trinco da porta tentando abri-la. O metal estava enferrujado, de modo que não consegui entrar. Chamei por Carolina, em vão.

Estava prestes a desistir quando uma senhora que morava na casa ao lado acenou para mim. Aparentava ter mais de cinquenta anos e vestia uma camisola azul-clara que deixava à mostra seus braços roliços. Possuía os dentes amarelados e um nariz protuberante.

— Procura por Dona Custódia?

— Ela não está em casa?

— Você é parente?

— Sou sobrinho dela — menti para que a mulher pudesse me contar o que ocorrera naquela casa.

— E não lhe avisaram?

— O quê?

— Ela faleceu.

— Tia Custódia?

— Há uns três ou quatro meses.

Fiquei em estado de choque. Tinha um sentimento especial por ela, como se fosse uma mãe. Dona Custódia era a única pessoa da família de Carolina que me tinha apreço. Dizia que sonhava ver a filha casada antes de morrer, por isso alcovitava nossa relação.

— Por favor, entre. Vou preparar um chá para que se acalme.

Entrei, e ela me serviu a bebida. A xícara de chá tremia em minhas mãos. O local tinha cheiro de mijo de gato, mas como não vi nenhum sinal de animal na casa, percebi que era a velha que exalava aquele odor. Receei beber o chá, mas acabei tomando um gole.

— Havia anos Dona Custódia lutava contra uma moléstia incurável.

— Mas pensei que ela fosse resistir. Parecia tão forte...

— Eu também acreditava nisso, mas ocorreu um fato muito grave na família Novais.

A mulher ficou calada por alguns segundos, como se esperasse que eu perguntasse do que se tratava.

— O que houve?

— Não sei se posso contar isso para você. Não gosto de mexericos.

— Ela era minha tia. Se estivesse viva, certamente me contaria.

— Só contarei porque sei que essa seria a vontade da falecida. Carolina começou a ter um caso com um rapaz brasileiro de família muito rica. O cafajeste fez promessa de casamento e de ajudar Faustino no Brasil. Mas Carolina não resistiu. Entregou-se ao sujeito antes do casamento e engravidou. Assim que soube da notícia, o homem fugiu.

A velha bebeu um pouco de chá e continuou:

— Seu Antônio expulsou Carolina de casa, apesar dos protestos de Dona Custódia. Com a desgraça da filha, a saúde dela, que já era frágil, deteriorou-se ainda mais. Em poucos dias, ela veio a óbito. Coitada de Dona Custódia. Uma excelente pessoa. Pena que não teve sorte com a filha.

— E tio Antônio? como está?

— Pelo visto, a família esqueceu totalmente de você. Não lhe contaram nada — disse a velha em tom de deboche.

— O que houve?

— Ele também faleceu. Sem Dona Custódia em casa para lhe fazer companhia, entrou em profunda depressão até partir desta para uma melhor. Faz poucos dias. O pobre do Seu Antônio teve muito desgosto da filha.

— Que tragédia.

— Tudo por culpa de Carolina. Na verdade, sempre achei a menina muito à frente de seu tempo. Tenho uma filha da idade dela, mas nunca deixei que as duas tivessem amizade. Ela podia ser uma má influência para minha moça. Graças a Deus tive essa percepção, senão minha família poderia ter o mesmo fim dos Novais.

A velha às vezes se esquecia de que eu havia me identificado como sobrinho de Dona Custódia, e no afã de fofocar não media palavras.

— Por falar em Carolina, onde ela está? — indaguei.

— Depois de ser expulsa de casa, foi morar com Miguel. Ele ficou furioso, porque atribuiu a culpa da morte dos pais e da vergonha de Carolina ao moço. Soube que queria matar o sujeito.

— Deve ter falado isso no momento da raiva. Não seria capaz de cometer tal barbaridade.

— Que nada. Ele chegou a procurar uns pistoleiros para matar o fugido, mas, como ele morava em Coimbra, cobraram um valor que Miguel não pôde pagar. Os Novais mal tinham dinheiro para comer. Coitados.

— E o filho que ela carregava?

— Dizem que perdeu por causa do sofrimento. Mas não acredito nisso. Ela deve ter abortado para ocultar a desonra. Sabe por que acredito que ela praticou o aborto?

Meneei a cabeça.

— Logo depois de perder o filho, ela fugiu para o Brasil. Como poderia enfrentar uma viagem de dias de navio num mar bravio com um filho no ventre?

Antes que eu pudesse responder, a mulher prosseguiu:

— É obvio que praticou o aborto para poder sair de Portugal sem o estorvo da gestação. Mas você não sabe o que é pior.

— O quê? — perguntei sem imaginar que poderia haver algum outro infortúnio.

— Apesar de ter perdido os pais e o filho, Carolina fugiu com outro homem. Um músico boêmio chamado Artur Napoleão. Não esperou nem acabar o luto para se amancebar com o primeiro rapaz que apareceu. Vai ter muito que se explicar quando estiver diante de Deus.

Sem pedir licença, saí da casa da porta-voz das maiores tragédias que uma família poderia carregar. Desnorteado, fui direto à taverna de pescadores. Pedi uma garrafa de conhaque e bebi no gargalo tudo que meu corpo conseguia absorver.

O sentimento de culpa que carregava por ter abandonado Carolina grávida foi substituído pela pior ira que uma pessoa poderia carregar: a de homem traído. Não bastasse saber que ela abortara, descobri que fugira com meu melhor amigo. Comecei a me perguntar se já mantinham um caso anterior e se o filho era do músico, e não meu. Talvez planejassem a fuga para o Brasil havia muito tempo. A vizinha tinha razão. Carolina causou desgraça e desonra a toda sua família.

CAPÍTULO 11

APÓS SABER DA TRAIÇÃO DE CAROLINA E ARTUR NAPOLEÃO, retornei a Coimbra para concluir meus estudos. Depois passei alguns anos vadiando pelos cabarés do Quartier Latin, em Paris, a pretexto de aprofundar meus conhecimentos na Universidade de Sorbonne. Até que um dia meu pai resolveu interromper meu ciclo de boemia e ordenou meu retorno ao Brasil.

Seu amigo Visconde do Rio Branco acabara de assumir a presidência do gabinete ministerial pelo Partido Conservador, e ele queria que eu exercesse algum cargo no governo. Meu pai conseguiu marcar uma reunião para mim com o Visconde em seu gabinete. Contra minha vontade, compareci ao encontro.

Eu aguardava na sala de espera pelos frutos que a reunião poderia render. O Rio de Janeiro fervia naquela tarde de março de 1871. Minha camisa já estava empapada, e o lenço de seda não conseguia mais absorver o suor que brotava de minha testa. Depois de tantos anos morando na Europa, eu me desacostumara do clima tropical.

Sentou-se a meu lado um senhor de terno preto e barba grisalha longa. Colocou os óculos apoiados na ponta do nariz e abriu um livro. Antes que começasse a ler, interrompi-o para conversar.

— O que o senhor está lendo? — perguntei.

— *Os Miseráveis*, de Victor Hugo.

— Li quando morava em Paris.

O homem apenas balançou a cabeça positivamente, como se minha intervenção o enfadasse. Ainda assim, prossegui:

— Os escritores brasileiros deveriam se inspirar nele e parar de escrever folhetins açucarados para mulheres. A Europa não lê mais esse tipo de obra há muitos anos. A verdade é que o Brasil produz bons poetas, mas péssimos romancistas.

O homem olhou para mim por cima dos óculos. Antes que dissesse algo, o Visconde do Rio Branco o chamou:

— Doutor José de Alencar, vamos entrar.

Ele deu de ombros e entrou na sala de Rio Branco.

Não fiquei nem um pouco constrangido em ter insultado o autor de *O Guarani*. Ele era considerado o maior romancista brasileiro, mas eu achava seus livros insuportavelmente piegas.

Eu também queria ser escritor, mas não com a mediocridade de José de Alencar. Pretendia escrever romances que retratassem as pessoas e a sociedade tais quais elas eram. Revelar os sentimentos mais mesquinhos dos personagens. Só precisa de um pouco de tempo para começar. Com a bagagem de leitura e vivência que adquiri na Europa, tinha certeza de que meu livro sairia muito melhor do que o de Alencar.

O escritor deixou o gabinete do Visconde cerca de meia hora depois do início da reunião. Na saída, José de Alencar ainda me encarou e balançou a cabeça em sinal de reprovação.

O gabinete do visconde tinha móveis de jacarandá, um tapete vermelho, alguns vasos de ornamentação e um quadro com a figura imponente do imperador D. Pedro II de peito estufado e coroa na cabeça. Nem parecia aquela figura corpulenta da vida real que o povo costumava chamar de Pedro Banana.

— Sou um grande amigo de seu pai. Ele sempre se referiu a você com muito orgulho. — O Visconde me ofereceu um copo de cachaça mineira, mas recusei. — Soube que você é um grande estudioso do direito.

— Fiz o bacharelado em Coimbra e passei alguns anos na Universidade de Sorbonne aprofundando meus conhecimentos em direito constitucional.

— Com esse excelente currículo, certamente já está inteirado do assunto que tenho para lhe falar. Após a Guerra Civil Americana, só restam Brasil e Cuba com a pecha da escravidão. O embaixador inglês me pressiona para que eu tome alguma medida, e os movimentos abolicionistas no país começaram a ganhar força. O Imperador fará uma longa viagem pela Europa nos próximos meses e pretende resolver o elemento servil no Brasil enquanto estiver no exterior. Quer evitar um desgaste com os proprietários de escravos.

— O Imperador pretende abolir a escravatura?

— O país não está preparado para isso. Não temos força de trabalho para substituir os negros; os imigrantes europeus ainda são poucos e não aceitam pegar no pesado. Além do que, o governo não possui recursos para acolher os libertos das fazendas. Eles invadiriam as cidades e seria o caos.

O visconde bebeu um copo de aguardente e continuou:

— Precisamos conter esses abolicionistas. Por mim, já teria empastelado os jornais progressistas, como *A República*, e mandado prender esses arruaceiros. Mas o Imperador não me autoriza, de maneira que temos que negociar e fazer algumas concessões. Pensamos em conceber a abolição de forma lenta e gradual. Tão gradual que espero já ter deixado este mundo quando todos os negros estiverem soltos. Cuba aprovou a Lei Moret em 1870, dando liberdade aos escravos nascidos após 17 de dezembro de 1868 e aos maiores de sessenta anos. Queremos algo semelhante para aplicar ao Brasil.

Uma senhora negra entrou no gabinete e nos serviu café. O visconde aguardou a mulher sair e prosseguiu com voz mansa:

— Você se encaixa no perfil que estou procurando para me auxiliar a elaborar a lei e a convencer abolicionistas e donos de escravos de que o caminho para resolver a questão servil deve ser paulatino.

Será que meu pai sabia do propósito da reunião com o visconde? Como todo cafeicultor do Vale do Paraíba, ele tinha inúmeros escravos, e não ficaria nada satisfeito se eu aceitasse contribuir para que as crias de seus negros fossem libertadas.

— Receio que eu não seja capaz de assumir tamanha incumbência.

— Você possui conhecimentos jurídicos, e sua experiência europeia raramente se encontra no Brasil.

Silenciei por alguns segundos. Queria mesmo era sair daquela sala e voltar para minha vida descompromissada na Europa. Talvez começar a escrever meu livro. Mas, se não aceitasse o encargo, outra pessoa o faria. Não podia deixar de fazer parte daquele momento histórico para o Brasil e acompanhar tudo de perto. Até mesmo para resguardar os interesses de minha família.

— O convite é uma honra para mim. Darei o meu melhor para auxiliar o senhor e o Imperador nessa tarefa.

— Excelente. Já pode começar a trabalhar no assunto para apresentar uma proposta aos cafeicultores na próxima semana. A propósito, sabe quem é o deputado José de Alencar, o autor de *Iracema*?

— Conheci-o enquanto aguardava nossa reunião. Em outra ocasião, gostaria de conversar mais com ele, especialmente sobre literatura.

— Ainda o encontrará em outras oportunidades.

— Seria um prazer para mim.

— Receio que não será tão prazeroso assim, já que ele é um dos opositores mais ferinos à libertação dos negros.

Após aceitar a oferta do Visconde do Rio Branco, bateu-me um arrependimento. Além do desgaste com os proprietários de escravos, incluindo meu pai, eu teria de convencer os arruaceiros abolicionistas de que a solução moderada seria mais adequada do que a decisão abrupta de libertar todos os negros de uma vez. A função era ingrata. Por isso que eu fora escolhido.

Para aliviar a tensão, resolvi procurar um teatro chamado Alcazar Lírico, localizado na rua Uruguaiana. O local costumava ser frequentado por homens que, após um passeio com as esposas pelas vitrines da rua do Ouvidor, divertiam-se com cortesãs de luxo, apelidadas de odaliscas alcazalinas.

Quando cheguei ao Alcazar, surpreendi-me com sua grandiosidade. O teatro possuía cores vivas, com vermelho rubro e dourado em destaque, como um autêntico cabaré francês. A iluminação focava as dançarinas de cancã vestidas com espartilho e saias que deixavam as pernas à mostra.

O local estava repleto de homens, acompanhados de belas mulheres, bebendo e fumando charutos. Um sujeito de rosto maquiado com pó de arroz, blush rosa nas bochechas e batom vermelho nos lábios me recebeu na porta. Usava um smoking vermelho e caminhava rebolando mais do que as dançarinas.

— Gostaria de uma mesa próxima ao palco e uma mulher para me acompanhar.

— A casa está cheia. A atração principal será a apresentação da atriz belga Marie Stevens. O Rio de Janeiro está excitado com a programação de hoje.

— Não consegue encaixar uma mesa pequena com duas cadeira no espaço vazio?

— Infelizmente não posso fazer nada. Essas áreas são utilizadas para circulação dos garçons e das mulheres.

Contei alguns réis e coloquei no bolso de seu smoking espalhafatoso.

— Acompanhe-me, acho que consigo uma mesa boa — disse ele, deixando escapar um sorriso cínico.

O afeminado me acomodou a uma mesa improvisada perto do palco.

— Aproveite a localização privilegiada. O espetáculo de Marie Stevens vai começar em cinco minutos. O senhor poderá ver ângulos da atriz belga revelados a poucos homens.

Ainda deu tempo de tomar dois tragos de conhaque antes do início da apresentação.

Os tambores rufaram e as luzes do teatro se apagaram por alguns segundos. De repente, um canhão de luz focou em Marie Stevens, que estava apenas com uma pluma cobrindo os seios e outra a genitália. Ela começou a dançar alternando as plumas à frente da silhueta franzina. Tinha um corpo esguio com poucas curvas, grandes olhos negros, cabelos castanho-claros, nariz fino e boca sensual. Todos os homens presentes encaravam Stevens e esqueciam suas acompanhantes.

Como fiquei perto do palco, percebi que ela não parecia completamente despida na parte debaixo, mas seus seios estavam desnudos. Eles possuíam aréolas rosadas, e de tão pequenos caberiam facilmente nas palmas de minhas mãos.

Ao final da apresentação, ela se despediu da plateia distribuindo beijinhos e deliciou o público deixando os peitos pequenos escapulirem por debaixo das plumas.

Avistei o afeminado e o chamei:

— Quero que traga aquela mulher para se sentar comigo.

— Marie Stevens?

— É — respondi lhe mostrando dinheiro.

— Im-pos-sí-vel. Ela é exclusiva de Juca Paranhos, o filho do Visconde do Rio Branco.

— Toda mulher tem seu preço.

— Essa não. Todos os homens aqui pagariam qualquer valor para passar a noite com Stevens. Mas ela está apaixonada por Juca e a recíproca é verdadeira. Dizem que vão se casar.

O pai de Juca Paranhos, o Visconde do Rio Branco, acabara de me oferecer um cargo importante na estrutura do Império. Era melhor não insistir.

— Então me arrume uma francesa qualquer.

— Hoje temos poucas mulheres na casa para a quantidade de homens. Não tenho nenhuma estrangeira. — O afeminado coçou o queixo. — Espere um minuto. Vou tentar lhe trazer uma mulata de-li-ci-o-sa.

— Não precisaria vir aqui procurar uma negra. Bastaria ir à senzala da fazenda de meu pai.

— Tenho certeza de que essa cocote o surpreenderá. É uma das odaliscas alcazalinas mais requisitadas da casa. Se fosse branquinha, já teria arrumado um ótimo partido para se casar.

— É a única disponível?

— Na verdade, não sei nem se está acompanhada, porque sua apresentação de cancã acabou há pouco tempo. Vou tentar...

Impaciente, dei de ombros e pedi que a trouxesse.

Cerca de cinco minutos depois, o afeminado aproximou-se com uma morena de olhos num tom de caramelo que me pareceram familiares. Seu rosto tinha muito pó de arroz, como se quisesse branquear sua pele para se valorizar para os clientes.

— Esta aqui é Nicole. A mulata mais voluptuosa do Alcazar — apresentou o afeminado.

Eu a encarei para tentar reconhecê-la. E então levei um susto.

Era Joana, a filha de padre Narciso, criada com minha tia Maria José na Chácara do Livramento. Ela usava uma saia curta que deixava suas pernas grossas à mostra e um espartilho que realçava suas curvas generosas e levantava seus seios, agora bem mais corpulentos do que quando a vi pela última vez aos quinze anos de idade.

Joana sentou-se a meu lado e foi logo me dando um cheiro no pescoço.

— Não está me reconhecendo? — perguntei.

Ela se afastou e me olhou por alguns instantes como quem procurasse na memória minha fisionomia.

— Pedrinho?

— Eu mesmo.

— Meu Deus, como você mudou. Está um homem feito. Em minha lembrança você ainda era aquele menino que brincava comigo e Joaquim no Morro do Livramento.

— Você continua linda e sedutora.

— Nicole é meu nome artístico. — Ela deu um sorriso amarelo, talvez com vergonha de ser encontrada como uma alcazalina por um amigo de infância.

— Por que veio parar aqui no Alcazar como atriz? — Utilizei o termo como um eufemismo para meretriz.

Ela respondeu com a voz embargada:

— Meu pai me expulsou da Chácara do Livramento após descobrir que eu estava grávida.

— Aquele moleque Joaquim não quis assumir o filho?

— O filho não era dele.

— Quem era o pai?

— Você se lembra de Raimundo?

— O cocheiro? — perguntei.

Ela assentiu.

— Mas ele parecia uma pessoa tão inofensiva. Tinha esposa e dois filhos.

— De bonzinho não tinha nada. Desde quando eu era criança ele tentava me bolinar. Quando meus seios começaram a desabrochar, na adolescência, ele me pediu para tocá-los. Eu permiti, e o pior é que desejei que ele fizesse muito mais, mas ele se conteve. — Joana tomou um gole de meu conhaque e prosseguiu: — Aos quinze anos, tive minha primeira relação sexual com Raimundo.

— Aquele canalha não podia ter feito isso com você.

— Eu que pedi que ele me possuísse.

— Ainda assim, você era apenas uma criança.

— Naquela época eu tinha muito fogo. Namorava Joaquim havia alguns meses, mas ele só pensava em puxar o saco de Paula Brito, seu patrão à época. Eu suplicava a Joaquim para me tocar, mas ele era cheio de pudores. Então, procurei Raimundo. Depois da primeira vez, sempre que tinha uma folga ele me possuía. Eu estava apaixonada pelo cocheiro quando engravidei. Ele pediu para eu abortar, mas, sendo católica e filha de padre, me recusei. Raimundo me abandonou e fugiu da Chácara do Livramento com sua família. Contrariando todos os preceitos de sua religião, o padre Narciso também me pediu para tirar a criança. Como me neguei, ele me expulsou de casa.

— A criança mora com você?

— Depois de ser rejeitada por meu pai, fui morar no bordel de Dona Chica. Para trabalhar como prostituta, tive que abortar.

Joana começou a chorar.

— Não pediu ajuda a Joaquim?

— Ele não passava de um cacheiro da loja de Paula Brito, não ganhava dinheiro nem para se sustentar. Só depois foi progredindo. Começou a escrever poesias para a revista *Marmota Fluminense* e atualmente já tem vários livros publicados. Os intelectuais da corte o estimam muito e o chamam de Machado de Assis.

Encostei a cabeça de Joana em meu ombro e alisei seus cabelos ondulados, tentando consolá-la.

— Quer passar a noite em minha casa?

— Não posso. Tenho que trabalhar.

— Não se preocupe. Darei o dobro do que lhe pagam para que passe a noite comigo.

Ela me empurrou e se levantou da mesa.

— Somos amigos de infância. Depois que você deixou a Chácara do Livramento, chorei vários dias sentindo sua falta. Gostava de você. Não posso me relacionar com você por dinheiro.

— Qual o problema? Você não sai com qualquer um que lhe pague?

Ela me deixou sozinho na mesa e foi embora sem me responder.

Fui à procura de Joana no salão do Alcazar. Quando a encontrei, ela já estava acompanhada por outro homem, o Barão de Cotegipe, muito mais poderoso do que eu. Tive vontade de pegá-la pelo braço e levá-la comigo para minha casa. Mas os tempos eram outros. Cotegipe mandaria me prender. Joana apenas fazia seu trabalho de meretriz.

Pedi ao afeminado para trazer a conta.

CAPÍTULO 12

FIZ A MINUTA DO PROJETO DE LEI QUE REPLICAVA A EXPEriência cubana da Lei Moret. Mas o Visconde do Rio Branco mandou cortar os artigos que dispunham sobre a emancipação dos escravos com mais de sessenta anos, insistindo que a reforma fosse o mais gradual possível para não abalar a estrutura econômica do Império. Ele pediu que eu usasse como base o trabalho fracassado da Comissão Especial de Conselheiros de Estado de 1867, época em que o Gabinete Imperial era presidido pelo liberal Zacarias de Góis.

O visconde também mandou incluir um dispositivo no texto determinando que os proprietários das mães escravas tivessem a obrigação de criar até os oito anos aqueles que nascessem depois que a lei entrasse em vigor. A partir dessa idade, caberia ao senhor optar por uma indenização do Estado ou usufruir dos serviços do menor até os vinte e um anos. Tive também que inserir no texto um prazo para que todos os proprietários registrarem seus escravos no governo, com nome, sexo, aptidão para o trabalho e filiação. A medida era essencial para evitar fraudes e garantir o cumprimento da lei.

Se o projeto fosse aprovado tal qual o texto aceito por Rio Branco, a libertação dos escravos nascidos após a lei só teria eficácia depois de vinte e um anos, pois os proprietários de escravos continuariam, na prática, senhores do menor até ele atingir a maioridade.

Mesmo com conteúdo conservador, o projeto enfrentava a resistência dos donos de escravos. Para tentar acalmar os ânimos, o Visconde do Rio Branco marcou em seu gabinete uma reunião com os cafeicultores do Vale do Paraíba mais influentes para que eu explicasse juridicamente os efeitos do novo projeto de lei.

Quando cheguei ao gabinete do visconde, doze barões do café já estavam no local. Junto com eles, José de Alencar, incitando os presentes contra a proposta. Embora não fosse cafeicultor, o escritor gozava de certo prestígio entre eles por formular teorias sociológicas para justificar a escravidão.

O Visconde do Rio Branco me apresentou aos cafeicultores como um grande jurista que estudara em Coimbra e na Sorbonne. E disse que teria de se ausentar para comparecer a outro compromisso, um pretexto para evitar o desgaste com aqueles homens poderosos. O Imperador fizera o mesmo. Viajara com a família para a Europa para evitar enfrentamentos.

Entrou no gabinete o décimo terceiro barão do café. Meu pai. Ele se acomodou numa das cadeiras e não me cumprimentou. Mais do que nunca eu desejava uma dose de conhaque para criar coragem para falar. Como não tinha a bebida disponível, tomei um copo inteiro de água.

— Entendo a preocupação dos senhores a respeito das reformas que serão implementadas no país. Mas é preciso fazer essa mudança para frear o movimento abolicionista. Receio que o tema divida o país, como na Guerra Civil Americana. Além do mais, como sabem melhor do que eu, o número de escravos fugidos das fazendas aumenta a cada dia, e o risco de revolução como ocorreu no Haiti é real.

José de Alencar interrompeu meu discurso:

— O que ameaça o Império não é uma fantasiosa revolução de escravos, mas a ideia de desestruturar a base de nossa economia, que é o trabalho servil.

Os barões, inclusive meu pai, aplaudiram o escritor.

Apontei o dedo em riste para a plateia para tentar passar uma segurança que não possuía.

— Senhores, se os negros conseguirem se organizar, se obtiverem armas, o que estará em perigo não será apenas a propriedade de vocês, mas a vida de suas famílias e a própria existência do Império. É preciso pôr um basta nesse movimento, e a melhor forma é fazer algumas concessões.

— Concessão a arruaceiros só tem espaço numa estrutura de poder capenga como a do Império brasileiro. Onde está o Imperador para resolver a questão servil? — perguntou José de Alencar, e, antes que eu pudesse responder, prosseguiu: — Viajou para a Europa com a família. Não teve coragem de lançar a proposta de abolição olhando nos olhos dos senhores, que são o sustentáculo do Império. Acovardou-se. Não por acaso, nosso Imperador é chamado nas ruas de Pedro Banana.

Os barões do café gargalharam.

Esperei o momento de euforia passar e continuei:

— Devemos levar em consideração, ainda, que a escravidão é incompatível com os preceitos cristãos. Jesus disse "não façais aos outros aquilo que não quereis que vos façam".

José de Alencar não me deixava falar por muito tempo.

— Meu rapaz, não use a religião como arma política ou instrumento de reforma que o governo pretende implementar. Ninguém mais do que eu é a favor da libertação dos negros, mas isso tem que partir da sociedade com a evolução do costume. Só depois deve haver uma lei abolicionista. O que o Imperador deseja é justamente o contrário. Ele quer empurrar uma lei de cima para baixo para uma sociedade que não está preparada para receber os libertos.

Olhei para a plateia e percebi que os barões estavam em êxtase com a argumentação do escritor. Mas minha missão era tentar convencê-los da necessidade da reforma. Prossegui, tentando ignorar as provocações de Alencar:

— Na prática, a nova lei não trará efeitos imediatos para os proprietários de escravos. Os nascituros continuarão pertencendo aos senhores de suas mães até os oito anos de idade. Depois, caberá aos proprietários decidir se usufruirão dos serviços do menor até os vinte e um anos ou se vão pleitear indenização do governo.

— O que o rapaz não sabe, talvez por sua juventude ou sua falta de vivência no Brasil, afinal, morou por muitos anos na Europa — rebateu o escritor em tom de deboche —, é que essa proposta abre margem para questionamentos acerca da própria legitimidade da escravidão no país. Ora, vejam quantos conflitos vão se formar no seio da própria família dos negros. Um irmão que nasceu após a lei pode ser libertado depois dos oito anos de idade, enquanto o mais velho continuará como escravo junto com os pais. A liberdade compulsória é uma arma perigosa que se forja para os ódios, as intrigas e malquerenças, e com a qual se há de violar o asilo do cidadão, perturbar a paz das famílias e espoliar uma propriedade que se pretende garantir.

Todos os presentes se levantaram e aplaudiram de pé José de Alencar. Em seguida, foram parabenizar o escritor pelas palavras. Um a um, os barões do café se retiraram do recinto sem sequer me cumprimentar.

Depois que todos saíram, sentei-me na cadeira do Visconde do Rio Branco, desolado. José de Alencar me apequenara na frente daqueles homens, especialmente perante meu pai. Fui engolido pelo escritor no debate, e não tive capacidade de convencer ninguém a respeito da necessidade da reforma. Prepararia minha carta de demissão e entregaria meu cargo ao visconde no dia seguinte. Desde o início, eu sabia que não teria competência para assumir tamanha responsabilidade.

Uma pessoa abriu a porta do gabinete. Rapidamente me levantei da cadeira. Achei que fosse o visconde chegando do compromisso forjado para evitar ser trucidado na reunião, como eu. Para minha surpresa, era meu pai, que tinha voltado para conversar comigo.

— Saiba que nada do que você dissesse poderia mudar a ideia dessas pessoas. Os cafeicultores serão os principais prejudicados com a libertação dos nascituros e temem que isso seja apenas o início para a abolição completa. Estão em jogo muitos contos de réis. Os pretos, para nós, têm muito mais valor do que a terra e todos os pés de café que temos plantados.

— E o que o senhor pensa a respeito do projeto de lei?

— Assim como eles, também não sou favorável, pois a cada ano nascem dezenas de novos negros em minhas fazendas. Não sei se estarei vivo daqui a vinte e um anos, quando a lei começar a operar efeitos práticos, mas receio pelo futuro de nossa atividade no país e por você, que terá de lidar com essa situação quando assumir a administração de minhas terras. Não há imigrantes o suficiente para cobrir o desfalque dos escravos. Quem vai trabalhar na lavoura?

— Mas a reforma é necessária...

— Sei que é inevitável, mas temos que adiá-la o máximo possível. Espero que você e o Visconde do Rio Branco tenham a consciência de quem sustenta o Império. Se os cafeicultores abandonarem o governo, a monarquia cairá.

Antes de ir ao Alcazar, pensei em ir à rua dos Ourives para procurar um presente para Joana. Nada como uma joia para amolecer o coração de uma cocote. Mas não sei se a mulata valeria tanto; seus clientes pagavam bem menos para tirá-la do Alcazar e passar uma noite com ela. Então, resolvi comprar algo mais barato na rua do Ouvidor.

Com somente oito metros de largura, a rua do Ouvidor abrigava lojas pintadas de cores fulgurantes, com vitrines repletas de artigos importados que seduziam as centenas de pessoas que circulavam pelo local todos os dias. Cavalheiros trajavam terno preto e cartola ao estilo inglês, ao passo que as mulheres usavam vestidos longos armados à moda francesa. Também era possível deparar com negros usando trajes rudes e meretrizes pobres com roupas espalhafatosas e maquiagem borrada.

Quando passava em frente à Livraria Garnier, resolvi entrar para comprar um charuto e saber se havia livros novos. Embora fosse da área do direito, minha paixão era a literatura. Garnier estava no fundo da loja falando com um senhor de aparência jovem. Interrompi-os e pedi um charuto. Garnier de pronto retirou um da gaveta e me entregou.

— Acabei de receber o novo romance de José de Alencar chamado *O Tronco do Ipê*, editado por mim mesmo — disse Garnier. — Mais uma obra-prima do autor de *O Guarani*.

— Esses folhetins piegas de José de Alencar não me apetecem. O último, *A Pata da Gazela*, quase não consegui terminar de tão ruim. Quero um francês.

O rapaz que estava ao lado sorriu, enquanto o livreiro fechou a cara. Garnier mantinha uma relação de amizade com José de Alencar e com todos os escritores que editava. Costumavam passar horas conversando sobre literatura nos fins de tarde.

— Esta semana chegou para mim *La Fortune des Rougon*, de Émile Zola.

— O que vem de Zola não corre o risco de ser ruim.

Acendi o charuto, coloquei o livro embaixo do braço e me retirei da livraria.

O rapaz que conversava com Garnier me abordou na saída.

— Desculpe interrompê-lo. Meu nome é Sílvio Romero — apresentou-se, apertando minha mão. — Finalmente encontro alguém com senso crítico aqui nesta cidade. Nossos autores são péssimos e distantes do que se produz hoje na Europa.

— Nem todos os escritores são ruins. Já tivemos grandes poetas como Gonçalves Dias e Álvares de Azevedo.

— O problema é que a nova geração de poetas parece tão ruim quanto a de nossos romancistas. Machado de Assis, um novo poeta que vem despontando, publicou há pouco mais de um ano um livro de poesias terrível, chamado *Falenas*. Fiz uma crítica a seu lirismo subjetivista e seu humorismo pretensioso num artigo no jornal pernambucano *A Crença*.

— Alguns anos atrás, quando eu ainda morava em Coimbra, chegou a minhas mãos *Crisálidas*, seu primeiro livro. Ele é um péssimo poeta.

— E o pior é que o tal Machado de Assis tornou-se censor do Conservatório Dramático Brasileiro. O governo, na falta do que fazer, resolveu restaurar a inquisição e fazer uma censura prévia em todas as peças de teatro da cidade. O jornal liberal *A Reforma* vem criticando constantemente esse órgão criminoso que cria embaraços à arte dramática.

Sílvio Romero, ao que parecia, não suportava Machado de Assis. E prosseguiu:

— Joaquim Manuel de Macedo foi o primeiro a deixar o cargo de censor após as críticas da imprensa. O jornal *A Vida Fluminense* chegou a anunciar que Machado de Assis iria deixar o cargo, mas o escritor não o fez. Preferiu continuar recebendo dinheiro do Estado para censurar os artistas. Talvez para compensar sua falta de talento.

— Isso nada me surpreende. Conheci aquele mulato na infância, quando ele não passava de um agregado na chácara do Morro do Livramento. Ele era capaz de fazer qualquer coisa para ter uma posição privilegiada na casa de minha finada tia. Ainda moleque, gostava de recitar poesias, mas lhe faltava formação e, acima de tudo, berço. Um pobre coitado.

Dei uma baforada no charuto e tentei me despedir de Romero:

— Agora tenho que ir comprar um presentinho para minha amada do Alcazar.

— Sempre que venho ao Rio de Janeiro frequento o local. No Recife, não há aquelas francesinhas sensuais que dançam por lá. Mas ontem consegui uma mulata. Na cama, é melhor do que qualquer estrangeira que já passou pelo Alcazar. Meu Deus do céu. Ela se chama Nicole.

Traguei de novo o havana e pigarreei. Despedi-me de Sílvio Romero não conseguindo disfarçar minha frustração. Fiquei me sentindo um tolo comprando presente para uma meretriz.

CAPÍTULO 13

CHEGUEI AO ALCAZAR MAIS CEDO DO QUE O HABITUAL. Os clientes do cabaré ainda estavam vendo as modas na rua do Ouvidor com as esposas e os filhos. Depois de fazer o social com a família de forma protocolar, os homens terminavam a noite no cabaré.

O afeminado dessa vez não vestia seu smoking elegante. Usava uma touca na cabeça, uma camiseta branca e uma calça tão justa que eu não sabia como comportava seus testículos — se é que ele os tinha.

— Gostaria de falar com Joana.

— A casa ainda não abriu ao público.

— Preciso falar com ela antes que o cabaré receba os clientes.

— Por favor, não insista.

Tirei dinheiro do bolso e lhe dei alguns trocados. Ele contou as notas na minha frente.

— Aguarde um instante que vou chamá-la. Enquanto isso, entre e se acomode. Mandarei que lhe sirvam uma bebida.

Sentei-me a uma mesa, e o garçom me serviu um conhaque e torresmo de porco como aperitivo. Puxei o relógio do bolso e vi que dez minutos se passaram e nada de Joana aparecer. Quando suspeitava que o afeminado havia me enganado, ele chegou.

— Nicole, ou melhor, Joana avisou que não estava trabalhando ainda.

— Não estou aqui como cliente.

— Alertei que o assunto era urgente, mas, quando ela soube que era o senhor, disse que não podia recebê-lo.

— Diga onde ela está que eu irei a seu encontro.

— Não posso. As meninas ainda estão se arrumando para as apresentações de logo mais.

Tirei mais alguns cobres do bolso e lhe entreguei. O afeminado sempre oferecia dificuldades para receber dinheiro.

— Ela está no camarim de Marie Stevens. Vou acompanhá-lo, mas não diga que fui eu quem o levou até lá.

Ele me conduziu ao local e depois desapareceu. Joana se maquiava no camarim. Usava a roupa da apresentação de cancã, espartilho e saia curta.

— O que está fazendo aqui?

— Preciso falar com você.

— Não posso conversar agora. Estou me arrumando. Daqui a pouco mais de uma hora tenho um espetáculo de cancã.

— Queria saber se podemos tomar um conhaque depois de sua apresentação.

— Você me ofendeu muito quando me ofereceu dinheiro para sair comigo.

— Queria justamente me desculpar. Trouxe-lhe um presente.

— Não quero nada que venha de você.

Abri a caixa e retirei o chapéu marfim com uma fita de seda azul dando um laço em volta. A expressão dela se desarmou. Joana olhou para o presente maravilhada, até que abriu um sorriso.

— Que lindo esse chapéu.

— É francês, comprei numa butique na rua do Ouvidor. Ficaria muito feliz se aceitasse.

— Tudo bem. Não vou fazer essa desfeita. O padre Narciso me ensinou que nunca devemos recusar um presente, mesmo que não gostemos da pessoa que o dá.

Ela pegou o chapéu, colocou-o na cabeça e se olhou no espelho.

— Nunca tive nenhuma peça francesa. Marie Stevens só usa roupas e chapéus franceses. Tudo dado por Juca Paranhos. Aliás, ela tem tudo que deseja. É a única que possui camarim exclusivo no Alcazar. Entrei aqui sem que ela soubesse para usar sua maquiagem e seus perfumes importados.

— Você também pode ter tudo isso e muito mais. É só querer.

Tranquei a porta do camarim, puxei-a pela cintura e a beijei com voracidade.

— Marie Stevens pode chegar a qualquer momento. Não vai gostar de nos ver aqui — disse ela, tentando me afastar.

— A porta está fechada.

Apertei seu corpo contra o meu e comecei a passar a mão nas suas nádegas. Como ela não opôs resistência, levantei o vestido e tirei suas roupas íntimas devagar. Suspendi Joana pelos quadris e a pus sentada em cima da mesa do camarim. Enquanto me beijava, ela desabotoou minha calça, que caiu até a altura do joelho. Senti o ventre da mulata que Joaquim não havia experimentado. Nenhuma outra cocote do Alcazar devia ter seu fogo. O movimento do sexo derrubou todos os perfumes e maquiagem da mesa, que se espatifaram no chão.

Alguém bateu à porta. Desconcentrei-me e tentei parar, mas ela gemeu no meu ouvido e pediu para continuar. Minha excitação com aquela situação de perigo aumentou ainda mais. As batidas na porta persistiram, mas prosseguimos.

Joana vestiu a calçola às pressas, fez um rápido retoque na maquiagem e foi abrir, ainda ofegante. Marie Stevens nos esperava de cara fechada ao lado de Juca Paranhos. Antes que ela pudesse reclamar com Joana pela bagunça que fizemos em seu camarim, Juca me reconheceu e veio me cumprimentar.

— Parabéns pelo trabalho que tem feito junto com meu pai na tramitação do projeto de Lei do Ventre Livre. O Brasil tem que se tornar civilizado e resolver a questão da escravidão. Meu pai disse que em breve o projeto vai à votação na Câmara.

Juca havia percebido que eu e Joana fazíamos sexo no camarim de sua amada. Mas, polido como era, tentou puxar assunto para me livrar do vexame.

Torci para que não comentasse nada com o pai.

O projeto da Lei do Ventre Livre tramitou alguns meses na Câmara dos Deputados com intermináveis discussões levantadas pelos deputados oposicionistas. Graças à proposta dos deputados Pereira da Silva e

Mello Rego, em 28 de agosto de 1871, o projeto foi pautado para votação nominal.

O Visconde do Rio Branco me convocou para auxiliar nos trabalhos na casa legislativa. Vencida a votação na Câmara, o governo dava como certa a aprovação no Senado.

A galeria da Câmara estava lotada. Observei que meu pai e os outros barões do café que compareceram à reunião no gabinete de Rio Branco já haviam se acomodado. Alguns negros libertos e brancos abolicionistas completavam a plateia.

Deparei com o visconde. Estava no corredor, com uma expressão assustada.

— Há um boato de que os deputados da oposição vão boicotar a votação para que não haja quórum — disse ele.

— Ainda não encontrei nenhum dos parlamentares contrários ao projeto.

— Vou mandar pegar cada deputado em casa nem que seja sob vergasta, como um capitão do mato que captura escravos evadidos — disse o visconde, deixando escapar uma comparação reacionária.

Enquanto os trabalhos não começavam, fui à galeria conversar com meu pai. Ao contrário do visconde, ele parecia tranquilo ao lado de outros cafeicultores. Chamei-o num canto para falar em particular.

— Qual a expectativa do senhor com relação à votação? — perguntei.

— Quem disse que o projeto irá à votação? José de Alencar nos prometeu que a proposta não seria votada hoje, já que não haverá quórum.

— O visconde está preocupado, mas já mandou buscar os deputados. Acredito que só não virão se estiverem fora do Rio de Janeiro.

— Os deputados estão só aguardando saber se vai dar quórum. Se tiver a quantidade de parlamentares necessária, todos aparecerão para votar.

Os deputados começaram a chegar ao plenário e a ocupar suas respectivas cadeiras. Mais da metade dos parlamentares já estava no recinto.

— Acho que a tática de José de Alencar não vai funcionar — observei, tentando provocar meu pai.

— Ele já deve ter sido informado disso e está preparando o segundo plano.

— O que seria a outra trama?

— Não posso contar. Hoje estamos em lados opostos. A propósito, José de Alencar acaba de chegar.

Jerônimo José Texeira Júnior, presidente da Câmara, deu início à sessão lendo um requerimento do deputado Duque Estrada para inverter a pauta de discussão, em razão da urgência em debater o orçamento dos negócios estrangeiros.

Alguns deputados aplaudiram, enquanto parte da plateia composta por abolicionistas começou a vaiar. O pedido de inversão de pauta significava, na prática, o adiamento da votação, pois os oposicionistas alongariam propositadamente os discursos sobre o orçamento de negócios estrangeiros até o final da tarde. Embora o governo tivesse a maioria na Câmara dos Deputados, o pleito de inversão poderia ser um bom pretexto para os parlamentares sem posição definida adiarem sua decisão.

O Visconde do Rio Branco suava no plenário, não esperava mais essa manobra da oposição para impedir a aprovação da Lei do Ventre Livre. Esse deveria ser o segundo plano de José de Alencar a que meu pai se referira.

O presidente da Câmara deu início à votação. Um a um, os deputados depositaram seus votos.

Após a contagem, o presidente anunciou o resultado:

— Por maioria absoluta dos votos, o requerimento de inversão de pauta apresentado pelo deputado Duque Estrada para discussão do orçamento dos negócios estrangeiros foi indeferido.

Os abolicionistas gritaram da galeria em comemoração. O presidente da casa pediu silêncio, mas não adiantou. Aguardou então alguns minutos para continuar os trabalhos.

O autor do projeto de Lei do Ventre Livre, Theodoro da Silva, ministro da Agricultura, foi o primeiro a discursar no plenário:

— A Lei Eusébio de Queirós de 1850 dispôs que não entrariam mais escravos no Brasil. Caso aprovemos o projeto de lei hoje em discussão, poderemos dizer que no país não nascerão mais escravos.

Cessaria, portanto, a escravidão pela raiz e se aproximaria o dia da abolição total.

Parte da plateia aplaudiu as palavras do ministro.

— Desde que apresentei o projeto de lei há quatro meses, tenho recebido muito apoio à nobre causa — prosseguiu. — Vários presidentes de província enviaram relatórios com a opinião pública favorável; inclusive algumas províncias em suas leis anuais, a partir de 1868, votaram com o fim de promover a emancipação dos pequenos escravos. O governo e, acima de tudo, o povo esperam que os parlamentares acompanhem o espírito público das províncias.

Alguns deputados tentaram interromper o ministro com apartes, mas ele tomou um copo de água e continuou:

— O êxito da reforma não depende apenas do governo e dos parlamentares, mas sobretudo dos agricultores e proprietários de escravos, muitos deles aqui presentes hoje na galeria da Câmara. A eles dou um conselho: respeitai a lei, se for adotada, como esperamos. Aproximai-vos do governo, que não é vosso inimigo.

O ambiente se dividiu entre aplausos e vaias.

O deputado José de Alencar pediu a palavra. Sendo um dos principais opositores à reforma e o porta-voz dos proprietários de escravos, havia muita expectativa sobre o que iria falar. Existia ainda o fundado temor de que o escritor realizasse algum outro requerimento para impedir a votação.

— A liberdade do ventre é uma ideia funesta. Contra ela me empenharei com todas as forças, porque entendo que há de ser fatal e há de produzir calamidades capazes de apavorar o próprio governo. Quando a lei do meu país houver falado essa linguagem ímpia, o filho será para o pai a imagem de uma iniquidade; o pai será para o filho o ferrete da ignomínia; transformareis a família num antro de discórdia; criareis um aleijão moral, extirpando do coração da escrava esta fibra que palpita até no coração do bruto: o amor materno. A emancipação do ventre equivale a criar famílias híbridas, roubando toda a esperança dos adultos, condenando-os ao cativeiro perpétuo; desmoraliza o trabalho livre, misturando nas habitações livres com escravos, contamina a nova geração, criando-a no seio da escravidão, ao contato dos vícios que ela gera.

José de Alencar fez uma pausa. Todos tinham olhos fixos no deputado.

— Fui um dos primeiros — prosseguiu o escritor — que se inscreveram na cruzada santa que trabalha por extinguir a escravatura, não na lei, mas nos costumes, que são a medula da sociedade. Antes de alforriar, é preciso civilizar o negro para que este possa gozar de sua liberdade como ser independente e racional. Não aceitaremos o retrocesso a esse processo natural que nos quer impingir o Imperador.

Os deputados aplaudiram o discurso de José de Alencar. O poder de persuasão do escritor preocupava os membros do governo.

O presidente encerrou a fase de debates e iniciou o escrutínio. Os noventa e seis deputados presentes começaram a votar. O resultado parecia imprevisível, pois nos últimos dias os cafeicultores fizeram uma última investida nos deputados indecisos. Dizem que ofereceram altas quantias em espécie para que votassem contra a Lei do Ventre Livre. Por sua vez, o incipiente movimento abolicionista brasileiro não tinha grande representatividade entre os parlamentares.

Terminada a votação e apurados os votos, o presidente da Câmara dos Deputados anunciou:

— Com sessenta e um votos a favor e trinta e cinco contra, está aprovada na Câmara dos Deputados a lei que declara libertos todos os escravos nascidos a partir de sua promulgação.

Os abolicionistas que se encontravam na galeria da Câmara não se contiveram e invadiram o plenário para comemorar.

Meus olhos encheram-se de lágrimas. Os meses de trabalho finalmente foram recompensados. A cultura escravagista no Brasil agora se aproximava do fim. Após a votação no Senado e a sanção da Princesa Isabel, não nasceriam mais escravos no país.

O Visconde do Rio Branco considerava a votação na Câmara dos Deputados a tarefa mais difícil, pois no Senado o governo possuía ampla maioria. Além do mais, como o cargo era vitalício e não dependia de eleições, os senadores não se preocupavam com a reação dos cafeicultores, tampouco temiam a opinião pública.

Procurei meu pai na galeria, mas ele havia saído. Ainda que fosse contra a proposta, poderia se sentir orgulhoso com meu trabalho. Saí correndo para alcançá-lo fora do prédio. Ele aguardava o coche enquanto fumava um charuto.

— Conseguimos, meu pai.

— Não contem vitória ainda. A lei vai passar pelo Senado. Tudo pode acontecer.

— Mas lá o Visconde do Rio Branco garantiu que o projeto passaria com facilidade.

— É o que veremos — disse, dando uma baforada. — Arrependo-me muito de ter lhe arrumado esse emprego. Depois que começou a trabalhar com o Visconde do Rio Branco está falando como um abolicionista arruaceiro. Pensei que estaria no governo para nos ajudar. Lembre-se de que lado nossa família está. Sou um dos maiores proprietários de escravos do Império, e um dia isso tudo será seu.

Meu pai jogou o charuto no chão e entrou no coche que havia acabado de chegar.

CAPÍTULO 14

COMO O VISCONDE DO RIO BRANCO PREVIRA, EM APENAS um mês de tramitação, a Lei do Ventre Livre foi aprovada com facilidade no Senado com trinta votos a favor e sete contra. A sessão ficou conhecida como Sessão das Flores, por causa das rosas que foram jogadas ao plenário em comemoração. Em seguida, o projeto foi sancionado pela Princesa Isabel. O Imperador ainda não havia retornado da Europa para colher os louros da vitória.

Devido ao sucesso da aprovação da lei, fui convidado para diversos eventos em que se festejava o início do processo de abolição dos escravos no Brasil. Resolvi comparecer à cerimônia em que se encontrariam as maiores autoridades e os maiores intelectuais do Império, o baile do Clube Fluminense.

Flores e faixas com os dizeres "Viva o Ventre Livre" ornavam os salões do clube. Os homens vestiam fraques pretos idênticos, como se todos houvessem comprado na mesma butique. As mulheres desfilavam os vestidos franceses adquiridos na rua do Ouvidor especialmente para o evento.

Deparei com Juca Paranhos no salão. Marie Stevens o acompanhava, mais linda do que nunca. As mulheres olhavam para ela com ar de reprovação, como se não admitissem uma cocote do Alcazar no espaço destinado a eventos da alta sociedade. Por sua vez, os maridos não tiravam os olhos da silhueta de Stevens. Ela era a mulher mais cobiçada dos últimos anos, mas o filho do Visconde do Rio Branco não a deixou muito tempo no cabaré.

— Grande vitória para a sociedade brasileira — disse Juca Paranhos. — Estamos a caminho da abolição completa no país. Parabéns pelo trabalho que realizou junto com meu pai para que esse momento histórico ocorresse. Sem vocês, dificilmente conseguiríamos.

Assenti com a cabeça, sem apreender o que ele falava. Eu não conseguia parar de olhar para Marie Stevens. Relembrei-me dos seios pequenos que eu vira por trás das plumas em sua última apresentação no Alcazar.

— Não trouxe Joana para a festa? — perguntou Marie.

— Infelizmente estive muito ocupado nos últimos dias e não a encontrei mais.

— É bom não deixar aquela mulata escapar. Há alguns bons partidos querendo tirá-la do Alcazar.

— Vou procurar lhe dar mais atenção.

O casal pediu licença e foi conversar com outras pessoas.

Avistei ao longe uma mulher de rosto quadrangular. Aproximei-me e a reconheci. Era a minha Carolina. Parecia mais envelhecida, com marcas de expressão no canto dos olhos e vincos nas bochechas. Ali ninguém devia saber que ela tinha fugido com meu amigo sem se casar, tampouco que havia abortado um filho meu. Talvez se passasse por uma carola.

Peguei dois copos de vinho com o garçom que passou a meu lado. Bebi-os em dois tempos. Encarei-a a uma distância de alguns metros. Olhando para o outro lado, ela tentou disfarçar que me viu. Quando me aproximei, ela tentou sair, mas segurei sua mão.

— Não precisa fugir de mim.

Carolina deu um sorriso amarelo e tentou se desvencilhar, mas apertei ainda mais sua mão.

— Acho que me deve explicações.

— Não tenho que dar satisfação a você.

Aproximou-se um mulato de óculos. Soltei Carolina. Ela pareceu desconcertada a sua frente.

— Preciso lhe apresentar meu marido, Machado de Assis.

Machado estendeu a mão para me cumprimentar. Deixei-o com o braço estendido.

— Já nos conhecemos há muitos anos. Estudamos juntos com padre Narciso, no Livramento — disse Machado, enfiando a mão no bolso. Ele ainda mantinha a gagueira da infância. — De onde vocês se conhecem?

Antes que eu pudesse responder, Carolina se adiantou:

— Nós nos conhecemos em algum sarau, não me recordo exatamente.

— Na verdade, conheci Carolina no Porto, numa apresentação de Artur Napoleão.

— Também conhece o músico?

Balancei a cabeça positivamente.

— Artur está aqui no Clube Fluminense. Aguarde um minuto que vou chamá-lo.

Machado de Assis parecia querer encontrar contradições na versão de como havíamos nos conhecido.

— Trouxe você para rever um grande amigo seu, Artur — disse Machado.

— Voltou ao Brasil e nem me procurou? — perguntou o músico, sem graça.

— Desde que retornei a meu país só tive tempo para o trabalho.

— Pedro me disse que conheceu Carola numa apresentação sua no Porto — comentou Machado, insistindo no assunto.

— Carolina sempre que podia comparecia a meus saraus. Era a única ocasião em que seu pai a deixava sair de casa.

Machado de Assis deixou-nos, levando consigo Carolina. Sua expressão demonstrava que não ficara satisfeito em me reencontrar. Com certeza desconfiara de algo.

— Que sufoco. — disse Artur, com um suspiro profundo. — Tomara que ele não venha me apertar depois para descobrir mais coisas sobre vocês. Se souber que Carolina já engravidou de você, é capaz de querer anular o casamento.

Peguei no braço de Artur Napoleão com força e o conduzi a um canto menos movimentado do salão.

— Você me deve explicações. — Larguei o braço dele. — Eu era seu melhor amigo, e você fugiu com Carolina.

— Não é nada disso que está pensando. Nunca tivemos nada. Carolina e eu sempre fomos grandes amigos. Foi uma longa história. Vamos ter que nos encontrar em outra ocasião, pois minha esposa está a minha espera.

— Quero que me conte agora...

— Desculpe, mas realmente tenho que ir.

Artur saiu rapidamente e me deixou sozinho no salão.

Marquei um encontro com Artur Napoleão no Alcazar. Embora fosse um local com grande circulação de pessoas, às vezes até tumultuado, eu tinha certeza de que a esposa do músico não o acompanharia. A casa estava quase lotada. Como sempre, quem me deu boas-vindas foi o afeminado. Ele usava um smoking justo no corpo delgado.

— Em que posso ajudá-lo?

— Gostaria de uma mesa num local um pouco mais reservado do que o que me arrumou da última vez.

Antes que ele começasse a me extorquir impondo dificuldades, coloquei algum dinheiro no bolso de seu traje.

— Tenho um camarote fechado onde se podem fazer reuniões no primeiro andar. Já adianto que de lá podem-se ver todas as apresentações das odaliscas alcazalinas e conversar sem ser importunado.

— Estou esperando um amigo chamado Artur Napoleão. Quando ele chegar, peço que o acompanhe até minha mesa.

— O músico?

Concordei, mas logo me dirigi ao camarote para evitar perguntas invasivas.

A sala privativa continha uma grande mesa com oito cadeiras e vista privilegiada para o palco. Pedi ao garçom para trazer uma garrafa de conhaque e algum aperitivo. Artur já estava quase uma hora atrasado. Ainda mantinha o velho hábito da falta de pontualidade. Enquanto o aguardava, bebi quatro dedos da garrafa.

Alguém entrou ao camarote. Achei que pudesse ser Artur, mas quem apareceu foi o afeminado.

— Trouxe uma pessoa para lhe fazer companhia.

Dei de ombros.

Joana entrou usando sua roupa de cancã.

— Não vai me agradecer? — ele perguntou, com a mão estendida à espera de que eu lhe pagasse uma gorjeta.

Levantei-me para dar um beijo no rosto de Joana. Percebendo que eu não lhe daria mais nenhum trocado, ele nos deixou e saiu, de cara amuada.

— Faz tempo que não vem me ver.

— Esses últimos dias foram difíceis. A aprovação da Lei do Ventre Livre consumiu todo meu tempo.

— Estava com saudades. — Joana beijou meu pescoço.

Artur Napoleão chegou nesse momento, e ela se afastou de mim.

— Finalmente conseguiremos pôr os assuntos em dia.

Lancei um olhar para Joana no intuito de que ela nos deixasse a sós. Mas a rapariga não compreendeu. Pelo contrário, começou a puxar assunto com o músico:

— Quando vem tocar no Alcazar?

— Acredito que na próxima semana tenha uma apresentação aqui.

Comecei a bater o pé no chão e mais uma vez encarei Joana.

— Joana, peço licença, mas preciso tratar de um assunto confidencial com Artur. Negócios.

— Que tipo de negócio você poderia ter com um músico? Vai promover alguma festa?

— Como eu disse, o tema é sigiloso.

— Só pode ser rabo de saia.

Joana levantou-se da mesa e se retirou do camarote.

— Conte-me tudo — eu disse, enchendo meu copo e o de Artur.

— Carolina procurou esconder a gravidez tanto quanto pôde. Mas a natureza não oculta nada. Sua barriga cresceu, e os enjoos apareceram. Ela contou à mãe e depois teve que contar ao pai. Embora Dona Custódia tenha tentado amansar o velho, Seu Antônio Novais expulsou a filha de casa. Sem ter para onde ir, ela morou um tempo com Miguel. Carolina entrou em profunda depressão, o que acabou ocasionando a morte do nascituro.

— Não foi ela que provocou o aborto?

— Isso posso afirmar com absoluta certeza, pois eu a visitava diariamente, e ela havia se apegado ao feto de tal forma que jamais teria coragem de abortar.

Artur tomou uma golada de conhaque e prosseguiu:

— As pessoas apontavam para ela na rua. Todos sabiam que você a tinha deflorado. Logo depois vieram a óbito Dona Custódia e o velho. Carolina afundou-se ainda mais na depressão. Não saía de casa, nem comia direito. Estava esquálida e na iminência de contrair uma tuberculose. Se eu não a tirasse de Portugal, ela morreria. Juntei minhas coisas e embarquei com ela para o Brasil.

— Quando soube que vocês vieram para o Brasil, achei que mantinham um relacionamento.

— De forma alguma.

— Como ela conheceu Machado de Assis?

— Lembra do irmão dela?

— Miguel?

— Não, Faustino.

— O louco para o qual eu disse que conseguiria tratamento?

— Esse mesmo. Era amigo de Machado de Assis. Assim que Carolina chegou ao Brasil, eles se encontraram por intermédio de Faustino e se apaixonaram.

— O irmão louco ficou feliz da vida com o casamento de Carolina com Machado de Assis?

— Na verdade a doença dele piorou em seguida. Faustino morreu dois meses antes do casamento da irmã.

Acendi um charuto para digerir melhor o conhaque, que já me embargava a garganta.

— Miguel tentou contratar uns capangas para matá-lo na época em que a abandonou, mas, como você morava em Coimbra, cobraram um valor alto, e ele não pôde pagar. Você tem que rezar para não se encontrar com ele aqui no Brasil.

— Miguel não teria coragem, era um trouxa — comentei, rindo. — Só devo explicações a Carolina e a mais ninguém. Por isso, preciso me encontrar com ela para que possa me perdoar.

— Acho difícil ela querer falar com você depois de tudo que ocorreu. Você desgraçou a vida dela.

— Não sou esse monstro, você bem me conhece. Eu era muito imaturo na época para assumir um casamento e um filho. Mas hoje sou homem o suficiente para reconhecer que errei e que tenho de reparar o equívoco. Você precisa me ajudar a me reaproximar dela.

Artur tirou o chapéu e coçou a cabeça.

— Não me meta nessa encrenca.

— Já está metido desde que decidiu tirá-la de mim em Portugal e trazê-la para o Brasil.

— A melhor forma de estar com Carolina é se achegar à família, tentando algum contato com Machado de Assis. Depois que ganhar a confiança deles, faça o que tem que ser feito.

— Aquele mulato não me suporta, e a recíproca é verdadeira. Não há a menor possibilidade.

— Machado de Assis tem problemas financeiros. O salário que ganha do *Diário Oficial* mal paga suas despesas, e o trabalho de escritor você já conhece. Ninguém vive de literatura no Brasil. — Artur tomou uma dose e continuou: — Francisco Raimundo Paz, um rapaz com quem Machado dividiu um quarto antes de se casar, disse que o escritor lhe havia pedido dinheiro emprestado, mas ele não tinha mais recursos. Machado também já me abordou sobre esse ponto. Embora eu seja um reles músico, Miguel de Avelar, o pai de minha esposa, Lívia, é um grande comerciante.

— Você arrumou os contos que ele lhe pediu?

— Não. Meu sogro não me tolera, sempre foi contra nosso casamento. Filha de burguês casada com um músico. Se eu lhe pedisse dinheiro para um amigo escritor, ele me enxotaria de sua casa.

— Aonde está querendo chegar com esse assunto?

— Posso dizer a Machado de Assis que você poderia ajudá-lo. Naturalmente ele vai se aproximar de você, arrumando algum pretexto. Não tenho dúvida.

— Tudo bem, diga a Machado que posso ajudá-lo.

— Você não vai fazer igual ao que fez com Faustino, vai? Prometeu bancar o tratamento do irmão de Carolina e não cumpriu. Pelo amor de Deus, não vá me comprometer novamente.

Apenas sorri.

CAPÍTULO 15

DESDE QUE A LEI DO VENTRE LIVRE FOI APROVADA, O VIS-conde do Rio Branco me promoveu a seu principal assessor. Se por um lado isso me dava algum prestígio, inclusive com direito a uma sala privativa e secretária, por outro me atolava de trabalho.

Diariamente eu atendia cafeicultores, comerciantes e até mesmo deputados e senadores em busca de apoio para seus projetos, sobretudo pessoais. Durante o tempo em que me dediquei a servir ao governo, constatei que eram raros os que de fato se preocupavam com o bem público, cada qual procurava os atalhos para obter seus objetivos privados.

— Uma pessoa aguarda para falar com o senhor — disse a secretária após entrar sem bater à porta.

— Quem é?

— Como eu haveria de saber? Não conheço todo o mundo nesta cidade. É um mulato de óculos.

— Então pergunte o nome e o assunto.

A secretária saiu, emburrada, e bateu a porta com força. Às vezes eu ficava em dúvida de quem chefiava a repartição. Eu reclamara uma vez com o visconde de sua má-criação, mas ela era protegida de um senador de Pernambuco, o que a tornava intocável. Por isso mesmo, não tinha a menor intenção de agradar seu chefe imediato.

Após alguns segundos, a secretária retornou.

— É um tal de Machado de Assis. Disse que veio para fazer uma crônica sobre a Lei do Ventre Livre.

Machado, apesar de mulato, nunca se interessou pela temática. Não escrevia sobre a questão servil nos jornais para os quais trabalhava, muito menos costumava se envolver com movimentos abolicionistas. Com certeza não tinha ido me visitar para falar sobre a Lei do Ventre Livre. Artur Napoleão já devia ter lhe falado sobre o dinheiro que eu pretendia emprestar.

— Deixe-o aguardando quinze minutos. Depois, mande-o entrar.

Dei um chá de cadeira no escritor para colocá-lo em seu devido lugar.

Após esse período, Machado de Assis entrou na sala. Usava um terno branco surrado e tinha uma expressão nitidamente constrangida, evitando a todo custo me encarar.

— Obrigado por me receber, sei que você agora é um homem muito ocupado.

— Ultimamente não tenho tempo nem de respirar, mas você sempre será bem-recebido em meu gabinete.

Pedi à secretária para servir um café, mas ela me ignorou.

— Estou escrevendo uma crônica sobre a Lei do Ventre Livre — disse Machado. — Gostaria que me contasse alguns eventos de bastidores e fatos pitorescos que possam me auxiliar no trabalho.

— Receio que não possa fazer grandes revelações, porque muito do que ocorreu não pode ser exposto.

— Não quero comprometê-lo, diga apenas o que puder.

Falei-lhe de todas as manobras utilizadas por José de Alencar e seus asseclas para atrapalhar a votação da lei, inclusive com o esvaziamento do plenário da Câmara dos Deputados para evitar o quórum e a tentativa de inversão de pauta. Machado fazia anotações de tudo que eu lhe dizia, mas sempre desviando o olhar do meu.

— Não posso contar mais do que isso, o resto é sigiloso. Não escreva que conversou comigo sobre o assunto. O Visconde do Rio Branco exige total discrição em minhas atividades.

— Pode deixar, suas colocações me ajudarão na crônica. Preciso ganhar algum dinheiro com esses artigos para jornais. Estou passando por dificuldade financeira, o que ganho no *Diário Oficial* não dá para pagar nem meu aluguel. Tem três meses de atraso e estou na iminência de ser despejado.

— Gostaria muito de poder ajudá-lo.

— É muita gentileza de sua parte, mas não posso aceitar.

—'Eu insisto. De quanto precisa?

Machado fez um silêncio teatral. Não se arriscaria a recusar outra vez.

— Estou devendo 240 mil-réis de aluguel, mais uns 200 na mercearia, 80 no boticário e outras pequenas dívidas que devem chegar próximo a 800 mil-réis. Mas o que puder fazer por mim é o suficiente.

— Preciso levantar o dinheiro no Banco do Brasil. Assim que o fizer, mando-o chamar aqui.

— Podemos marcar um jantar amanhã em minha casa? — perguntou Machado, como se já quisesse deixar agendado um dia para receber o dinheiro.

— Não quero incomodar você e Carolina.

— Ela adora receber visitas. Espero você amanhã à noite.

Saí do trabalho mais cedo. Tinha que me arrumar para o encontro com Machado de Assis e sua esposa. Embora fosse acostumado a grandes eventos, fiquei ansioso com o jantar. Vesti um terno azul-marinho de tecido importado da Inglaterra com uma camisa de linho branca, dei o nó na gravata-borboleta preta e passei meu melhor perfume.

A residência do casal tinha uma boa localização na rua dos Andradas, mas apresentava uma fachada estreita e bastante desgastada, sinal de que a situação financeira de Machado de Assis não ia bem.

Machado me recebeu à porta de casa, trajando um terno preto barato — daqueles comprados nas lojas mais populares do Centro do Rio de Janeiro. A residência possuía apenas um vão sem ornamentos, com duas poltronas puídas e uma mesa de jantar de seis lugares. À direita da entrada havia uma porta que devia dar para a cozinha, e seguindo reto chegava-se aos quartos, que certamente não seriam mais de dois.

— Vamos nos sentar, por favor — disse Machado com sua gagueira, e se acomodou na poltrona. — Carola está terminando o jantar e daqui a pouco vem se juntar a nós.

— Posso sentir o cheiro da comida daqui.

— Minha Carola cozinha muito bem. Como uma boa portuguesa, faz um bacalhau como ninguém.

— Meu prato predileto. Comia praticamente todos os dias quando morava em Portugal na casa de meus tios.

— O jantar de hoje será galinha cozida — informou Machado com um sorriso sem graça. — É difícil encontrar bons bacalhaus por aqui. Além do mais, nossa situação financeira, como havia falado, não está nada fácil.

— Também adoro galinha — menti. Desde que vi a mãe de Joana depenando uma na Chácara do Livramento, meu estômago embrulhava só em pensar.

— Trouxe o dinheiro que lhe prometi. Não sei se será o suficiente para liquidar todas as suas dívidas.

Entreguei-lhe 500 mil-réis. Machado contou as notas sem cerimônia na minha frente.

— Não dará para saldar tudo, mas posso me virar com isso. Não sei nem como agradecer, tratarei de pagar o mais breve possível. Essa situação me deixa muito embaraçado. Posso lhe pagar com alguns livros que escrevi.

— Prefiro receber em espécie. Não se preocupe, quite o débito quando puder. É nessas horas que os amigos devem aparecer.

Carolina chegou da cozinha com uma panela quente de galinha cozida. Deixou-a sobre a mesa, ajustou a posição dos talheres e, com as mãos ainda engorduradas da comida, cumprimentou-me.

— A mesa está posta — anunciou Carolina. — Vamos nos servir.

— Adianto que aqui em casa não costumamos fazer orações antes das refeições — disse Machado. — Não sou nada religioso, a não ser que a visita insista.

Dei de ombros.

Diante da ausência de manifestação, o casal começou a se servir. Além da galinha cozida, havia arroz e batatas assadas. Tudo tinha uma boa aparência. O problema era comer a galinha. Fiquei observando Machado e Carolina fazerem seus pratos, como se fosse possível passar despercebido que eu não me serviria.

— Não vai comer? — perguntou Machado.

Pensei em dizer que já tinha jantado antes de sair de casa, mas seria uma desfeita com os anfitriões, especialmente com Carolina, que certamente preparara com carinho aquela refeição. Preenchi a maior parte do prato com batatas, arroz, e peguei uma coxa pequena da galinha. Sem olhar, desfiei a carne e a deixei no canto do prato. Aproveitei um momento em que todos estavam compenetrados com suas respectivas refeições e enrolei os restos da galinha estraçalhada no guardanapo. Sem apetite, comi apenas as batatas, pois o caldo oleoso da galinha havia ensopado o arroz.

— Comeu pouco. Não gostou da comida? — perguntou Machado.

— Estou com uma indisposição estomacal desde ontem.

— Vou preparar um café para nós — disse o mulato, levantando-se da mesa e indo em direção à cozinha.

Carolina e eu ficaríamos a sós pelo menos até que Machado de Assis terminasse de fazer o café. Permanecemos em silêncio por alguns segundos. Tentei encará-la, mas ela se esquivava ao meu olhar.

— Como anda a família? — perguntei para quebrar o gelo.

— Não muito bem. Como já deve saber, meus pais faleceram. Faustino também nos deixou há dois anos.

— E Miguel ainda mora em Portugal?

— Mudou-se para o Brasil recentemente.

— Quando posso encontrar com você para conversarmos sobre o que aconteceu conosco?

— Receio que não seja uma boa ideia falarmos disso.

— Não pode se esquivar do assunto...

— Agradeço a ajuda que nos deu neste momento difícil por que passamos — Carolina me interrompeu. — Mas espero que essa reaproximação se encerre por aqui. A última coisa que quero no momento é conversar com você longe das vistas de meu marido.

Antes que eu retomasse minhas justificativas, Machado voltou da cozinha com o bule fervendo na mão. O aroma de café espraiou na sala e dissipou o cheiro de galinha cozida, que me causava tanto asco.

CAPÍTULO 16

CHEGUEI À LIVRARIA GARNIER NO FINAL DA TARDE. HAvia uns cinco clientes folheando livros e conversando. Após o expediente, os intelectuais costumavam se reunir na livraria para falar sobre política, teatro, literatura e, às vezes, fazer mexericos da sociedade carioca. Aproximei-me do balcão e pedi a Garnier dois havanas.

Depois fui à calçada observar as mulheres que passeavam pela rua do Ouvidor. Acendi o charuto enquanto aguardava Artur Napoleão. Havíamos combinado de nos encontrar na livraria antes de irmos tomar um conhaque no Alcazar, só que mais uma vez o músico estava atrasado.

Após meia hora, Artur chegou.

— Carolina me contou que você foi à casa dela e emprestou o dinheiro a Machado de Assis.

— Disse também que tentei falar sobre nosso passado?

Artur assentiu.

— Mostrou-se chateada por eu ter ido a sua casa?

Antes que o músico pudesse abrir a boca, Sílvio Romero, o rapaz com quem me encontrara alguns dias atrás na Livraria Garnier, aproximou-se.

— Estive ontem no Alcazar. Encontrei a mulata Nicole de quem lhe falei da última vez. Aquela mulher desperta a libido até de um defunto, você precisa conhecê-la.

— Na verdade, eu a conheço há mais tempo do que você imagina. O nome verdadeiro dela é Joana. É uma amiga de infância dos tempos do Livramento. Exijo que se refira a ela de forma mais respeitosa.

— Mas ela é uma puta.

— Cuidado com suas palavras — disse, com o dedo em riste.

— Desculpe, não sabia que a conhecia, tampouco que tinha tanta estima por ela. Não tocarei mais em seu nome com você.

Dei de ombros.

— Não vim falar sobre Nicole, ou melhor, Joana. Tenho uma novidade sobre seu amigo de infância.

— Machado de Assis?

— Ele mesmo. O mulato publicou seu primeiro romance. Chama-se *Ressurreição*.

— Já leu o livro? — perguntou Artur.

— Comprei mais cedo aqui na livraria, estou ansioso para lê-lo e fazer minha crítica — respondeu Romero. — Tenho certeza de que o romance deve ser tão ruim quanto suas poesias e seus contos.

Entrei na livraria novamente e abordei Garnier no balcão.

— Você tem o romance novo de Machado de Assis?

— Sim, claro. Vendi uns quinze exemplares só hoje. Vai querer quantos?

— Por que haveria de querer mais de um?

— Ora, para presentear a namorada, um amigo ou parente. Esse rapaz ainda vai se destacar como um dos melhores escritores brasileiros. Aproveite que a primeira tiragem vai acabar rápido. Meu faro de editor não falha, há anos trabalho no ramo.

Comprei apenas um volume.

Após deixarmos a Livraria Garnier, eu e Artur Napoleão fomos direto ao Alcazar. O difícil foi despistar Sílvio Romero para evitar que nos acompanhasse. Não queria dividir Joana com ele. Falei-lhe sobre o livro de Zola que havia lido e disse para pedir um exemplar a Garnier. Assim que saiu de nossas vistas, fugimos.

Chegando ao Alcazar, pedi ao afeminado para arrumar o camarote no primeiro andar que tinha usado na última visita, mas ele informou que estava ocupado por gente importante. Perguntei-lhe quem era, mas ele se esquivou. Devem ter oferecido um bom dinheiro pelo sigilo.

Ele nos acomodou a uma mesa no fundo do cabaré de onde podíamos ver o palco, mesmo que um pouco afastados do tumulto. Em seguida nos trouxe uma garrafa de conhaque. Após alguns tragos da bebida, Joana chegou para nos acompanhar.

— Posso me sentar? — perguntou Joana.

— Não precisa nem perguntar. Você sempre será bem-vinda — respondi.

— Da última vez que esteve aqui com Artur você me expulsou da mesa.

— Eram negócios — disse o músico.

— Hum...

Joana se sentou a meu lado e começou a alisar meus cabelos com as unhas compridas. Em vez de me excitar, aquilo me deixava com sono. Se ela continuasse, eu poderia dormir naquela mesa com a cabeça acomodada sobre seu ombro.

— Artur, você não tem nenhuma companhia? — perguntou Joana.

— Estou bem assim. Não posso demorar, pois minha esposa me aguarda. Hoje é dia da cópula semanal. — Artur sorriu.

— Vou frustrar as expectativas de sua mulher; trarei uma colega que chegou hoje chamada Raquel.

— Ela é bonita? — perguntei.

— Lindíssima. Foi expulsa de casa pelo pai, assim como eu e a maioria de minhas amigas. Foi pega no flagra fornicando com o marido da vizinha. Como sempre, todos culparam a menina. A mulher traída perdoou o esposo, e a família de Raquel se mudou do bairro de tanta vergonha.

— Que devassa essa sua amiga — disse eu, sorrindo.

— Coisas de mulher fogosa, é difícil controlar esses instintos.

Joana se levantou para procurar Raquel. Enquanto isso, o afeminado veio me perguntar se precisávamos de algo. Mesmo dizendo que tudo estava bem, ele insistiu em ficar a nosso lado. Dei-lhe uns trocados, senão não sairia de perto.

Logo depois, Joana retornou com a cocote. A moça aparentava ter um pouco mais de vinte anos; sua tez cor de leite era salpicada com discretas sardas. Tinha seios fartos e quadris largos. Não era magra, nem gorda, apenas cheinha. Uma mulher de porte para seguir o homem em qualquer ocasião. Artur também ficou boquiaberto com a beleza de Raquel. Ela sentou-se a seu lado, e ele tratou de usar sua lábia de músico de anos de experiência nos salões da Europa. A alcazalina não parava de sorrir com aquelas conversas ao pé do ouvido.

O afeminado subiu ao palco e anunciou o início de uma peça de teatro estrelada por Marie Stevens.

— Juca Paranhos não permite que Marie Stevens faça mais aqueles espetáculos sensuais com apenas as plumas cobrindo as partes íntimas. Então ela está atuando numa peça teatral — explicou Joana.

Quando Marie Stevens subiu ao palco, um feixe de luz se voltou para a atriz, e todos começaram a aplaudir de pé. Era uma comédia pastelão cuja trama narrava a história de uma mulher proprietária de um cabaré em Paris. A protagonista era interpretada pela própria Stevens. O espetáculo esbanjava sensualidade e piadas sujas — impressionava mais pela silhueta delicada da atriz do que pelo conteúdo. Certamente, Juca Paranhos não conhecia o texto da peça, senão jamais autorizaria a encenação de sua rapariga.

Uma pessoa sentou-se entre mim e Artur Napoleão.

— Era com você mesmo que eu queria falar — disse, colocando a mão em meu ombro.

Era Miguel Novais, o irmão de Carolina. Usava um traje preto e chapéu. A barba grisalha o deixava com um aspecto asqueroso. Envelhecera bastante nos últimos tempos; definitivamente os anos não lhe fizeram bem.

— Soube que foi à casa de minha irmã.

Miguel encheu meu copo de conhaque e tomou.

— Sou amigo de infância de seu cunhado, Machado de Assis.

— Quero lhe dizer uma coisa — ele alertou com a ponta do dedo na minha cara. — Se tentar destruir novamente a vida de minha irmã, eu o esganarei com minhas próprias mãos. Deixei que escapasse para Coimbra naquele tempo, mas não cometerei o mesmo erro.

— Tenha calma, não é o que está pensando — interveio Artur.

— Não se meta, seu músico de merda. Já alcovitou esse canalha para minha irmã em Portugal. Agora também quer acabar com o casamento dela?

— Veja bem — disse, levantando-me. — Não vou admitir que chegue aqui insultando todos à mesa.

Miguel também se levantou e me empurrou com força. Tropecei em minha própria cadeira, caí e bati a cabeça no piso. Quando ele se preparava para me chutar, Artur o segurou, puxando de tal forma que ele não poderia continuar a me agredir. O Alcazar parou para ver a confusão, inclusive Marie Stevens e os demais atores da peça. Os curiosos formaram um círculo em torno da mesa e escutaram Miguel dizer diversos impropérios.

— Você não é mais bem-vindo a casa — disse o afeminado a Miguel. — Retire-se daqui imediatamente.

— Vou embora quando eu quiser — esbravejou Miguel, bebendo mais um copo.

O afeminado puxou uma navalha do bolso do smoking.

— Se não for embora, vou rasgar sua barriga de modo que suas entranhas vão cair ao chão, no meio do Alcazar. Vai ter de sair daqui carregando as tripas nos próprios braços.

Miguel levantou as mãos, sinalizando que não queria mais confusão. Pegou minha garrafa e levou consigo, resmungando.

Joana ajudou-me a me levantar.

— Você está bem?

— Estou, tenho que acertar as contas com ele.

— Chega de confusão por hoje — disse ela.

— Não precisa querer lavar sua honra. — O afeminado guardou a navalha no bolso do traje. — Ele já foi escorraçado daqui como uma cadela por uma bicha. Existe vexame maior?

Todos que estavam por perto gargalharam.

CAPÍTULO 17

LI AS POUCO MAIS DE CENTO E CINQUENTA PÁGINAS DE Ressureição em apenas uma noite que quase emendou com a manhã do dia seguinte. Apesar de ter ojeriza a esse tipo de narrativa romântica, resolvi procurar Machado para parabenizá-lo por seu primeiro romance. Esperava que me convidasse para outro jantar em sua casa.

Cheguei ao *Diário Oficial*, onde Machado trabalhava, no início da manhã. As olheiras denunciavam minha noite em claro para terminar a leitura do romance. A secretária do escritor, dentuça e vesga, pediu que eu esperasse enquanto anunciaria minha chegada. Ela informou que não havia ninguém com ele e que não tinha encontros agendados para aquela manhã.

Depois de alguns segundos dentro da sala, ela retornou.

— Ele pediu que o aguardasse, porque está concluindo um trabalho urgente.

Assim como a minha, aquela secretária não se esforçava para deixar as pessoas à vontade. Não ofereceu água, muito menos café.

Esperei por vinte minutos, e Machado de Assis não me chamou para entrar. Queria me fazer esperar do mesmo jeito que fiz quando ele foi me procurar para pedir dinheiro emprestado.

— Já se passou muito tempo. Será que ele não me esqueceu? — perguntei à secretária.

— Não — respondeu ela, sem me olhar.

— Poderia perguntar se posso entrar?

— O doutor Machado não gosta de ser interrompido enquanto trabalha.

— Faria a gentileza de me servir um cafezinho?

— Só tem café de ontem. Melhor o senhor não tomar, pode fazer mal.

Ainda esperei mais dez minutos até ele pedir para eu entrar.

— A que devo a honra de sua visita? — perguntou, após me cumprimentar.

— Comprei o *Ressurreição* na Garnier. Eu li ontem de uma sentada só.

— O que achou?

— Um excelente romance, digno dos melhores da literatura nacional. Bem melhor do que os últimos de José de Alencar.

Machado apenas sorriu, como se ele se gabasse da comparação com o autor de *Iracema*.

— Quais serão seus próximos passos agora? Já tem outro romance em vista?

— A mente de um escritor é uma fonte inesgotável de imaginação.

— Qual será o enredo da nova obra?

— Não posso revelar ainda. Quando for publicado, poderá apreciá-lo, assim como fez com *Ressurreição*.

— Também pretendo escrever um romance em breve, mas quero que tenha um toque mais realista do que se vem fazendo hoje no Brasil.

— Espero que consiga alcançar seu desejo, mas lembre que escrever ficção não é para todo mundo. É preciso muita dedicação, e principalmente talento.

Abri um sorriso amarelo.

— Agradeço a visita. — Machado levantou-se e apertou minha mão. — Tenho uns trabalhos urgentes para concluir.

Como não consegui pensar em outra alternativa para me encontrar com Carolina, resolvi procurá-la em sua própria casa. Mandei um moleque verificar se Machado continuava no escritório do *Diário Oficial*. Após uma hora, o menino retornou dizendo que o escritor ainda trabalhava na repartição. Pedi que o vigiasse. Caso ele saísse de lá, deveria ir à casa de Carolina me avisar imediatamente.

Algumas pessoas passavam pela rua dos Andradas. Um cocheiro negro aguardava o patrão em cima do coche duas casas à esquerda da residência de Carolina. Fiquei à espreita encostado numa figueira, fumando um charuto. Tirei o relógio do bolso, eram quatro horas da tarde. Não podia esperar muito senão acabaria o expediente de Machado.

Depois de alguns minutos, finalmente o cocheiro deixou o local. Não transitava ninguém na rua. Quando eu ia atravessar a pista para chegar à casa de Carolina, avistei o moleque correndo na esquina.

— O homem que o senhor me mandou vigiar saiu do trabalho — disse ele, ofegante.

— Está vindo para cá?

— Não sei. O senhor falou pra avisar assim que ele saísse.

Dei um peteleco na orelha do menino.

— Faça o serviço direito. Volte e veja para onde ele foi.

O menino retornou correndo. Enquanto aguardava, acendi outro havana aproveitando a sombra da figueira. O movimento da rua havia diminuído. Apenas alguns transeuntes circulavam.

Cinco minutos depois, o moleque reapareceu.

— Foi para a rua do Ouvidor. Entrou na Livraria Garnier.

Tirei umas moedas do bolso e lhe paguei pelo serviço.

Quando Machado de Assis ia à Livraria Garnier, passava horas conversando com jornalistas e outros escritores. Eu teria bastante tempo para falar com Carolina. Joguei o resto do charuto fora e atravessei a rua para ir ao encontro dela.

Dei duas batidas discretas na porta. Quando me viu, Carolina fez uma cara de assustada e derrubou um novelo de crochê que tinha nas mãos.

— Pode deixar que eu apanho.

— Não é necessário — disse ela, já se abaixando.

— Não vai me convidar para entrar?

— Melhor não, meu marido ainda não retornou do trabalho. Volte outro horário — respondeu ela, fazendo menção de fechar a porta.

Apoiei minha mão na porta para impedi-la.

— Preciso falar com você sem a presença dele.

Carolina hesitou por alguns segundos, mas acabou cedendo.

— Pode entrar, mas seja rápido. Machadinho chega em poucos minutos. E os vizinhos podem falar, não é apropriado uma mulher casada receber visitas de um homem no horário de trabalho do esposo.

— Com isso não precisa se preocupar. Deixei um moleque vigiando Machado de Assis e mandei que me avisasse quando ele estivesse voltando para casa. Quanto aos vizinhos, certifiquei-me de que não havia ninguém antes de bater a sua porta. Não quero expô-la de forma alguma.

Entrei naquela casa pela segunda vez. Carolina me deixou na sala e foi preparar um café. Sentei-me na poltrona puída, meu nariz começou imediatamente a coçar. Machado de Assis deveria ter aproveitado o dinheiro que lhe emprestara para comprar cadeiras melhores e alguns móveis.

Carolina retornou com o bule que espalhou o cheiro de café pela sala.

— Obrigado pelo café, muito saboroso.

— Aprendi a fazer com minha mãezinha.

— Dona Custódia nos faz muita falta. É uma pena que tenha nos deixado ainda tão nova.

Carolina fechou a cara, como se não tivesse gostado de eu ter falado de sua mãe. Talvez me culpasse por sua morte.

— Vamos direto ao assunto — ela pediu. — Você não pode demorar muito tempo aqui.

— Gostaria que me perdoasse pelo que aconteceu. Reconheço que fui fraco ao abandoná-la grávida, tive medo. Eu era novo e receava que meu pai não aceitasse aquele casamento feito às pressas.

Os olhos de Carolina marejaram.

— Fiquei muito arrependido de minha conduta covarde — prossegui. — Até hoje me martirizo. Criei um bloqueio que nunca mais consegui me relacionar seriamente com nenhuma outra mulher. Assumo toda a responsabilidade por meu erro, inclusive pela morte de nosso filho, que você perdeu exclusivamente por minha causa.

— Desculpe-me, Pedro — disse ela ao enxugar uma lágrima. — Não posso perdoá-lo. Você trouxe muita dor para mim e toda minha família. Meus pais morreram de desgosto. Não tive nem a oportunidade de me despedir deles de forma digna, pois fui defenestrada da casa dos Novais. Você também não sabe o que é perder um filho em formação no ventre, é uma dor que nunca vou superar.

A voz dela ficou embargada.

— Além do mais — continuou —, alguma coisa aconteceu que depois do aborto não consegui mais engravidar. Machadinho acredita que o problema é dele, mas sei que sou eu. Fiquei estéril, jamais poderei ser mãe.

— Desde que a reencontrei naquela noite no Clube Fluminense não paro de pensar em você.

— Gostaria que você saísse de minha casa agora e nunca mais retornasse. Sua presença aqui me faz mal. Relembro toda dor por que passei, o aborto, a morte de meus pais, minha fuga para o Brasil...

Pensei em insistir no pedido de perdão e até em suplicar para ela voltar para mim. Mas achei melhor me retirar. Ainda era cedo para Carolina me perdoar.

Joana e eu assistimos às apresentações de cancã e a uma peça de teatro de gosto duvidoso no Alcazar. Bebemos duas garrafas de conhaque. Além do corpo bonito e da pele morena, sua companhia me fazia bem, especialmente quando me sentia deprimido. Depois de ser expulso por Carolina de sua casa, ao menos me restava a mulata que um dia foi desejada por Machado de Assis.

Andávamos trôpegos e sorridentes na rua do Ouvidor. A bebida tomara conta de nossa cabeça. Quase todas as lojas estavam de portas cerradas. Embora a rua abrigasse estabelecimentos finos para a alta sociedade, havia alguns bares que ficavam abertos até mais tarde, acolhendo os últimos clientes que insistiam em bebericar durante a madrugada.

— Quer sentar numa taverna para continuar a beber? — perguntei.

— Quero é você todo para mim — respondeu ela, mordiscando minha orelha.

Quando passávamos em frente a um boteco, avistei Miguel Novais bebendo com dois negros altos e fortes, vestidos com roupas brancas. Desviei o olhar e prossegui.

— Aquele homem que estava à mesa do bar com dois negros ficou nos encarando enquanto passávamos — disse Joana.

— Continue andando. Não vamos falar sobre isso agora.

— É aquele rapaz que empurrou você no Alcazar?

Assenti com a cabeça.

Joana olhou para trás.

— Finja que não os viu — ordenei com voz ríspida.

— Ele levantou-se da mesa com os dois negros. Meu Deus do céu! Estão vindo atrás de nós.

— Vamos apressar o passo, e não olhe mais para trás.

Caminhamos rapidamente. A tensão tirou o efeito do álcool no sangue. Dessa vez quem se virou para olhar fui eu. Miguel e os dois negros nos seguiam e andavam ligeiramente. Havia poucas pessoas nas ruas àquela hora da noite, apenas uns bêbados e algumas prostitutas. Eles poderiam acabar conosco ali mesmo e não haveria ninguém para nos socorrer. Aproximavam-se.

— Continue andando na rua do Ouvidor. Ainda há um pouco de movimento por aqui. Vou dobrar na rua Direita e tentar me esconder.

— Não posso deixar você sozinho. Vou gritar para chamar atenção na rua. Talvez alguém venha nos ajudar.

— Não adianta. A essa hora só há arruaceiros. É capaz de instigarem a briga para ficar mais fácil nos roubar depois. Eles querem a mim, não vou deixar que arrisque sua vida por minha causa. Encontramo-nos em frente a minha casa em vinte minutos. Sei me cuidar, confie em mim. Sou mais esperto do que eles — eu disse, tentando passar segurança, embora por dentro o medo me consumisse.

Antes que ela pudesse contestar minha decisão, dobrei na rua Direita e comecei a correr desesperadamente.

Quando olhei para trás, vi que eles também haviam entrado na rua, e correram atrás de mim. Apesar da situação de risco, fiquei um pouco mais tranquilo por não terem seguido Joana. A rua Direita estava mais deserta e escura do que a do Ouvidor. Comecei a me questionar se tinha sido uma boa ideia entrar ali. Mas àquela altura não adiantava me lamentar. Mais à frente, virei à direita e entrei no beco dos Barbeiros. Não havia iluminação pública. Um carro de boi sem os animais estava parado ali, com feno em cima. Não titubeei, pulei dentro dele e me escondi embaixo da forragem.

Fiquei imóvel controlando a respiração para não entregar minha localização. Escutei o barulho dos passos dos homens que me perseguiam.

Para minha sorte, eles passaram direto e continuaram me procurando até o final do beco.

Aguardei alguns minutos escondido no carro de boi. Precisava me certificar de que o risco de ser pego se afastara. Levantei-me discretamente para ver se eles já tinham ido embora. Não havia nenhum sinal de vida no beco, apenas um breu e o canto dos grilos. Resolvi sair daquele local e tentar voltar para casa.

Segui em frente até a rua do Carmo. Fiquei à espreita na esquina entre as duas ruas e olhei para os dois lados. Os homens não estavam mais no local. Aliviado, relaxei e retomei o caminho de casa para me encontrar com Joana. Ela já devia estar me esperando, apreensiva com minha demora.

Quando adentrei na rua do Carmo, levei um chute nas costas. Não sabia de onde tinham surgido aqueles homens. Miguel e os dois negros brotaram do nada. Caí de bruços no chão e bati a boca na ponta de um paralelepípedo. O dente incisivo se quebrou. Quase me engasguei com o sangue que engoli. Comecei a vomitar.

Senti uma dor forte nas costas e falta de ar. O chute afetou minha respiração, como se houvesse quebrado alguma costela. Tentei me levantar para fugir, mas meu corpo não correspondia a meus pensamentos, mal conseguia me mexer. Atordoado, escutei Miguel conversando com os negros. Lembrava-me apenas de suas risadas.

Quando consegui me virar, tudo o que vi foi a sola da bota de Miguel na minha cara.

Apaguei.

CAPÍTULO 18

ERA A PRETA FRANCISCA QUEM RESOLVIA TODOS OS PRO-blemas domésticos. Encarregava-se da limpeza da casa e de minha alimentação. Havia anos que meu pai lhe prometera a liberdade, mas nunca colocava no papel. Sempre arrumava uma desculpa. A liberdade dela podia significar discórdia entre os outros escravos. Francisca também era orgulhosa, não cobrava o cumprimento da promessa. Para ela o que importava era me servir. Tratava-me como um filho desde pequeno, serviu até como ama de leite. A alforria só saiu depois que eu cobrei de meu pai como condição para ela morar comigo. Ainda assim, ele só lhe deu a escritura quando chegou ao Rio de Janeiro.

Naqueles dias de convalescença, Francisca me enchia de mimos. Oferecia-me chás a todo momento e tentava barrar as visitas que vinham me incomodar. Somente recebera Joana, mas eu já a considerava de casa. Ela se sentia culpada por ter me deixado fugir sozinho de Miguel e seus comparsas. Por isso, vinha todos os dias me visitar.

A surra que levei me deixou com a ponta do dente incisivo superior quebrado, uma ou duas costelas fraturadas e equimoses espalhadas pelo corpo. Meu pai não veio me ver, apenas enviou uma carta lamentando o ocorrido e perguntando se eu queria que ele mandasse matar os bandidos. Respondi que não seria necessário. Sabia resolver as coisas a meu modo.

— Tem uma visita para você — disse Francisca após entrar em meu quarto.

— Já disse que não quero receber ninguém.

— Acho que vai gostar de falar com ele. É aquele seu amigo.

— Artur Napoleão?

Ela concordou com a cabeça.

— A única coisa que eu queria era um pouco de paz.

— A visita dele vai lhe fazer bem, você anda meio borocoxô.

— Diga a ele que pode entrar.

Artur assustou-se quando me viu deitado com o beiço inchado e o dente quebrado.

— O que fizeram com você?

— Não sei como não me mataram.

— Sempre lhe avisei para ter cuidado com Miguel.

— O que é dele está guardado.

— Melhor você deixar isso para lá e tocar sua vida.

— Vou arrancar os testículos dele e fazer aqueles dois negros engoli-los.

Artur gargalhou.

Francisca nos serviu um chá de erva cidreira. Fingi tomar e deixei a xícara ao lado da cama. Odiava chás, de qualquer tipo. Sentia náuseas, não sabia como alguém podia gostar dessa beberagem. Fui criado tomando café, chá sempre me lembrou doença.

— Estive com Carolina ontem — disse Artur, experimentando o chá e fazendo careta.

— Ela ficou sabendo do que o irmão fez?

Ele assentiu.

— Tomara que fique com peso na consciência pelo mal que Miguel me causou.

— Carolina está com o coração na mão.

— Queria ficar logo curado para voltar a vê-la.

— É melhor você parar com isso, veja o que já lhe aconteceu. Ainda bem que o marido dela não ficou sabendo da história de vocês. Parta para outra. Você é jovem, rico, inteligente, agradável. Só não posso falar que é bonito — acrescentou Artur, abrindo um sorriso. — Tire Carolina da cabeça.

— Não sei se consigo.

— Vou falar logo a verdade. — Ele tentou tomar mais um gole de chá, mas desistiu. — Ela me pediu para conversar com você.

— Carolina quer se encontrar comigo?

— Não, disse que não era para você tentar se reaproximar dela. O que vocês tiveram no passado já está enterrado. Não há a menor possibilidade de reatarem o relacionamento que iniciaram em Portugal. Desista dela.

— Agradeço a visita, mas preciso descansar para o bem de minha recuperação.

Passadas duas semanas do ocorrido, eu já me levantava sozinho para fazer minhas necessidades e caminhar dentro de casa. As dores nas costelas aos poucos se reduziam. Provavelmente em alguns dias retornaria ao trabalho. Como exercia um cargo de confiança, não podia passar muito tempo afastado, senão o Visconde do Rio Branco colocaria outro em meu lugar.

Aquele período de recuperação me deixava depressivo. Nem mesmo as visitas de Joana me animavam. Só uma garrafa de conhaque, uma tragada de charuto e o ambiente promíscuo do Alcazar poderiam trazer a minha vontade de viver de volta.

Dona Francisca entrou no quarto trazendo uma bandeja com chá e biscoitos caseiros feitos por ela mesma.

— Hoje fiz chá de camomila para que fique bem relaxado. Ontem notei que deixou metade da xícara. Quero ver tudo vazio.

— Por que você não me traz um café?

— O que vai curar o senhorzinho são os chás que faço. Na fazenda de seu pai, sempre que alguém adoecia me chamavam para eu tratar. Nunca ninguém morreu nas minhas mãos. O tratamento com chá é lento mesmo, tenha um pouco de paciência.

Alguém bateu à porta de minha casa.

— Vou ver quem é e volto já.

— Diga que estou dormindo, exceto se for Joana.

— Deve ser ela mesma. Joana vem sempre nesse horário da manhã.

Quando Dona Francisca saiu, comi os biscoitos rapidamente e derramei a xícara de chá na latrina. Aproveitei para passar um perfume e lavar a boca. A visita de Joana ajudava a passar o tempo. Ela gostava de relembrar de quando éramos crianças na Chácara do Livramento, inclusive do dia em que levei um banho de fezes dos escravos tigres. A mulata me divertia como ninguém.

Dona Francisca entrou no quarto novamente.

— Uma visita para o senhorzinho.

— Pode pedir para Joana entrar.

— Não é Joana. É uma mulher branca de rosto quadrado.

— Carolina?

— Esse nome mesmo.

Não acreditei num primeiro momento, mas Dona Francisca confirmou de novo. O que será que ela queria? Eu me preparara para receber Joana, não Carolina. Precisava pelo menos tomar um banho e aparar a barba que não fazia desde quando sofrera o atentado.

— Posso mandar a moça entrar?

— Não.

— O senhorzinho não pode se esconder de todo mundo. Veja o que ela tem pra falar.

— Estou com aspecto de doente. Não faço nem minha higiene pessoal direito. Joana é de casa, mas Carolina não. Diga que volte outro dia.

Dona Francisca deu de ombros e foi dar o recado.

Alguns minutos depois ela retornou.

— A moça não aceitou as desculpas. Disse que precisava falar com o senhor urgentemente.

— Invente alguma coisa.

— Já disse que o sinhozinho não estava bem, mas ela quer falar mesmo assim.

— Tudo bem, mande-a entrar. Não precisa vir nos servir chá. Não aguento mais.

Dona Francisca sorriu e foi chamar Carolina.

Ela entrou no quarto com cara desconfiada e sorriu com aqueles lábios finos. Retribuí o sorriso, mas tentei ocultar o incisivo quebrado. Carolina sentou-se numa poltrona ao lado da cama e apoiou as duas mãos sobre os joelhos.

— Soube da sova que Miguel lhe deu. Creio que você tem consciência de que fez por merecer, não é?

Assenti com a cabeça.

— Poderia ter acontecido algo muito pior — prosseguiu ela. — Desde que você me abandonou, Miguel deseja sua cabeça. Sua sorte foi não ter se encontrado com ele naquela época, senão ele o teria matado.

Continuei balançando a cabeça como um aluno admoestado pela professora.

— Por que insiste nisso? O que ocorreu entre nós já acabou. Não precisamos remoer o passado.

— Há uma garrafa de licor na mesinha. Você poderia fazer o favor de nos servir uma taça?

— Você não pode, ainda está em recuperação. Vou pegar uma para mim.

Carolina dirigiu-se à mesa que ficava em frente a minha cama e encheu uma taça de licor de jabuticaba. Tomou-a de um gole só.

— Por que veio até aqui?

— Vim para lhe pedir para não mais me procurar. As coisas podem piorar. Miguel é capaz de tudo, inclusive de matá-lo.

— Não precisava vir aqui para falar isso. Já tinha dado seu recado por intermédio de Artur Napoleão.

— Na verdade, queria ver como você estava. Fiquei preocupada. Apesar de você ser o culpado exclusivo por tudo isso, sinto um pouco de remorso pelo que aconteceu.

— Artur deve ter passado um relatório completo de minhas condições físicas.

— Ele falou que você estava se recuperando, mas precisava me certificar pessoalmente.

— Obrigado pela preocupação, mas já estou quase bom.

— Vim aqui também para lhe dizer que o perdoo pelo que me fez passar: abandono, humilhação, vergonha, desonra e mesmo o aborto. Eu o perdoo por tudo isso. — Carolina tomou mais uma taça. — Agora está satisfeito? Já pode me deixar viver em paz com meu marido?

— Não.

— Como assim?

— Nunca vou deixá-la em paz. Vou lutar enquanto tiver forças, seja contra quem for. Não tenho medo de Miguel, seus comparsas capoeiristas, tampouco de seu marido. Estou disposto a qualquer coisa para ficar com você.

— Pedro, não faça isso comigo. Não vai dar certo, já deu errado uma vez.

— Não vou mais deixá-la escapar. Eu a quero como nunca.

Carolina bebeu duas doses seguidas. Encostou sua poltrona na cama e começou a acariciar meus cabelos e a massagear meu couro cabeludo com a ponta dos dedos.

— Confesso que, apesar de tudo, também nunca deixei de amar você.

Carolina se deitou na cama a meu lado, encostou a cabeça em meu ombro e ficou alisando meu peito com as unhas compridas. Em seguida, beijou meus lábios. Por iniciativa própria, retirou suas roupas íntimas, levantou o vestido até a altura da cintura e subiu em mim. Experimentei um leve estralo nas costelas. Depois de tanto tempo, sentir o remexer de seus quadris em cima de mim me deixou anestesiado, ocultando qualquer dor que sentisse naquele momento.

Como fazia alguns dias que não tinha relações com nenhuma mulher, logo cheguei ao clímax, o que para mim representou um certo alívio. Não sei se conseguiria aguentar mais tempo o corpo dela em cima do meu.

Carolina levantou-se da cama e vestiu a calçola.

— Tenho que ir. Não posso ficar muito tempo fora de casa. Machadinho pode desconfiar.

Logo em seguida, Dona Francisca entrou no quarto. Por pouco não nos pegou no flagra. Não pensamos nem em trancar a porta.

— Chegou uma outra visita.

— Não se pode nem conversar sossegado. Quem é?

— Joana.

CAPÍTULO 19

FRANCISCA EVITOU O ENCONTRO EMBARAÇOSO ENTRE JOana e Carolina. Ela chamou a mulata à cozinha para preparar um chá, enquanto Carolina saía despercebida pela porta da frente. Por pouco, as duas não se cruzaram.

    A visita inesperada de Carolina renovou meu ânimo. A vontade de me recuperar e de voltar às atividades normais tomou conta de mim. Embora tivesse completa aversão aos chás feitos por Francisca, eu me entupi deles. Para minha surpresa, aquilo funcionava mesmo, pois na semana seguinte recobrei as forças e voltei ao trabalho.

    Os primeiros dias foram pesados, pois o Visconde do Rio Branco não conseguira alguém à altura para me substituir, de maneira que as reuniões com os mais diversos setores da economia ficaram à espera de minha recuperação.

    Pedi à secretária que desmarcasse os encontros agendados para o período da tarde. Com má vontade, ela atendeu à determinação. Eu havia combinado com Carolina de nos encontrarmos em minha casa no meio da tarde, horário em que Machado de Assis ainda trabalhava.

    Para termos mais privacidade, mandei Francisca de volta para a fazenda de meu pai. Apesar de sua insistência em continuar a cuidar de mim, disse-lhe que já estava bem e que ela precisava auxiliar os enfermos que realmente necessitavam de seus serviços. Ela só aceitou ir embora depois que arrumou uma mucama de sua confiança para substituí-la, que foi admitida com a condição de não ter intimidades comigo e passar apenas algumas horas em casa. Depois do almoço, eu não queria mais ninguém ali.

Quando voltei para minha casa, Carolina já estava lá — eu lhe revelara o esconderijo das chaves embaixo do vaso de planta —, sentada de pernas cruzadas e mexendo o pé em movimentos circulares. Aproximei-me para lhe dar um beijo na boca, mas ela virou o rosto. Notei que seus olhos estavam inchados.

— Você está bem? — perguntei.

Ela balançou a cabeça negativamente.

— O que houve?

Carolina começou a chorar.

Sentei-me a seu lado e encostei sua cabeça em meu peito. Ela soluçava.

— Preciso saber o que aconteceu.

— Miguel descobriu que vim visitá-lo.

— Como ele soube?

— Miguel adivinha certas coisas, não sei como consegue. Deve estar vigiando você. Talvez querendo prever qualquer tentativa sua de vingança. Tenha cuidado com ele. Meu irmão é um homem perigoso. Não canso de avisar.

— Não é necessário se preocupar comigo. Não saio mais de casa sem minha garrucha. Você tem que temer agora é pela vida de seu irmão se ele tentar se aproximar de mim novamente.

— O problema não é só esse. — Carolina assoou o nariz. — Ele disse que contaria a Machadinho tudo a nosso respeito, inclusive o motivo pelo qual fugi de Portugal.

— Deixe-o falar.

— Não posso fazer isso, Machadinho é muito bom para mim. Ele me acolheu num momento de fragilidade. É um excelente marido, faz todas as minhas vontades e caprichos. Além do mais, por vezes sofre de ataques epiléticos, eu não conseguiria abandoná-lo.

— Um dia você terá que enfrentar essa situação. Não podemos nos esconder eternamente.

— Também não quero ficar malfalada, já basta o que você fez com minha reputação em Portugal. Não posso deixar que a estrague também aqui. Não pretendo ser conhecida como adúltera. Você sabe que nessas situações só quem leva a culpa é a mulher. Eu disse que isso não daria certo. Não se pode esconder a verdade por muito tempo.

— Então conte a Machado de Assis a verdade. Diga que não o ama. Que não o quer mais como marido. Fale que nossa paixão é anterior ao casamento de vocês e que foi um erro se casarem.

— Você não entende. Também amo meu esposo.

— Por que vem se encontrar comigo se ama seu marido?

— Na verdade, gosto dos dois.

— Deixe-o, pois. Case-se comigo. Consigo anular seu casamento. Alegarei vício de consentimento. Machado de Assis é estéril e ocultou esse fato de você. Com esse argumento, consigo sua liberdade.

— Mas quem não pode ter filho sou eu, por causa do aborto.

— Não importa a verdade. Consigo uma meretriz como testemunha para afirmar que fez sexo com Machado de Assis e não conseguiu engravidar. Tenho dinheiro e influência. Qualquer juiz poderá anular seu casamento.

— Melhor não me procurar mais. Você é jovem, bonito, de família rica. Não lhe faltarão mulheres mais formosas e novas do que eu. Não conseguirei sequer lhe dar um herdeiro.

— Isso para mim não importa.

— Por favor, Pedro. Não insista — pediu ela com os olhos cheios de lágrimas.

Depois se levantou da poltrona e foi embora.

Os dias seguintes foram difíceis. O Visconde do Rio Branco sucumbiu à crise criada por um conflito entre a Igreja Católica e a maçonaria, que ficou conhecido como Questão Religiosa. O Imperador indicou o Duque de Caxias, outro político do partido conservador, para suceder o visconde.

Eu aguardava confiante a permanência no cargo; afinal, meu pai havia anos pertencia ao partido, contribuindo inclusive financeiramente para sua manutenção no poder. No entanto, o Duque de Caxias, junto com o Barão de Cotegipe, promoveu uma reforma, exonerando quase todos que ocupavam cargos nomeados pelo visconde, inclusive eu. Os amigos logo me abandonaram. Só se interessavam em me procurar para conseguir alguma facilidade junto ao visconde.

Passei vários dias em casa trancado. Não sabia o que iria fazer da vida. Não me faltava dinheiro para o sustento, mas eu me sentia inútil. Não gostava de trabalho pesado, mas o ócio também me entediava.

Rabisquei algumas folhas de papel com coisas sem sentido buscando inspiração. Queria escrever um romance. Pensei no sofrimento da perda de Carolina, na falsidade dos amigos. Nada me vinha à mente que valesse a pena ser escrito. Folheei os romances de José de Alencar e de Machado de Assis. Todos muito tolos. Definitivamente não queria escrever histórias açucaradas como aquelas.

Devorei o livro que Eça de Queiroz acabara de publicar em Portugal, o polêmico *O Crime do Padre Amaro*. Aquele era justamente meu intuito na literatura: produzir uma narrativa ácida que mostrasse as fraquezas dos homens e a mesquinharia da sociedade.

O protagonista de meu romance tinha que ser alguém que não tivesse nenhum pudor em escrever o que desejasse. Pensei nas memórias de um criminoso condenado à morte. Ele narraria seu crime e seu desprezo pela humanidade. Escrevi algumas folhas, mas a história não fluía. Eu não conseguia entrar na cabeça de um bandido. Embora não fosse santo, estava longe de ser um malfeitor.

Tive a ideia de substituir esse narrador por um morto. Quem melhor do que um autor defunto para contar tudo que sabe sem temer a reprovação pública? Falaria de sua vida começando pelo enterro, passando pelas passagens mais pitorescas de sua vida, como adultério, briga por herança, disputas políticas. Enfim, denunciaria toda a sordidez da sociedade hipócrita.

Duas semanas enfurnado no quarto foram suficientes para elaborar um esboço do livro. Eu somente saía de casa para fazer refeições rápidas no Hotel Pharoux e voltava. Escrevi pouco mais de cem folhas, que deixaram meus dedos calejados. Terminei o trabalho com a alma exaurida e uma úlcera no estômago de tanto tomar café. Empreguei minha imaginação e minha percepção de mundo naquele texto.

Precisava levar aquela ideia para alguém. Pensei em Sílvio Romero, mas ele ainda era muito jovem e pouco conhecido no Rio de Janeiro. Artur Napoleão só entendia de música. Relutei em entregar meus manuscritos a Machado de Assis. Tinha que haver outra pessoa. Eu não conseguia pensar em ninguém. Apesar de não confiar nele e não apreciar seus romances, Machado poderia me indicar um caminho.

Fui a seu trabalho, mas ele não pôde me receber. Com dor no coração, deixei meus rabiscos com sua secretária e informei que retornaria posteriormente.

Na tarde seguinte, voltei ao escritório de Machado de Assis. A secretária anunciou minha presença e pediu, como de costume, que eu aguardasse os caprichos do escritor em me atender.

Após alguns minutos, ele me convidou a entrar.

— Imagino que tenha vindo para falar de seus manuscritos — disse Machado após me cumprimentar.

— Conseguiu terminar de ler?

Ele assentiu com a cabeça.

— O que achou?

Machado de Assis tirou os óculos do rosto e pôs as mãos no rosto.

— Na verdade não entendi sua proposta de romance. Uma obra escrita por um autor defunto ou defunto autor? — perguntou com um sorriso irônico.

Dei de ombros.

— Posso ser sincero? — prosseguiu ele. — Não sei se consigo chamar isso de romance. São apenas escritos amargurados de alguém que aparentemente tem raiva de ter vindo ao mundo. Seu narrador defunto parece odiar a sociedade em que vive. Ele não se casou, não constituiu família, cometeu adultérios, brigou com a irmã por causa de herança. É um pária. Não gera empatia nenhuma.

— A ideia era justamente essa. Escrever um livro que chocasse o leitor. Algo que nunca foi feito no Brasil, sem romantismos.

— É muita pretensão sua, meu caro Pedro, achar que vai exterminar com um estilo já consagrado por mim e tanto outros autores como José de Alencar.

— Não desejo acabar com as obras românticas. Apenas mostrar uma alternativa, uma nova literatura que não se escreve no Brasil.

— Eu não queria ser rude — disse, gaguejando —, mas seu manuscrito está longe de ficar pronto para publicar. O texto é imaturo e cheio de vícios. Até o português é ruim. Sugiro que leve isso para Garnier. Ele lhe dará um choque de realidade. Vai mandar atear fogo nisso que você escreveu.

— Mas isso é apenas um esboço do romance, ainda posso melhorá-lo.

— Não creio. O enredo é péssimo, o que torna o texto, por mais bem escrito que seja, natimorto. Total perda de tempo insistir nisso.

Não consegui sequer rebater os argumentos de Machado de Assis. Deveria ter retorquido. Muito pior eram seus romances rocambolescos que não passavam de imitações malfeitas da obra de José de Alencar. Mas me calei. Fiquei sem reação. Depois de tantas horas trabalhadas naquele manuscrito, achava que minha ideia seria digna dos maiores gênios da literatura — um Dostoiévski brasileiro. Ninguém havia feito nada parecido aqui.

— Desculpe-me pelas palavras duras — prosseguiu Machado —, mas você tem que ter um amigo que lhe fale a verdade. Siga meu conselho: volte para a política, a literatura não é o seu lugar. Venha jantar conosco amanhã, vou pedir a Carola para preparar uma galinhada.

— Receio que não possa comparecer.

— Não leve para o lado pessoal. Não quero que fiquem ressentimentos entre nós.

Acabei concordando com o convite. Pelo menos, seria uma oportunidade de rever Carolina. Despedi-me do escritor e acomodei meus papéis embaixo do braço.

Quando cheguei em casa, reli minhas malsinadas letras daquele manuscrito. Pensei em levar o material para Garnier analisar, mas talvez Machado tivesse razão. Poderia ser achincalhado outra vez. Deveria procurar outra coisa para fazer, não tinha talento para a ficção.

Fui à cozinha e joguei as folhas uma a uma na lenha do fogão.

CAPÍTULO 20

MACHADO DE ASSIS ME RECEBEU EM SUA CASA COM UM terno escuro mais elegante do que os que costumava usar. Quando entrei na sala, percebi que as poltronas puídas tiveram o revestimento trocado por um tecido estampado novo. A casa também apresentava decoração com quadros e alguns jarros. Nada sofisticado, mas já representava uma mudança naquele cenário de penúria em que o casal vivia quando ele me pediu dinheiro emprestado.

Machado fora nomeado para o cargo de Primeiro Oficial do Ministério da Agricultura, Comércio e Obras Públicas, que acumulava com a função exercida no *Diário Oficial*. Não sei o que ele entendia da pasta, mas certamente conquistou a posição à custa de bajulação de políticos liberais e conservadores nos jornais.

Carolina chegou de seu quarto toda perfumada e com um vestido vermelho vivo. Suas unhas bem polidas não aparentavam estar engorduradas, como as de alguém que estivesse cozinhando. Ela me cumprimentou de forma frívola e se dirigiu à cozinha.

— Nossa criada está preparando o jantar. Carola só pisa na cozinha agora para dar as coordenadas à mucama — observou Machado.

Assenti com a cabeça. Para mim, a comida não importava naquela ocasião. Como da última vez o prato servido foi galinhada, havia feito minha refeição em casa.

— Mostrou seus manuscritos a Garnier?

— Resolvi seguir seu conselho e desistir da literatura. Não tenho talento.

— A literatura não é para todos — disse ele, sorrindo. — É preciso muita dedicação e um dom que poucas pessoas possuem.

Tampouco você tem esse talento, seu mulato pernóstico, imitador barato de José de Alencar. Quase falei, mas acabei me calando.

— Você não foi aproveitado no novo governo do Duque de Caxias? — perguntou.

— Fui convidado a continuar em meu cargo, mas resolvi procurar outro caminho — menti.

— O Barão de Cotegipe me disse que você o procurou por diversas vezes para tentar permanecer no emprego, mas, segundo ele, o governo precisa de mudanças profundas para deixar sua marca, sob pena de ser considerado apenas uma continuidade da administração do Visconde do Rio Branco.

— Na verdade, o próprio Duque de Caxias entrou em contato com meu pai para me oferecer outro cargo, mas resolvi rejeitar.

Machado de Assis olhou para mim com olhar desconfiado, como quem não acreditasse naquilo.

— E o que pretende fazer a partir de agora, já que não deu certo nem na política nem na literatura?

— Não sei ainda. Talvez abra uma banca de advocacia, ou irei para São Paulo cuidar dos cafezais de meu pai. Deixarei o tempo me guiar. Não tenho pressa para decidir meu futuro.

— Pois deveria se resolver, a idade já mostra sinais em você.

— Queria saber quando seria possível acertarmos aquele dinheiro que lhe emprestei.

— Vamos nos sentar à mesa, o jantar está chegando — convidou ele, tentando desviar o assunto.

A criada ingressou na sala de jantar com a comida quente nas mãos, enquanto Carolina fiscalizava a execução da tarefa. Era um ensopado de bacalhau. A criada tropeçou nas próprias pernas e deixou a travessa se espatifar no chão. Voaram pedaços de vidro e bacalhau para todo lado.

Machado de Assis vociferou:

— Como pôde deixar cair a comida?

— Tenha calma, Machadinho, essas coisas acontecem — disse Carolina. — Ainda há mais bacalhau na panela.

— Devia mandar dar uma sova nessa preta. Volte agora à cozinha e sirva a comida direito.

Com os olhos cheios de lágrimas, a criada retornou à cozinha. Ela tinha a pele negra como um carvão. Aquela mulher era de ascendência africana, da mesma forma que seu patrão. Machado de Assis era o bisneto da escravidão vingando a humilhação de seus ascendentes em cima de seus pares pretos.

O jantar foi posto novamente pela criada. O ensopado tinha um cheiro ótimo. Arrependi-me de ter jantado antes. Ainda assim, servi-me com gosto. A comida parecia com a que minha tia fazia quando eu morava em Portugal.

Durante o jantar, pouco se conversou. Machado de Assis concentrou-se na refeição, ao passo que Carolina evitava me olhar. Todos comiam silenciosamente, apreciando cada garfada do bacalhau preparado pela negra.

Terminado o prato principal, a criada serviu um café preto.

— Gostou do jantar? — perguntou Machado de Assis.

— Excelente, sua criada cozinha muito bem.

— Na verdade, ela apenas executou as ordens de minha Carola. Ela, sim, deve receber todos os méritos do bacalhau, não a preta.

— Perdoe-me retomar esse assunto desagradável. Preciso do dinheiro que lhe emprestei para fazer alguns investimentos próprios. Não quero viver apenas do dinheiro enviado por meu pai.

A mão de Machado de Assis começou a tremer com a xícara de café, de modo que ele não conseguia levá-la à boca. Por um momento, acreditei se tratar de alguma artimanha do escritor para evitar ser cobrado por mim. Mas a tremedeira aumentou e ele acabou derramando o líquido quente na própria roupa.

Carolina levantou-se para ajudá-lo, mas, antes que chegasse, ele caiu no chão. Seu corpo começou a tremer involuntariamente, seus olhos reviraram e sua boca espumou. Ela calmamente se sentou no chão, colocou uma rolha entre os dentes dele para o marido não se engasgar e apoiou-lhe a cabeça em seu colo.

Causou-me estranheza a tranquilidade de Carolina diante daquela cena horripilante que demorou cerca de dois minutos. Comecei a suspeitar de que ela desejasse sua morte ali no chão, sufocando-se na própria baba. Qualquer outra mulher ficaria em desespero absoluto ao ver o marido naquele estado.

Machado de Assis ficou inconsciente. Peguei-o no braço e o levei até seu quarto. Deixei-o na cama. Carolina acomodou sua cabeça no travesseiro e o cobriu com uma manta até a altura do pescoço.

Retornamos para a sala.

— Machadinho tem ataques epiléticos. E o pior é que estão ficando cada vez mais frequentes.

— Imagino o quanto você esteja sofrendo com isso.

— Na verdade, a moléstia nem me apavora mais. Estou acostumada, e é o mesmo procedimento sempre. Seja como for, ele só acorda amanhã.

Carolina pegou o bule da mesa e me serviu uma xícara de café.

— Sei que esse não é um momento muito oportuno, mas talvez seja a única possibilidade de falar com você a sós.

— Acho melhor você não iniciar esse assunto. A criada pode aparecer e gerar uma situação embaraçosa.

— Você não precisa carregar esse fardo para o resto de seus dias. Ainda pode refazer a vida comigo. Podemos fugir daqui do Rio de Janeiro. Prometo não deixar Machado de Assis desamparado. Posso deixar-lhe um bom dinheiro para que faça o melhor tratamento médico existente no Brasil para essa moléstia. Se preciso for, pagarei seu tratamento na Europa.

— Pare, por favor.

— Você não é feliz ao lado dele. Posso ver isso em seus olhos. Você não o ama.

— Pedro, levante-se e saia de minha casa agora.

— Desculpe.

— Tenho que cuidar de meu marido. Com licença.

Eu não conseguia entender a cabeça daquela mulher. Como poderia recusar a oportunidade de deixar a vida de dificuldades que levava com Machado de Assis para viver comigo? Qualquer outra mulher aceitaria a proposta de fugir e ter uma vida confortável, sem maiores preocupações. Não sabia mais como agir para fazê-la mudar de ideia.

Levantei-me e saí sem falar mais nada.

Como estava desempregado, cheguei no início da tarde à Livraria Garnier. Os frequentadores costumavam passar por ali somente após o expediente de trabalho. Sentei-me junto ao balcão e pedi um conhaque a Garnier. Além de livros, ele vendia charutos, bebidas, selos e tudo mais que fosse possível. Se pudesse, venderia a própria mãe.

— Comecei a escrever um romance — disse-lhe enquanto tomava minha bebida.

— Quero vê-lo em primeira mão. Se for bom, publicarei sem dúvida alguma.

— Queimei meus rabiscos. Não gostei do resultado.

— Não deveria ter feito isso. Nunca se destrói um manuscrito. Ainda que não estivesse maduro, você poderia voltar a melhorar o texto no futuro.

— Um amigo me desencorajou, disse que eu não tinha talento e que os escritos estavam uma porcaria.

— Talvez esse camarada não fosse seu amigo. Se lhe tivesse alguma estima, iria incentivá-lo a corrigir os erros e a prosseguir com o projeto. A literatura é um processo difícil e só se consegue sucesso com muita persistência. Você não podia ter sucumbido à primeira crítica.

— O importante é que constatei que não tenho talento para isso — insisti, bebendo mais uma dose de conhaque.

Artur Napoleão chegou e se sentou a meu lado. Pediu um chope. Embora tecnicamente não se enquadrasse na categoria de desempregado, o músico possuía o dia livre para comparecer ao chamado de qualquer pessoa que quisesse bebericar.

Pedi dois charutos e fomos à calçada para conversamos mais à vontade.

— Miguel Novais arrumou um casamento com a viúva Condessa de São Mamede — contou Artur ao acender o havana. — O finado marido da condessa, Rodrigo Pereira Felício, ajudou Faustino Novais desde que ele chegou ao Brasil. O falecido deixou uma considerável fortuna, e Miguel é quem vai administrá-la.

— Aquele sujeito não passa de um aproveitador, sempre quis subir na vida sem trabalhar. Tomara que agora vá cuidar da viúva e de sua herança. E nos deixe em paz.

— Isso ele não vai fazer nunca. Miguel gosta muito de Machado de Assis e jamais vai deixar você desgraçar a vida de sua irmã novamente.

— Não desgracei a vida de ninguém — retruquei dando um trago prolongado no charuto. — Você sabia que Machado de Assis, além de pobre e mulato, é epilético?

— Na verdade, tinha conhecimento do fato, mas só os amigos mais próximos sabem disso. Machado não quer expor sua moléstia para todos.

— Aproveitei que ele ficou inconsciente para pedir a Carolina para voltar comigo. Mas ela me expulsou de sua casa.

— Você não se cansa de insistir nessa sandice. Procure uma mulher desimpedida. Há tantas disponíveis na praça...

Nesse momento, um homem garboso com terno claro, lenço de seda no pescoço, chapéu de palha, pulseira de ouro e sapato inglês veio cumprimentar Artur Napoleão. Era bem diferente do estilo sóbrio de trajes escuros e cartola dos cavalheiros que frequentavam a livraria. Por um instante, cheguei a imaginar que se tratava de um pederasta, da mesma laia do afeminado do Alcazar.

Artur me apresentou ao homem chamado Joaquim Nabuco, filho do senador falecido do partido liberal Nabuco de Araújo.

— Estou trabalhando para criar uma sociedade brasileira contra a escravidão, Artur. Gostaria de contar com o apoio de todos os intelectuais e artistas como você para avançarmos na causa abolicionista.

— Não gosto de me envolver nessas questões políticas. A maioria dos convites que recebo é para me apresentar nos salões de grandes barões do café. Se me engajar no movimento, perderei meus clientes.

— Não seja egoísta, meu caro.

— De forma alguma. Apenas tenho que garantir o sustento de minha família. Viver de música já é difícil aqui no Brasil. Quem sabe Pedro não possa lhe ajudar? Ele trabalhou no gabinete do Visconde do Rio Branco quando foi aprovada a Lei do Ventre Livre.

— Tenho grande admiração pelo trabalho que o visconde realizou. Apesar de pertencer ao partido conservador, enfrentou os reacionários no parlamento e na sociedade. Todos que militaram na causa foram diletantes, só ele foi profissional. Seria ótimo que estivesse presente em nossas reuniões alguém que tenha essa experiência.

— Receio que não lhes possa ser útil. Tive muito desgaste junto com o visconde para aprovar a Lei do Ventre Livre. Está na hora de vocês do partido liberal assumirem a causa abolicionista.

— Essa é uma questão que independe de partido. Na verdade, a divisão partidária no Brasil entre liberais e conservadores não quer dizer muita coisa. A maioria só quer saber de seus próprios interesses. Como diria o Visconde de Albuquerque, não há nada mais parecido com um conservador do que um liberal no poder, e vice-versa. Compareça à reunião sem compromisso, apenas para conhecer os apoiadores da causa. Tenho certeza de que todos gostarão de conhecer um ilustre guerreiro que batalhou pela aprovação da Lei do Ventre Livre.

O fato de meu pai ser um grande proprietário de escravos poderia me trazer problemas. Os abolicionistas me acusariam de ser um espião, filho de escravocrata. Além do mais, meu pai seria capaz de me deserdar se soubesse que me metia no movimento. Ele ainda não havia digerido o importante papel que desempenhei na aprovação da Lei do Ventre Livre.

Mas Joaquim Nabuco tocara minha vaidade num momento em que nada parecia dar certo para mim. A perda de emprego e de Carolina, e a tentativa fracassada de escrever um romance fizeram despencar minha autoconfiança. Comecei a ver no movimento abolicionista uma oportunidade para voltar à vida pública.

— Comparecerei à reunião, mas apenas para conhecer. Não prometo me integrar à sociedade brasileira contra a escravidão.

— Garanto que não se arrependerá.

CAPÍTULO 21

O ALCAZAR APARENTAVA SINAIS DE DECADÊNCIA. O VERmelho da decoração estava desbotado, os estofados desfiados, e as bordas das mesas carcomidas. A qualidade da clientela também havia caído. Muitos barões do café e políticos do Império que frequentavam a casa se afastaram. Começaram a permitir entrada de beberrões e pessoas com menos recursos, embora houvesse resistência do afeminado, que queria manter a sofisticação do cabaré. As francesas, objeto de desejo da maioria dos homens do Rio de Janeiro, também sumiram. O Alcazar recebia apenas mulatas e brancas pobres expulsas de casa pelos pais ou pelo marido traído.

Para piorar a situação, Juca Paranhos levou do público a bela Marie Stevens. Ele foi nomeado cônsul-geral em Liverpool e a carregou consigo. A Princesa Isabel ainda tentou brecar a nomeação em razão da má fama de Stevens, mas a força do pai de Paranhos foi superior.

O afeminado me arrumou um local reservado para eu beber conhaque e fumar charuto ao lado de Joana. Ao contrário do Alcazar, ela ainda não havia entrado em declínio. Pelo contrário, a idade lhe fizera bem; os anos se passavam e sua beleza realçava cada vez mais, seus seios ficavam mais robustos e o quadril mais largo.

Avistei Sílvio Romero de longe. Ele usava uma casaca preta, cartola e andava de um lado para o outro como se estivesse sem rumo. Baixei a cabeça para que não me visse. Mas ele me viu e veio a meu encontro.

— Ainda bem que o encontrei. Posso me sentar? — perguntou, bufando.

Hesitei em aceitar, pois ele já havia se deitado com Joana algumas vezes, o que poderia gerar algum constrangimento. A presença dele também me causava ciúmes e indignação, já que eu a tratava como se fosse uma amante de família, ao passo que ele a considerava uma reles meretriz.

— Claro, acomode-se.

Romero puxou a cadeira com força e se sentou. Pegou um copo, encheu de conhaque e virou de uma só vez. Serviu outra dose e deu mais um trago.

— Leia o que aquele mulato desgraçado escreveu sobre mim — disse ele, jogando um exemplar da *Revista Brasileira* sobre a mesa.

Era um artigo intitulado "A Nova Geração", escrito por Machado de Assis. O texto falava da decepção do escritor com os jovens poetas, incluindo o próprio Romero. Segundo Machado, o jovem sergipano não tinha sequer estilo em sua obra e não podia ser considerado um poeta.

Senti vontade de rir ao terminar de ler o artigo; afinal, Machado de Assis tinha uma certa razão, pois todos os poetas citados não possuíam talento algum. Por outro lado, Machado não tinha autoridade moral para fazer a crítica, já que seus livros de poesia eram tão ruins quanto aqueles.

— O mulato guardou na gaveta um artigo que escrevi para o jornal pernambucano *A Crença*, criticando seu terrível livro de poesias *Falenas*. Esperou anos para me avacalhar.

— Machado de Assis é vingativo. Você não deveria deixar barato. Escreva outro artigo criticando seus romances, que não passam de imitações chulas de José de Alencar.

— Vou aguardar a oportunidade, assim como ele fez comigo. Não destilarei tudo que tenho contra ele de uma vez só. Primeiro, irei ignorá-lo solenemente no livro que estou escrevendo chamado *A Literatura Brasileira e a Crítica Moderna*. Não haverá referência alguma a Machado de Assis. Nenhuma resposta pode ser melhor do que não ser sequer lembrado como um escritor contemporâneo.

— Ainda acredito que deveria tomar alguma medida concreta, nem que seja por meio de um pseudônimo. Não precisa mostrar a cara, seja tão ardiloso quanto ele.

— Posteriormente vou expô-lo ao ridículo perante toda a comunidade intelectual do Rio de Janeiro. Não se preocupe que essa afronta não ficará sem resposta.

Sílvio Romero parecia mais calmo. Acendeu um charuto e deu um trago. Depois virou mais um copo de conhaque.

— Nunca mais a vi por aqui, Joana — comentou ele.

— Todos os dias estou no Alcazar.

— Poderíamos marcar de nos encontrar amanhã?

Para minha surpresa, a própria Joana o colocou em seu lugar:

— Acho melhor o senhor nos deixar a sós. Já nos tomou tempo demais. Quero aproveitar cada minuto com meu Pedrinho.

— E quando estará livre?

— Para o senhor, nunca mais.

Sílvio Romero apagou o charuto no cinzeiro e saiu, amuado.

A reunião na casa de Joaquim Nabuco estava marcada para o início da noite. Aquela residência tinha uma mística que todos queriam conhecer. Nos tempos áureos do falecido Nabuco de Araújo, lá se faziam grandes encontros com intelectuais e políticos, sobretudo liberais. Era uma construção de três andares, localizada numa esquina da praia do Flamengo, mais precisamente na rua Bela da Princesa, número 1.

Até poucas horas antes, eu ainda não tinha certeza se compareceria ao compromisso. Talvez tivessem me convidado apenas para me constranger, querendo me impingir a pecha da escravidão por causa de meu pai. Seria mais um revés nessa vida de poucas glórias e muitos infortúnios.

Fui recebido por Nabuco em sua casa. Ele me mostrou o grande salão de festas. Dava para reunir mais de duzentas pessoas naquele local, embora aquilo não fosse nada comparado à mansão do Barão de Cotegipe, onde os membros do partido conservador e simpatizantes costumavam fazer eventos com artistas e políticos em jantares seguidos de música, poesia e jogo de cartas.

Nabuco me conduziu à biblioteca, local em que já estavam André Rebouças — o único negro presente —, Saldanha Marinho, o Visconde de Beaurepaire, Muniz Barreto e Nicolau Moreira. Eu esperava que houvesse mais pessoas envolvidas na causa, mas o movimento parecia restrito apenas a uma pequena elite.

Ocupava um lugar de destaque um retrato de Lincoln, posto ali para que todos se imbuíssem do sentimento libertário que o presidente americano inspirava. Dona Ana Benigna, mãe de Joaquim Nabuco, serviu-nos quitutes quentinhos preparados por ela mesma. Parecia se orgulhar do protagonismo do filho no processo político de abolição da escravatura.

Nabuco foi o primeiro a falar na abertura da reunião:

— Primeiramente, gostaria de apresentar a todos o mais novo integrante do grupo, Pedro Junqueira. Sua presença é de grande valia para nós, pois ele foi um defensor incansável, ao lado do Visconde do Rio Branco, do primeiro passo para a abolição dos escravos no Brasil, a Lei do Ventre Livre. Após sua aprovação em 1871, podemos dizer que não nasceram mais escravos no Brasil. No entanto, é preciso avançar, e contamos com toda sua experiência para nos auxiliar.

Todos os presentes vieram me cumprimentar, agradecendo minha participação no movimento. Nabuco possuía a astúcia dos políticos. Primeiro me pedira para comparecer à reunião sem compromisso, mas já me apresentava como novo membro do grupo, de modo que inviabilizava qualquer recusa de minha parte.

— Na Câmara dos Deputados chamam-me de incendiário — prosseguiu Nabuco. — Não tenho nenhum constrangimento em receber essa adjetivação. Pelo contrário, orgulho-me muito de ser incendiário, pois quero inflamar esse instituto odioso que é a escravidão no Brasil. Essa forma de exploração é uma chaga ainda aberta da vetusta colonização portuguesa. Não pouparei esforços na luta contra esse cancro. Darei minha vida pela causa se preciso for.

Nesse momento, todos se levantaram e aplaudiram. Reconheci nele um exímio orador. Com Nabuco à frente do movimento, a questão servil seria solucionada em questão de tempo.

— Esta reunião foi convocada para formalizarmos a criação da Sociedade Brasileira Contra a Escravidão — continuou. — Vamos distribuir os cargos e as funções para aumentar a capilaridade da causa.

Temos que espraiar essa indignação que sentimos quando vemos um negro ser caçado, açoitado e humilhado como um animal.

André Rebouças pediu a palavra para dar algumas informações:

— Alugamos um escritório na rua do Carmo, 47, próximo à rua do Ouvidor, para funcionamento de nossas atividades e confecção de nosso jornal *O Abolicionista*. Lá escreveremos o primeiro manifesto da sociedade para publicarmos em jornais de grande circulação no Brasil e no exterior.

Após inúmeras discussões, Joaquim Nabuco foi nomeado presidente da Sociedade Brasileira Contra a Escravidão; André Rebouças, tesoureiro; e distribuíram diversos títulos de sócio honorário, em especial ao Visconde do Rio Branco, que já se encontrava em seus últimos dias de vida.

— Queremos aumentar nossa bancada com ideais abolicionistas na Câmara dos Deputados — retomou Nabuco. — Vamos começar a trabalhar para fazer nosso novo membro, Pedro Junqueira, deputado pela província de São Paulo. Enquanto isso, ele ficará encarregado de trabalhar no Câmara e no Senado para aprovar nossas propostas.

Fiquei surpreso com aquele convite. Meu pai sempre quis que eu fosse deputado, mas nunca fez nada de concreto para que isso se tornasse realidade. Imaginava que tivesse medo de que o decepcionasse, assim como o fiz quando fui assessor do Visconde do Rio Branco.

Aquela seria uma oportunidade de chegar à Câmara por meus méritos, sem que houvesse uso do poder econômico de meu pai. Também não ficaria sujeito a seus desmandos e interesses, como um deputado moleque de recado dos barões do café. No parlamento, teria voz própria e poderia pôr em prática minhas convicções de um humanista com formação na Escola de Coimbra e Sorbonne.

— Agradeço o convite. Digo-lhes que trabalharei para que apaguemos de vez a mácula da escravidão na história do Brasil. Na Câmara dos Deputados, irei me unir a Joaquim Nabuco para que o parlamento ouça a voz das ruas.

Após me aplaudirem, um a um, todos os presentes vieram me congratular.

CAPÍTULO 22

DIAS APÓS A REUNIÃO QUE CRIOU A SOCIEDADE BRASILEI-ra Contra a Escravidão, no aniversário de nove anos da Lei do Ventre Livre, Joaquim Nabuco publicou o manifesto do movimento em jornais no Brasil e nos internacionais *The Rio News* e *Messager du Brésil*, que circulavam nos Estados Unidos e na França, o que aumentou a pressão exterior para que o país resolvesse a questão servil.

Na rua do Ouvidor, só se ouvia falar no manifesto. Algumas opiniões que saíram nos jornais foram favoráveis à abolição irrestrita e imediata da escravidão. Mas, para a maioria, ainda havia o temor de que os escravos libertos fossem aumentar a criminalidade nas ruas. A Livraria Garnier tinha a particularidade de ser um microcosmo de todas as divergências sobre do tema, já que era frequentada por conservadores, liberais, anarquistas e todo tipo de gente, exceto os negros, que seriam os principais interessados na causa. Mas ninguém se importava mesmo com a opinião deles.

Naquele fim de tarde, a livraria estava mais movimentada do que o habitual. Várias pessoas folheavam a edição da *Revista Brasileira* e comentavam sobre seu conteúdo.

— As vendas hoje estão boas — disse eu a Garnier. — Agradeça a Joaquim Nabuco pela polêmica criada por sua publicação contra a escravidão.

— Esse assunto já está ultrapassado, o interesse hoje é outro.

— O que haveria de ser mais importante do que o manifesto de Nabuco nesse momento?

— Machado de Assis publicou em folhetim seu novo romance na *Revista Brasileira*.

— E quem se interessa pelo que aquele mulato escreve?

— Pode olhar a sua volta. Verá que quase todos estão com um exemplar da revista em mãos.

Deixei o balcão e fui fumar um havana na calçada.

Encontrei-me com Artur Napoleão, que acabava de chegar.

— Vamos ao Alcazar beber algo? — perguntou.

— Ainda é cedo, esperemos ao menos o sol se pôr.

Artur deu de ombros.

— O que achou do manifesto da Sociedade Brasileira contra a Escravidão? — perguntei.

— Na verdade não me interesso por essa questão. Estou mais preocupado em tocar meu piano e bebericar um bom conhaque.

— Deveria se engajar mais; afinal, um artista respeitado como você tem que dar exemplo e propagar o fim do trabalho forçado.

Artur apenas sorriu e acendeu um charuto.

— Tenho uma notícia boa para você, Pedro.

— Carolina me procurou?

— Não. Miguel Novais e a Condessa de São Mamede, sua esposa, embarcaram no navio *Galícia* rumo a Lisboa.

— Tem certeza disso?

— Carolina me comunicou, não haveria fonte mais fidedigna.

— Essa notícia merece um brinde. Vamos pedir uma dose. Em seguida, partiremos para o Alcazar.

Dirigi-me ao balcão onde Garnier contava o dinheiro que havia faturado no dia.

— Dois conhaques e uma *Revista Brasileira* — pedi.

Bebi minha dose de um sorvo só e folheei a revista. Queria ler que baboseira Machado havia escrito dessa vez. O folhetim chamava-se *Memórias Póstumas de Brás Cubas*. Começava com um prólogo confuso, fazendo gracejos dirigidos ao leitor. No primeiro capítulo, informava que não se tratava propriamente de um autor defunto, mas de um defunto autor, e narrava como foi sua morte.

Fechei a revista e torci o papel com as duas mãos até se romper ao meio.

— O que houve? — perguntou Artur. — Está nervoso...

— Tenho algo urgente para resolver — respondi, jogando os restos da revista rasgada ao chão.

Machado de Assis plagiara minha ideia de escrever um romance com um autor defunto que narraria sua vida sem pudores. Propositadamente ele me desestimulara a burilar o livro para que pudesse copiá-lo. Pensei em levar o caso à polícia. Mas como provaria que ele usurpara minha ideia? Eu havia destruído meus originais, não existia documento algum que demonstrasse que eu era o autor daquela concepção de um romance escrito por alguém que já morreu. Machado ainda usava termos e situações no início de *Memórias Póstumas de Brás Cubas* que se assemelhavam aos de meus manuscritos.

Iria me encontrar com Machado para fazê-lo confessar em público que ele me plagiou. Coloquei a mão embaixo do casaco; tinha esquecido minha garrucha em casa.

Se Machado não confessasse o plágio, eu explodiria sua cabeça com um só disparo. Revirei o armário inteiro em busca da garrucha. Procurei nos bolsos dos ternos, embaixo da cama, no quarto de visitas e até na cozinha. Não encontrei a arma em lugar algum. Talvez a mucama a tivesse furtado. Bateram à porta. Não interrompi minha busca, deixei que esperassem ou, quem sabe, desistissem. Em vão. Batiam cada vez mais forte. Deixei minhas roupas e objetos espalhados no chão e fui ver quem era.

Quando abri a porta, deparei com Sílvio Romero.

— Como sabe onde moro? — perguntei, assustado com a visita.

— Procurei-o na Livraria Garnier, e Artur me disse que você tinha acabado de sair. Ele me deu seu endereço. Pode me conceder alguns minutos?

Hesitei um pouco, mas acabei convidando-o a entrar.

— Você teria algum café ou chá para me servir? — perguntou Romero, acomodando-se no sofá.

— Infelizmente minha mucama já foi, e espero que nunca mais volte. Não consigo achar nada nesta casa depois que ela arruma.

Romero sorriu, sem graça.

— Lembra-se de quando disse que ainda me vingaria do mulato? Machado de Assis vai pagar pelo que fez comigo e com outros jovens poetas com aquele "A Nova Geração", que escreveu tempos atrás na *Revista Brasileira*.

— Nem me recordava disso. Você tem boa memória.

— É porque você não foi ofendido por aquele canalha como eu fui.

— A existência dele já é uma ofensa a todos nós.

— Escrevi um livro novo que será publicado em breve, chamado *O Naturalismo em Literatura*. Fiz duras críticas a Machado de Assis, chamei-o de frívolo e inofensivo. Disse que ele pouco contribuiu para o desenvolvimento da literatura nacional. Atribuí sua irrelevância à ausência de formação acadêmica e ao seu autodidatismo.

— Fez bem em colocá-lo em seu lugar. Machado é uma fraude que precisa ser denunciada. Nunca frequentou uma universidade, não tem conhecimento das grandes discussões filosóficas do pensamento ocidental. Só encontra destaque num país pouco escolarizado e carente de talentos literários como o Brasil. Soube do romance que ele começou a publicar na *Revista Brasileira*?

— Li o primeiro folhetim. Aquilo não pode ser chamado de romance, mais parece um diário pastelão escrito por um defunto. Se convertido ao formato teatral, poderia ser apresentado no Alcazar com participação de Marie Stevens.

Sílvio Romero gargalhou de forma desproporcional.

Pensei em lhe contar sobre o plágio praticado por Machado de Assis. Ele poderia me ajudar a desvendar a farsa que o escritor havia se tornado. Aquilo era o que ele precisava para destruir de vez o mulato. Tive receio, porém, de que Romero não acreditasse em minhas palavras e pedisse provas para incriminar seu inimigo. Resolvi me calar e fazer com que o próprio mulato se desculpasse publicamente do plágio.

— Tenho mais uma novidade sobre Machado de Assis para lhe contar, mas essa é de natureza pessoal — disse Romero.

— Se a notícia for depreciativa, pode falar.

— Ele está mantendo uma amante.

— Quem haveria de querer aquele mulato pobre e pedante?

— Inês Gomes, uma atriz portuguesa.

— Você tem como provar isso?

— Há diversas testemunhas, todos do meio artístico já estão sabendo. Acho que apenas aquela pobre mulher dele ainda não tem ciência.

Não consegui disfarçar minha alegria com aquela notícia. Carolina precisava saber o mais rápido possível que seu marido mantinha uma amante. Com Miguel fora do Brasil e ela descobrindo que Machado arranjara uma concubina, reacenderiam minhas chances.

Temi, porém, que a revelação não a levasse a se separar. Em nome da família, as mulheres costumavam tolerar a traição, ainda que se tornasse pública. Minha esperança era o fato de que ela não tinha filhos com Machado, de modo que a única coisa que os unia era o sentimento existente entre os dois. Caso eu conseguisse romper essa paixão, ela poderia deixá-lo.

Precisava fazer com que Carolina tivesse conhecimento da novidade. Mas ela não acreditaria em mim, acharia que eu estava apenas tentando acabar com seu casamento. Tinha que encontrar um mensageiro com credibilidade. Pensei em Artur Napoleão, mas achei que ele não toparia se prestar a esse papel. Outra solução seria a publicação da traição num jornal de grande circulação. Carolina não suportaria tamanha humilhação.

— Você conhece algum periódico que possa publicar a traição de Machado de Assis? — perguntei.

— Tem que ser alguma publicação muito sensacionalista. Conheço Apulco de Castro, dono do jornal *O Corsário*. Acho que ele adoraria uma notícia como essa. Posso marcar uma reunião com ele.

— Quero esse encontro para amanhã.

Depois que Sílvio Romero saiu, peguei meu casaco no cabide para ir ao Alcazar. Senti-o pesado. Quando enfiei a mão no bolso, encontrei a garrucha.

CAPÍTULO 23

O CORSÁRIO DEVIA SER O JORNAL MAIS SENSACIONALISTA do Rio de Janeiro. Foi o único que teve a coragem de publicar o romance extraconjugal de Dom Pedro II com a Condessa de Barral. Embora fosse de conhecimento geral, todos tinham receio de fazer comentários sobre o tema, até mesmo em razão da forte influência política que Barral exercia sobre o Imperador.

Procurei Apulco de Castro na sede de seu jornal. Ele tentou oferecer resistência à publicação da notícia sobre a traição de Machado a pretexto de que poderia ser processado. Porém, logo o convenci de que poderia publicar sem medo com o argumento mais eloquente: coloquei quinhentos mil-réis em suas mãos. Todo homem tem seu preço, especialmente os jornalistas.

No dia seguinte, *O Corsário* estampava a notícia de que Machado de Assis era amante da atriz portuguesa Inês Gomes e ainda pedia sua demissão imediata ao ministro da Agricultura, Comércio e Obras Públicas, afirmando que o escritor o desmoralizava. Embora não tivesse falado para Apulco pedir que Machado fosse exonerado do cargo, gostei da ideia de deixá-lo desempregado também. Assim o destruiria moral e financeiramente.

Com o jornal em mãos, fui à procura de Carolina em sua casa. Quando cheguei às proximidades, tive receio de levar a notícia e ela ficar injuriada com a mensagem e o mensageiro. Observei o movimento da rua e pensei no que deveria fazer. Nesse instante, um moleque passou correndo por mim. Reconheci que era o mesmo a quem eu havia pedido para vigiar Machado de Assis no trabalho quando visitei

Carolina outrora. Ele devia ser filho de alguma escrava que trabalhava na vizinhança.

— Quer ganhar uns cobres? — perguntei.

— O que tenho que fazer?

— Entregar este jornal a uma senhora que mora ali na frente — respondi, indicando onde ficava a residência de Carolina. — Mas não avise, de maneira alguma, quem mandou entregar.

O moleque balançou a cabeça em concordância.

Entreguei-lhe o jornal aberto na página da notícia e com um círculo destacando a nota para não correr o risco de ela pegar o periódico e entregar ao marido. Carolina não tinha o hábito de ler jornais, só lia os que publicavam folhetins, como os escritos por Machado.

O menino atravessou a rua e bateu à porta, mas não apareceu ninguém. Quando já dava de costas para a casa, a porta se abriu, mas quem apareceu foi Machado. O menino se assustou e saiu correndo desesperado. Deixou cair o jornal no chão. Escondi-me atrás da figueira para não ser visto.

Machado vestiu a casaca bege, pôs o chapéu na cabeça e saiu em direção a seu trabalho no Ministério. Não notou o jornal que o menino deixara cair. Deve ter imaginado que o moleque era um jovem furtador como tantos outros da cidade.

Acendi um charuto. Pensei se deveria ir pessoalmente entregar o jornal.

Uma carroça passou a minha frente carregada de entulhos. O moleque apareceu no meio da carga pondo apenas a cabeça para fora. Depois de verificar que Machado não estava no local, saltou da carroça e veio a meu encontro.

— Você quase estragou tudo. E ainda deixou o jornal cair no chão. — Dei um cascudo na cabeça do menino.

— Não sabia o que fazer. Ainda posso terminar o serviço? — perguntou.

— O homem já foi trabalhar. Pegue o jornal que deixou cair e tente entregar novamente à senhora.

O moleque pegou o jornal e bateu à porta com ele em mãos. Quem abriu dessa vez foi Carolina. O menino entregou-lhe o periódico aberto na página em que a notícia fora veiculada. Após cumprir a missão, fugiu do local. Ainda com a porta aberta, Carolina leu a nota sobre a traição. Só consegui vê-la tapar a boca com uma das mãos e entrar segurando o jornal na outra.

Três dias após a publicação da notícia no jornal *O Corsário*, resolvi procurar Machado de Assis para tomar conhecimento dos resultados do plano. Aproveitaria também a oportunidade para exigir que me desse publicamente os créditos pela ideia de *Memórias Póstumas de Brás Cubas*, e que interrompesse de imediato a publicação do folhetim na *Revista Brasileira*. Para o caso de se recusar a reconhecer o plágio, levei em meu casaco a garrucha.

Quando entrei em seu escritório, logo percebi seu abatimento. Embaixo de seus olhos pequenas bolsas escuras tinham se formado, devia estar há dias sem dormir. O cenho sempre franzido deixava marcas de expressão que nunca mais se apagariam.

— Vim aqui prestar minha solidariedade pelas agressões que você sofreu por meio da imprensa.

— Agradeço suas palavras gentis. — Machado franziu ainda mais a testa e me olhou por sobre os óculos. — Só uma pessoa que tem a honra atacada publicamente num jornal entende o que estou passando. Hoje tenho vergonha de sair às ruas, comparecer às reuniões de fim de tarde na Garnier, encontrar com amigos jornalistas nos editoriais. Passo os dias do trabalho para casa, evitando encontrar quem quer que seja.

— O ministro vai mesmo exonerá-lo?

— Ele me garantiu que não, apenas me pediu mais discrição na vida privada, pois, se houver outra publicação dessa natureza, não poderá mais me segurar no cargo.

— Que bom que ele não deu crédito a essas fofocas de jornalistas mal-intencionados como Apulco de Castro.

— Na verdade, o ministro disse que pouco se interessava por minha vida pessoal. Até confessou que já teve algumas amantes por aí, mas sempre preserva a família e o Estado dessa página negra de sua vida. Fui incauto, serei mais prudente a partir de agora.

— E essa atriz Inês Gomes? Valeu a pena o desgaste?

Machado desfez a expressão séria.

— Não tenho nada com ela. É apenas uma amiga.

— Como Carolina reagiu a isso tudo?

— Desculpe, não gostaria de expor mais ainda minha privacidade.

— Entendo, apenas me preocupo com vocês como um casal. Isso abala o casamento de maneira inegável.

— Você é um grande amigo da família, não há razão para esconder nada. Estamos dormindo em quartos separados desde que ela recebeu o jornal. Não fala comigo, nem sequer olha para mim.

— Ela perguntou se a traição realmente ocorreu?

— Não, minha Carola simplesmente me ignora. Apenas deixou *O Corsário* em cima de minha poltrona aberto na página da notícia marcada em destaque. Queria saber quem lhe entregou o periódico, ela não costuma ler esse tipo de sensacionalismo.

— Não creio que alguém seria capaz de uma atitude tão vil.

— Receio que essa situação não tenha mais volta e ela me deixe. Não sei o que fazer.

— Se quiser que eu fale com ela, coloco-me à disposição.

— Acho melhor não envolver você nisso.

— Vim aqui também para tratar de *Memórias Póstumas de Brás Cubas*.

Machado mudou de cor, de mulato fez-se branco.

— Está gostando da publicação do folhetim? — perguntou, gaguejando.

— Não precisamos fazer rodeios, você sabe que plagiou minha obra. Confiei em você ao trazer meus manuscritos. Mas você ardilosamente me convenceu de que deveria desistir da ideia.

— Minha obra é absolutamente original. Não tem nada a ver com aquelas porcarias que você escreveu.

— Quero que assuma publicamente que furtou minha ideia e cancele imediatamente os próximos folhetins que sairão na *Revista Brasileira*.

— Não plagiei você, apenas peguei um enredo mal construído e terrivelmente escrito e o transformei numa grande obra.

Apalpei o casaco. Certifiquei-me de que a arma estava no bolso. Senti-a em minha mão, puxei o cão para retaguarda e a deixei no ponto para disparar. Então a saquei e dei um tiro no rosto de Machado de Assis. Seu corpo caiu estendido no piso em volta de uma poça de sangue. Ele ficou agonizante, tentando balbuciar algumas palavras, mas não conseguia. Até que fechou os olhos em definitivo...

Tudo aconteceu só em pensamento. Não tive coragem de sacar a arma, tampouco de atirar naquele mulato.

Machado tentou falar algo, mas sua voz começou a ficar embolada, como se a língua enrolasse, seus olhos reviraram e ele caiu da cadeira em que estava. Seus braços, pernas e cabeça começaram a se debater, e de sua boca saiu uma baba espessa e branca.

Era mais um ataque epilético, semelhante ao que ocorrera no dia em que fui a sua casa. Mas dessa vez Carolina não estava ali para acudi-lo. Machado só tinha a mim. Lembrei que Carolina segurara sua língua para que ele não se sufocasse e apoiara seu crânio em seu colo para que não se ferisse. Seu corpo continuava a se estrebuchar, e sua boca não parava de espumar.

Desejei que Machado de Assis se engasgasse na própria saliva, que seu crânio fraturasse ao se debater no solo, que sua língua se decepasse no ranger de seus dentes. Aquela cena durou pouco mais de um minuto, mas apreciei seu sofrimento em cada segundo. Terminada a crise epilética, Machado ficou desacordado.

A secretária entrou na sala para socorrê-lo.

CAPÍTULO 24

DESDE O DIA EM QUE JOAQUIM NABUCO ME NOMEOU ASsessor de assuntos legislativos da Sociedade Brasileira contra a Escravidão, trabalhei na Câmara dos Deputados e no Senado para tentar avançar nos projetos de lei que ao menos suavizavam os efeitos da escravidão. Para exercer tal função, não recebia um conto de remuneração, nem sequer ressarciam minhas despesas com transporte, serviços de correspondência e outros gastos.

Nabuco tinha uma forte rejeição no Legislativo. Era afoito demais para um grupo pouco suscetível a mudanças. Alguns meses antes da criação da Sociedade Brasileira contra a Escravidão, ele tentou aprovar na Câmara dos Deputados uma reforma para uma abolição que indenizaria os senhores de forma gradual até a extinção completa da escravidão em 1º de janeiro de 1890. O mesmo projeto proibia castigos corporais, separação de mãe e filhos, o tráfico de negros entre as províncias, entre outras medidas que pretendiam humanizar a atividade.

Como esperado, uma reforma tão ampla foi rejeitada pelo governo.

Os deputados e senadores me recebiam com desconfiança em seus gabinetes, por causa de minha ligação com Joaquim Nabuco. Mesmo assim, eu tentava fazer meu trabalho da melhor forma possível, apenas na esperança de ser eleito deputado pelo partido liberal na província de São Paulo, conforme Nabuco prometera.

Joaquim Nabuco, entretanto, não havia mais tocado no assunto. As eleições se aproximavam, e ele só se preocupava em se promover com o movimento abolicionista e com a articulação para continuar no cargo de deputado no escrutínio que se aproximava.

Marquei um encontro com ele em minha própria residência e pedi que comparecesse sem seu bajulador André Rebouças. Precisava que ele reafirmasse o compromisso com minha candidatura. Queria me sagrar deputado, defender uma causa na qual eu acreditava e, principalmente, atingir esse protagonismo por méritos próprios, sem a ajuda do dinheiro de meu pai.

Joaquim Nabuco compareceu ao encontro como sempre bem vestido, usando um terno claro, chapéu de palha e sapato inglês impecavelmente polido. Acomodou-se no sofá e cruzou elegantemente uma perna sobre a outra. Servi-lhe um conhaque para esquentar o estômago e deixá-lo mais perceptivo a meus pleitos.

— Como estão os trabalhos no parlamento? — perguntou, fazendo movimentos em círculo com o copo e inalando o aroma da bebida.

— Sou sempre bem recebido no Senado e muitos senadores são simpáticos à causa. Mas tenho enfrentado muita resistência na Câmara dos Deputados, tanto de membros do partido conservador como dos liberais. Eles acreditam que a Lei do Ventre Livre já pode representar uma perda muito grande para os cafeicultores, pois, quando os negros nascidos depois da lei atingirem a maioridade, os proprietários perderão a mão de obra escrava jovem. Ainda reclamam da obrigatoriedade de terem que registrar seus pretos. Enfim, ninguém está aberto a concessões.

— Entendo, também sofro essa rejeição em minha atividade de deputado. Nosso parlamento ainda é muito conservador. Não falo nem do partido conservador, pois a maioria dos liberais também é, em essência, conservadora. Digo no sentido de terem aversão a qualquer tipo de mudança estrutural em nossa sociedade. Isso também é um reflexo do que se verifica nas ruas. Os brancos têm pavor só de imaginar a liberdade dos negros. Essa visão apequenada de nossa elite me corrói por dentro.

Nabuco bebeu todo o conhaque e estendeu o braço com o copo em punho.

— Tenho trabalhado — disse-lhe após eu servi-lo — para incluir em discussão um tema de que tentei tratar desde a época da aprovação da Lei do Ventre Livre: a abolição da escravidão para os negros com mais de sessenta anos. É bem verdade que a maioria dos negros não vive até essa idade. Mas é desumano ver um preto velho tendo que pegar no pesado até seus últimos dias. Pena que o Visconde do Rio Branco tenha vetado na época minha proposta, pois já teríamos avançado nessa questão e não precisaríamos discuti-la hoje.

— No fundo, o Visconde do Rio Branco também temia a abolição dos escravos. Ele queria fazer uma reforma que não apresentasse efeitos imediatos. Foi o que fez com a Lei do Ventre Livre. O visconde faleceu e não viu a abolição dos nascituros acontecer na prática.

Dei de ombros, evitando falar mal do finado chefe que me inserira na carreira pública e abrira todas as portas para mim.

— Preciso de mais do que um cargo de assessor legislativo na Sociedade Brasileira contra a Escravidão para avançarmos na causa. Chego ao gabinete dos parlamentares sem credencial alguma, apenas com o prestígio adquirido na época em que trabalhava no gabinete do Visconde do Rio de Branco.

— Darei todo o apoio de que necessitar.

— Falo da candidatura a deputado pela província de São Paulo que me prometeu no dia da reunião em sua casa para fundação da sociedade.

— Na verdade aquilo não foi bem uma promessa, mas apenas uma sinalização de intenções — disse Nabuco, tentando se esquivar.

— Para mim foi bem mais do que isso.

— Vou ser sincero. Seu nome não é unanimidade na sociedade para representar uma candidatura à Câmara dos Deputados, especialmente pelo fato de você ser filho de Francisco Junqueira, um dos maiores cafeicultores do Império e dono de mais de mil almas de escravos.

— Creio que já soubesse disso desde o início. Por que me convidou para fazer parte da sociedade abolicionista e ainda me propôs a candidatura de deputado?

— Peço apenas que tenha calma. Pessoalmente sou seu maior defensor. Antes de uma mácula, vejo sua ascendência como uma grande virtude. Um filho de proprietário de escravos que renuncia a tudo para patrocinar a causa abolicionista na qual acredita. Vejo aí uma narrativa de superação de valores. Além do mais, seu pai é capaz de conseguir muitos votos. Se ele o apoiar expressamente, sua eleição será garantida.

A promessa de que eu seria candidato a deputado foi apenas um engodo para me inserir no movimento abolicionista. Ele queria se promover à custa de meu trabalho, sendo o protagonista exclusivo da causa, e me relegando a um papel secundário. A História lhe reservaria livros, capítulos e páginas, ao passo que eu não mereceria sequer uma nota de rodapé.

Um moleque de recados nos interrompeu para deixar uma correspondência.

A carta era remetida pela preta Francisca. Ela não sabia ler nem escrever, devia ter ditado para alguém. Em razão de sua simplicidade, não conseguia se expressar de maneira concatenada, o que deixava o teor da mensagem confuso. Apenas consegui apreender o final da missiva. Ela me chamava para ir à fazenda da família em São Paulo com urgência. Meu pai havia falecido.

Contei o ocorrido a Joaquim Nabuco. Ele lamentou o infortúnio e disse que marcaria outro encontro para falar sobre a minha candidatura à Câmara dos Deputados.

Eu não queria sair do Rio de Janeiro, justo agora que Carolina parecia tão perto de deixar Machado de Assis. Tive raiva de meu pai por ter morrido naquele momento, deveria ter esperado ao menos eu resolver minhas questões pessoais para partir.

Após algum tempo injuriado, bateu remorso. Apesar de ausente, ele continuava sendo meu pai. Havia me proporcionado uma educação no Colégio Pedro II, o melhor do Brasil Império, e posteriormente bancou por anos meus estudos nas melhores universidades europeias. Embora fosse rígido e não demonstrasse afeto, amava-me a seu modo.

Além do mais, gostava de minha mãe e a respeitou mesmo após sua morte. Nunca mais se casou com outra mulher, embora se divertisse com umas amantes eventuais. Se eu antes achava que ele não fora um bom pai, agora percebia que eu não tinha sido o filho ideal. Não lhe dei o prazer de ser avô em vida, não oportunizei a continuidade à família Junqueira, não me casei com a filha de um barão do café, não me fiz deputado como ele esperava. Com mais de trinta anos, não passava de um boêmio frustrado vivendo à custa da fortuna do pai.

A caminho de São Paulo, reli a carta de Dona Francisca. Ela deixava lacunas, não descrevia a causa da morte, a data do enterro, se algum político estaria presente. Apenas pedia urgência, pois me aguardaria enquanto a carne do corpo de meu pai aguentasse.

A fazenda tinha uma entrada imponente com um pórtico que ostentava a citação de um salmo bíblico. Logo que cheguei, percebi uma grande movimentação de pessoas, especialmente de negros e carros de barões do café do Vale do Paraíba que vieram se despedir de Francisco Junqueira.

Quando me viu chegando, Francisca veio a meu encontro aos prantos. Ela me envolveu com os braços corpulentos e soluçou em meus ombros. Contive as lágrimas e discretamente tentei me desvencilhar de seu abraço.

— Seu pai passou os dias com febre e depois morreu. O médico não sabe a causa — disse ela, chorando. Depois prosseguiu, com a voz embargada: — Ele era um homem muito bom para todos nós.

— Que Deus arrume um lugar para ele ao lado de minha mãe.

Ela ainda ensaiou me abraçar novamente, mas peguei as malas para entrar na casa-grande.

— Pode deixar que peço ao criado para levar sua bagagem a seu quarto. Temos que enterrar seu pai logo, aguardávamos só sua chegada para que se despedisse dele.

Francisca pegou em minha mão e me conduziu ao salão de festas do casarão, onde se velava o corpo. O local fora decorado com flores e grandes velas brancas que queimavam em torno do caixão exalando um cheiro de flor e fumaça. Havia muita gente no velório, a maioria de negros. Eles choravam em volta do corpo de meu pai. Nem eu como filho demonstrava tanta dor. Não entendia por que aqueles escravos sofriam com sua morte. Ele os submetia a trabalhos forçados nas lavouras de café em troca apenas de alimentação, vendia seus filhos que não se prestavam a trabalhos pesados e às vezes separava famílias que lhe traziam problemas.

Ao contrário dos negros, os poucos brancos presentes rezavam com discrição em latim junto ao padre. Meu pai não tinha muitos amigos, brigara com a maioria dos vizinhos por questões de terras, mas ainda assim seus desafetos compareceram. Talvez apenas para se certificar de que Francisco Junqueira de fato havia falecido.

Tão logo notou minha presença, o padre me cumprimentou e pediu que eu pegasse numa das alças do caixão para enterrar meu pai. Não tive tempo sequer de ficar um pouco a sós com o defunto para me despedir. O padre concedeu a honra de segurar as outras alças a brancos. Aos negros restou apenas acompanhar o cortejo com seu lamento. Alguns deixavam escapar referências aos orixás, o que era proibido na fazenda.

A vala ao lado do túmulo de minha mãe já estava aberta, apenas aguardando os restos mortais de meu pai. Com algum esforço, consegui deixar o caixão sem incidente. O padre fez uma última oração e me passou a palavra para a despedida. Fui pego de surpresa. Não havia preparado nada para falar e nunca fui bom em improvisos. Para fazer um discurso, precisava passar dias ensaiando. Lembrei-me das palavras que Juca Paranhos proferira no enterro de seu pai e tentei replicá-las, ainda que não se amoldassem perfeitamente à figura de Francisco Junqueira.

— Esse homem que hoje jaz teve sua vida dedicada ao trabalho e à construção de um país melhor. Por meio da atividade cafeicultora, oportunizou a muitas pessoas um trabalho digno e humano. No campo da política, tentou agir, embora indiretamente, para que o Brasil avançasse para se tornar o país do futuro, com riqueza e oportunidade para todos.

Fingi embargar a voz com um choro para terminar logo o discurso.

Enterrado o defunto, encontrei-me com primo Alírio, que auxiliava meu pai na administração da fazenda. Como ele nunca foi chegado aos estudos, meu pai aproveitou para lhe delegar alguns serviços que não tinha mais paciência nem idade de realizar. Após adquirir confiança nele, Francisco Junqueira entregou a administração das fazendas em suas mãos.

— Precisamos falar dos assuntos sucessórios — disse Alírio. — Sei que o momento parece desagradável, mas as fazendas de seu pai precisam continuar num bom rumo, senão podemos ir à falência.

— Para mim não há desconforto algum em tratar dessa questão.

— No testamento de seu pai, você é o herdeiro exclusivo de tudo. Ele deixou oito casas no Rio de Janeiro, três em São Paulo, três fazendas no Vale do Paraíba e cerca de mil e duzentos escravos, entre homens, mulheres, crianças, velhos e inválidos.

— Não sabia que meu pai tinha tantos escravos.

— Nos últimos tempos, adquiriu muitos com receio de que o governo proibisse o tráfico entre as províncias.

— O que vamos fazer com toda essa gente? Podemos libertá-los?

— De forma alguma. Não há quem substitua essa força de trabalho, todas as fazendas da região utilizam apenas escravos. Caso você conceda carta de alforria a todos eles, as fazendas vão falir. Além do mais, o valor dos cativos é muito maior do que o resto do patrimônio somado. Não dá para desperdiçar.

Eu não sabia o que fazer diante daquela situação. Convictamente era contra o uso de trabalho escravo nas fazendas. Mas agora a situação era outra, a responsabilidade de gerir os cafezais recaía em minhas mãos. Por que meu pai foi morrer logo nesse momento? Eu tinha questões mais importantes para resolver no Rio de Janeiro. Além do mais, sempre me recusei a acompanhar o processo de gestão das fazendas. Agora não me encontrava capacitado para fazê-lo.

Com que moral continuaria na Sociedade Brasileira contra a Escravidão se herdara a propriedade de mil e duzentos negros? E, se eu os libertasse, para onde iriam? Como poderiam se sustentar? Talvez essa gente precisasse mesmo de minha ajuda para continuar trabalhando nas fazendas.

— Primo, confio plenamente em você para continuar administrando as fazendas. Faça o que tem que ser feito, apenas me envie um relatório mensal das atividades e ponha o dinheiro em minha conta. Não tenho cabeça para lidar com essas questões administrativas. Voltarei ainda hoje ao Rio de Janeiro.

CAPÍTULO 25

COMO EU TINHA UMA PESSOA DE CONFIANÇA CUIDANDO de minha herança em São Paulo, voltei para casa sem preocupações. A morte de meu pai me exonerou da pressão moral de fazer algo útil da vida. Agora poderia me dedicar a minhas duas principais ambições: ganhar as eleições para deputado e tirar Carolina de Machado de Assis.

O primeiro objetivo dependia do apoio de Joaquim Nabuco. Se ele não apoiasse minha candidatura pelo partido liberal, eu procuraria os conservadores. Embora tivesse minhas convicções políticas, elas não eram empecilho para eu conseguir o que queria. Além do mais, a região das fazendas de meu pai era um reduto conservador. Com os votos de lá e algum apoio na vizinhança, já alcançaria os votos necessários para me fazer deputado.

O outro desejo estava sujeito a minhas habilidades para fazer com que Carolina deixasse Machado, o que parecia cada vez mais próximo. Depois da divulgação da traição dele, a relação do casal andava abalada. Não precisei nem ir a sua procura, Carolina veio a minha casa falar comigo.

— Preciso conversar com você — disse ela com a voz um pouco embargada.

— Entre, vou preparar um café para você.

— Prefiro beber algo mais forte.

— Pode ser aquele licor de jabuticaba que você experimentou da última vez que veio aqui? — perguntei com um sorriso. Naquele dia, depois de tomar várias taças de licor, ela acabou em meus braços.

Ela assentiu e também sorriu, como se tivesse lido meus pensamentos.

Sentou-se na poltrona enquanto fui buscar a bebida. Aproveitei para abrir uma garrafa de conhaque para mim; não gostava de licores por serem muito adocicados.

— Quero que me ajude num assunto delicado — disse ela, depois de tomar uma taça de licor. — Quero anular meu casamento com Machado de Assis. Não posso mais viver com uma pessoa que me traiu, principalmente depois que essa história foi noticiada em jornal. As pessoas riem de mim nas ruas. Não consigo mais nem sair de casa.

— Foi um erro ter se envolvido com esse sujeito.

— Eu estava fragilizada quando cheguei ao Rio depois que você me abandonou. Machado foi a primeira pessoa que me estendeu a mão e me tratou com carinho.

— Consigo um bom advogado para anular seu casamento, alegando que você não sabia que Machado de Assis era estéril.

Carolina balançou a cabeça negativamente.

— Você sabe que a infértil sou eu.

— Inês Gomes, a amante dele, também não engravidou, o que reforça a tese de que Machado não pode ter filhos.

— Aquela meretriz deve conhecer muitos meios de evitar a gravidez.

— Se não houver provas, eu as invento. Com dinheiro e poder podemos fazer qualquer coisa. Conheço juízes que resolveriam isso para você sem muita exposição.

— Não posso fazer isso com Machadinho. Só quero deixar meu marido, não pretendo humilhá-lo publicamente chamando-o de estéril.

— Machado não teve receio em expô-la arrumando uma amante. Ele desfilava com aquela atriz nas ruas sem o menor constrangimento. Certamente essa não foi a primeira vez que a traiu. Se não interromper esse ciclo, terá que conviver com suas concubinas pelo resto da vida.

— Queria anular meu casamento com base na traição pública. — Ela serviu-se mais uma dose.

— Nenhum juiz anularia um casamento por causa de uma traição do marido. Se fossem desfazer matrimônios por causa de homens que traem, restariam poucos casais hoje em dia. Fuja comigo para Portugal. Vamos recomeçar nossa vida. Você é portuguesa, e também tenho familiares e amigos lá.

— Entregar meu destino novamente em suas mãos? Não tenho segurança em largar tudo por você. Não se esqueça de que me abandonou uma vez, e pode fazer isso de novo.

— Como quer que eu a ajude se tudo que ofereço você recusa de pronto?

Nesse momento, Carolina deixou a poltrona e se sentou no sofá a meu lado. Colocou a mão sobre a minha e começou a me arranhar de leve.

— Desculpe, Pedro. Você é uma das poucas pessoas com quem posso contar nesta cidade. Gosto muito de você, mas tenho medo de que me abandone novamente.

— Você sabe que me arrependi de tudo. — Fitei seus olhos. — Asseguro-lhe que nunca mais vou deixá-la.

Carolina pôs a outra mão em meu rosto e passou o polegar em meus lábios. Passivo, deixei que ela conduzisse o ato até onde quisesse. Em seguida, deslizou a mão do rosto para minha nuca, passou as unhas em meu couro cabeludo e me beijou.

A partir daí, assumi uma postura mais ativa e resolvi levá-la a meu quarto. Desabotoei seu vestido e seu espartilho, enquanto beijava seu pescoço, inalando seu perfume. Em seguida, retirei suas roupas íntimas e a deitei em minha cama completamente despida. Observei por alguns segundos o corpo nu de uma mulher madura, mas conservada. Deitei-me sobre ela, acariciei seus seios ainda firmes e a possuí da forma mais convencional possível, com movimentos suaves, sem me permitir um momento de ousadia sequer. Senti na boca seu hálito tomado pelo gosto doce de licor de jabuticaba.

Depois de poucos minutos de prazer, Carolina repousou a cabeça em meu peito e dormiu.

Combinei com Artur Napoleão um encontro no Alcazar para lhe contar meus planos com Carolina. O afeminado me recebeu com grande simpatia. Após algum tempo frequentando o cabaré, já havia me tornado um cliente notável, especialmente após os barões do café e burocratas da corte terem deixado de circular no local.

Depois de uma generosa gorjeta, o afeminado me arrumou uma mesa no camarote para que eu pudesse assistir às apresentações das cocotes sem ser importunado pelos pinguços que passaram a visitar o Alcazar. Ele trouxe uma garrafa de conhaque e alguns charutos.

— Não quer se sentar comigo para tomar um conhaque enquanto aguardo Artur Napoleão? — perguntei.

— Não posso beber em serviço. Chamo Joana para acompanhá-lo?

— Por enquanto não, preciso falar algo em particular com Artur. Com ela aqui, não será possível.

— Terminado o expediente, posso tomar um conhaque com o senhor. O que acha? — perguntou ele com um sorriso insinuante no rosto.

— Vá trabalhar e me deixe sozinho — respondi de maneira ríspida.

Aproveitei o momento de solidão para assistir a uma apresentação de cancã fumando um havana. Entraram no palco Joana e mais cinco mulatas usando os trajes típicos da dança. Todas tinham cintura fina, ancas largas e coxas grossas.

Terminado o espetáculo, Artur Napoleão chegou com seu semblante sempre relaxado, sem a menor preocupação por estar atrasado. Ele mesmo serviu o conhaque e acendeu um charuto.

— Ontem me encontrei com Carolina — contei-lhe. — Ela ficou arrasada com a notícia de que Machado de Assis mantém um caso com a atriz portuguesa Inês Gomes.

— É só o que se comenta na rua do Ouvidor. Machado deveria ter mais cautela com essas coisas. Também tenho minhas amantes que arranjo nas noites de apresentações de piano, algumas meretrizes, outras moças de família. Mas sempre ajo cuidadosamente para que nada se torne público. Há que se preservar a família acima de tudo.

— Carolina me pediu que ajudasse a anular seu casamento.

— Não deveria se meter em briga de marido e mulher, Pedro. Ela vai continuar com Machado, e você só vai criar inimizades.

— Sugeri que ela alegasse o fato de Machado ser estéril para se livrar dele, mas Carolina se recusou a expor o marido dessa forma.

— Está certa, ele não merece isso. Apesar de manter uma concubina, Machado sempre foi um bom marido.

— Propus que fugisse para Portugal comigo. Assim evitaria o constrangimento de um processo para anular o casamento.

— Não se envolva com Carolina de novo, você terá problemas. Miguel já quase o matou com uma sova. Ele foi morar em Portugal, mas se ficar sabendo de suas novas investidas, pode mandar alguém acertar as contas com você.

— Você vai me ajudar a planejar a fuga.

— Eu? De forma alguma. Não me envolva nisso. Sou amigo de Machado e não vou pactuar com essa traição. Da última vez que o ajudei, você a abandonou grávida. Não cometerei esse erro de novo.

— Na verdade, ela ainda não se convenceu a fugir comigo. Assim como você, Carolina tem receio de que eu a abandone novamente. Mas não farei nada que possa prejudicá-la, pode confiar em mim dessa vez.

— Ainda continuo achando que você deve deixar Carolina em paz.

— O que precisa fazer é apenas conversar com ela a meu respeito. Dizer que acredita que ainda gosto dela e que eu seria uma boa pessoa para se conviver pelo resto da vida.

— Desculpe, não posso fazer isso. O máximo que poderia fazer seria falar que acredito em seu sincero arrependimento do mal que lhe ocasionou no passado. Mais do que essas palavras, não conte comigo.

— Obrigado, meu amigo. Isso já é algo que pode me ajudar. Talvez ela só precise que alguém lhe diga algo positivo sobre mim para que se decida a ir embora comigo para Portugal.

Joana interrompeu nossa conversa, achegando-se à mesa. Ainda estava um pouco ofegante em razão do esforço físico de sua apresentação, e sua pele morena porejava suor. Sentou-se ao meu lado, cruzou o braço no meu e alisou minha mão com a ponta dos dedos.

— Peço licença para me retirar — disse Artur, levantando-se da mesa —, já é tarde e minha mulher me aguarda.

Quando ele saiu, Joana enlaçou meu pescoço com o braço e me beijou na nuca, mordiscando minha orelha.

— Vamos deixar para outro dia, não estou bem hoje — aleguei após me afastar dela.

— Você não me procurou mais aqui no Alcazar, estava com saudades.

— Estou cansado. Tenho enfrentado alguns problemas pessoais, a morte de meu pai, administração das fazendas, minha pretensa candidatura à Câmara dos Deputados.

— Se não me quer, tudo bem. Vamos apenas tomar um drinque.

Joana pôs a mão na minha coxa, depois subiu até a virilha. Como não reclamei, ela prosseguiu, enfiando a mão por debaixo de minha calça, deixando-me em estado de plena excitação. A mulata sabia despertar a libido de um homem como ninguém.

O camarote arrumado pelo afeminado ficava na parte superior do Alcazar, e poucos conseguiam ver o que se passava na mesa. Ainda assim, fiquei preocupado de chegar alguém e nos flagrar naquela situação. Pensei em pedir a ela que parasse, pois queria ir embora para casa. Tinha que concentrar minhas energias em Carolina.

Não pedi. E Joana continuou seu jogo de sedução, beijando meus lábios. Tentei não me abalar com aquela situação, mas acabei não resistindo. Paguei a conta ao afeminado e a levei para casa para terminar o que havíamos começado ali no Alcazar.

CAPÍTULO 26

Cheguei à casa de Carolina numa manhã depois que Machado de Assis saiu para o trabalho no Ministério da Agricultura, Comércio e Obras Públicas. Carolina dispensou a mucama que arrumava sua casa, inventando que ela furtara algumas joias suas. Machado ainda quis inquirir a preta para que restituísse os objetos subtraídos, mas Carolina informou que ela os devolvera espontaneamente.

Ao me receber, usava um vestido de festa e maquiagem pesada, com blush e batom contornando os lábios finos, tudo bem desproporcional para uma manhã quente do Rio de Janeiro. Era como se quisesse ocultar as marcas de expressão decorrentes da idade e me impressionar. E conseguiu.

Carolina preparou um café, bolo e quitutes portugueses para me receber. O banquete tinha aparência apetitosa e aroma quente, como se tudo tivesse sido preparado com amor minutos antes de eu chegar. Serviu-me uma xícara de café, e eu provei os quitutes um a um. Se me casasse com ela, não enfrentaria dificuldades para comer.

— Não suporto mais a convivência com Machadinho nesta casa — disse Carolina. — Não consigo sequer olhar mais para o rosto dele. Estamos dormindo em quartos separados desde que eu soube de sua traição pelo jornal. Dias atrás, ele tentou voltar a nossa alcova, mas não permiti.

— Não precisa aguentar toda essa humilhação, Carolina. Viaje comigo para Portugal, podemos tentar nos casar lá novamente e começar do zero.

— Havia descartado totalmente essa possibilidade por não confiar em você. — Ela tomou um pouco de café. — Ontem me encontrei com Artur. Conversamos muito sobre o passado, meu relacionamento com você em Portugal, a viagem melancólica para o Brasil, meu casamento com Machadinho. Ele me assegurou que você está realmente arrependido do que fez no passado ao me abandonar quando soube da gravidez.

— Já tentei me explicar diversas vezes, mas parece que você não me entende.

— Você já deu demonstrações de arrependimento o suficiente ao prestar todo apoio neste momento de dificuldade por que passo.

Carolina fez uma pausa, passou a mão nos cabelos e me encarou.

— Artur me contou também que você ainda me ama e faria qualquer coisa para ficar comigo. Disse que o destino queria que ficássemos juntos, apesar dos percalços no caminho. Não sei se devo crer nisso também.

— Não há nada neste mundo que eu deseje mais do que ficar com você. Só preciso que acredite em mim. Largue seu marido, o Rio de Janeiro e toda essa gente que lhe faz mal e embarque comigo para Portugal. Lá seremos só nós dois, sem precisarmos nos encontrar às escondidas, sem ninguém para atrapalhar nosso amor.

Peguei nas mãos de Carolina. Seus olhos marejaram, mas não derramaram lágrimas. Parecia que parte dela queria ir comigo, mas outra parte a segurava. Eu não entendia seu medo; afinal, nada a prendia ao Brasil. Ela não tinha filhos, familiares morando aqui, apenas um marido a quem não amava mais.

Uma pessoa entrou na casa insidiosamente sem bater à porta. Larguei as mãos de Carolina e me virei para ver quem era. Machado de Assis estava paralisado, olhando para nós com cenho franzido, numa expressão que demonstrava a ira que se revolvia dentro dele. Toquei no paletó para me certificar de que havia trazido a garrucha. Para minha sorte, a arma estava pronta para ser utilizada, se necessário fosse.

— O que está fazendo em minha casa? — perguntou Machado.

"Estou aqui porque sua esposa me ama e vai fugir comigo para Portugal". Foram essas as palavras que me vieram à cabeça, mas me contive... Seria a oportunidade de contar toda a verdade e acabar de vez com aquele casamento de mentira.

Entretanto, não tinha certeza de que Carolina ficaria a meu lado. Ela ainda não aceitara expressamente minha proposta de ir morar comigo em outro país e largar o marido. Assumir nosso relacionamento daquela forma poderia pôr tudo a perder.

— Estava a sua procura, tenho um assunto a tratar com você — respondi com a voz trêmula, não conseguindo disfarçar o nervosismo.

— Como você não estava, ofereci-lhe um café para que não perdesse a viagem — acrescentou Carolina de forma serena, como se nada estivesse acontecendo entre mim e ela.

— Quando quiser falar comigo — disse Machado — pode me procurar no Ministério. Não costumo receber ninguém em minha casa nesse horário. Pensei que soubesse disso.

— Peço perdão pelo incômodo. Amanhã o procurarei na repartição para tratar do assunto.

— Que assunto?

— Melhor falarmos sobre isso amanhã. Já causei transtornos demais por hoje.

Passei o dia remoendo a desculpa que inventaria para justificar minha visita inesperada num horário em que seguramente Machado estaria ausente. O pior era que ainda precisava explicar a razão pela qual segurava as mãos de Carolina no momento em que fomos flagrados. Pensei em dizer que escrevia um novo romance e precisava de sua ajuda. Receei que não acreditasse, pois da última vez que lhe levei meus originais, ele usurpara minha ideia.

Enquanto matutava o que falaria, recebi uma carta de Joaquim Nabuco. Informava-me que o partido liberal havia aprovado meu nome para as próximas eleições como candidato à Câmara dos Deputados pela província de São Paulo. Minha realização pessoal de ser deputado parecia cada vez mais próxima. Se meu pai fosse vivo, ficaria envaidecido.

O lado ruim da notícia era que, sendo candidato a deputado e talvez sendo eleito, não poderia mais fugir com Carolina para Portugal. Para minha sorte, ela ainda não se convencera da proposta de viver comigo em outro país. Só nos restava tentar anular seu casamento com Machado ou continuar com os encontros furtivos até sermos flagrados.

Minha aprovação para disputar as eleições poderia servir de pretexto para Machado sobre meu encontro com Carolina em sua casa. Eu pediria o apoio de Machado como intelectual — embora duvidasse dessa sua condição — e como jornalista que publicava artigos para jornais de grande circulação. Além de justificar o contratempo com Carolina, a visita poderia capitalizar apoio político para minha campanha. Seria a primeira pessoa a quem pediria voto.

Na tarde do dia seguinte, compareci ao gabinete de Machado no Ministério da Agricultura, Comércio e Obras Públicas. Ele me recebeu após me deixar aguardando cerca de meia hora na recepção. Estendi-lhe a mão para cumprimentá-lo, mas ele apenas pediu que eu me sentasse. O mulato usava um terno escuro de corte pouco sofisticado e óculos apoiados na ponta do nariz. Matinha uma expressão séria e pouco receptiva.

— Em que posso ajudá-lo? — perguntou.

— Primeiramente, gostaria de pedir desculpas por tê-lo importunado em sua casa ontem.

— Sem rodeios, tenho muito trabalho a fazer hoje.

— O partido liberal, com o apoio de Joaquim Nabuco, me deu a honra de concorrer à Câmara dos Deputados pela província de São Paulo. Meu nome foi escolhido pelo trabalho que realizei com o Visconde do Rio Branco para aprovação da Lei do Ventre Livre, bem como em razão de minha participação na criação e no funcionamento da Sociedade Brasileira contra a Escravidão, que tem como presidente o próprio Nabuco.

Machado se esticou em sua cadeira, coçou a barba que já continha diversos fios brancos e disse em tom professoral:

— A candidatura é o processo mais fácil, qualquer um com o mínimo de influência política pode conseguir. O problema é ganhar as eleições em meio a tanta gente preparada e poderosa que vai concorrer por São Paulo.

— Tenho ciência das dificuldades. Por isso vim pedir seu apoio como intelectual respeitado na corte e como jornalista que escreve para os grandes jornais do país.

— Infelizmente não posso ajudar, já tenho candidato a deputado nessas eleições, e é do partido conservador.

— Não vou me candidatar apenas para obter benefícios pessoais como os outros. Pretendo acelerar o processo de abolição da escravidão e conduzir o Brasil a um futuro promissor, sem o ranço da questão servil que nos envergonha perante a comunidade internacional.

— Todo candidato tem a melhor das intenções até chegar ao poder, depois só pensa em tratar dos próprios interesses. Sou bastante astuto para não acreditar nessas promessas.

Ele fazia de tudo para me provocar e me irritar. Respirei fundo tentando me acalmar. Com certeza, esperava que eu lhe oferecesse dinheiro em troca de apoio. Fazia objeções para conseguir alguns contos de réis. Para ele valia mais o metal do que as convicções.

— Nossa campanha pode lhe oferecer um auxílio financeiro. — Fui o mais direto possível ao assunto. — Você poderá prestar uma assessoria de imprensa, especialmente para disseminar a ideia abolicionista nos grandes jornais.

— Não estou interessado em seu dinheiro, tampouco em me envolver com movimentos abolicionistas de brancos que só pensam em se promover à custa de uma causa que pouco conhecem. Para vocês, os pretos sempre foram uma propriedade, e agora um trampolim na política.

— Pelo menos estou fazendo minha parte para acabar com a escravidão no país. Ao contrário de você que, mesmo sendo descendente de escravos, renega suas origens e não contribui absolutamente em nada para reverter a condição dos negros.

— Combato pela abolição à minha maneira. Talvez você não saiba, mas toda a questão das matrículas de escravos passa pela minha repartição. Já demos parecer pela libertação a muitos cativos que não foram registrados por seus senhores.

— Isso só foi possível graças à Lei do Ventre Livre. E não me lembro de ter lido em lugar algum seu apoio à lei.

— A mesquinhez da escravidão está em meus romances, em meus contos e minhas crônicas. Quem tem o mínimo de perspicácia consegue ver isso. Pelo visto, você não conseguiu enxergar. — Machado levantou-se da cadeira e apontou para a porta. — Acho que nossa conversa termina por aqui. Pode se retirar.

— Qual seu problema comigo? Desde a infância você me trata como se fosse meu maior inimigo.

Machado abriu um sorriso irônico.

— Miguel Novais me disse uma vez para não confiar em você de forma alguma. Perguntei-lhe o motivo do desapreço, mas ele apenas reforçou que eu tivesse cuidado com sua pessoa.

— Nunca fiz mal algum a Miguel para ele ter esse pensamento a meu respeito.

— Acho que Miguel tem razão. Foi um erro permitir que você se aproximasse de mim e de minha família. Ontem, ao flagrá-lo em minha casa conversando a sós com minha esposa e segurando suas mãos, vi confirmada a tese de Miguel sobre sua índole. Sabia que você e Carola se conheciam de Portugal, mas não descobri ainda em que grau de aproximação.

— Conheci Carolina em Portugal por intermédio de um amigo, Artur Napoleão. Encontrávamo-nos em alguns saraus em que ele tocava piano, mas nunca passou de uma amizade.

— Aquele músico é outro que não merece confiança. Conversa muito com minha esposa, e penso que incute ideias subversivas em sua cabeça. — Machado apontou o indicador para mim e advertiu: — A partir de hoje, você está proibido de conversar e mesmo de se aproximar de minha mulher.

— Falarei com Carolina no momento em que me aprouver e quantas vezes quiser — disse, retribuindo o dedo em riste em sua cara.

— Com que objetivo insiste em se encontrar com uma mulher casada para conversar? Isso só aumenta a desconfiança que tenho sobre vocês.

— Pouco importa o que pensa com seu ciúme patológico.

Retirei-me da sala de Machado de Assis e bati a porta com força.

CAPÍTULO 27

FIQUEI ALGUNS DIAS SEM NOTÍCIAS DE CAROLINA, O QUE me levava a pensar os piores desfechos. Machado de Assis devia também tê-la proibido de se encontrar comigo. Fiquei com receio de ela não suportar a pressão e contar toda a verdade sobre nosso caso. Se ela tivesse confessado tudo, sua integridade física correria risco.

Impaciente em aguardar novidades, paguei um moleque para vigiar a porta da residência do casal.

Passados dois dias, ele ainda não me dera notícias. Carolina não tinha saído desde que começara a vigília. A única movimentação na casa era Machado indo e vindo do trabalho. O casal não recebeu uma visita sequer no período.

Apelei a Artur Napoleão para que a procurasse. Mas ele também não conseguiu. Tentou sondar com amigos em comum, que lhe disseram que não sabiam dela. A última vez que a viu foi no dia em que, atendendo a meu pedido, fizera elogios a meu respeito.

Sem qualquer cautela, eu mesmo resolvi tentar encontrá-la. Para isso, pedi ao moleque que seguisse Machado até o trabalho e ficasse à espreita o dia inteiro. Caso ele voltasse mais cedo da repartição, deveria correr o mais rápido possível para me avisar.

Cheguei em frente a sua casa assim que Machado saiu. Aguardei à sombra da figueira até que não houvesse movimento na rua. Para meu azar, naquele dia muitas pessoas transitavam no local. Tive uma vontade quase incontrolável de fumar um charuto. Quando verifiquei nos bolsos, percebi que não possuía nenhum.

Logo que a rua ficou vazia, atravessei e bati à porta da casa. Esperei alguns segundos, mas ninguém apareceu. Dei socos mais fortes para tentar ser ouvido. Mais uma vez, não surgiu uma pessoa sequer para me dar informações. Comecei a pensar na possibilidade de Machado tê-la matado e enterrado ali mesmo no quintal.

Fui à janela que se localizava na lateral do imóvel. Dava para ver a sala, mas não havia sinal de gente. Dirigi-me à janela do quarto do casal. Avistei uma pessoa deitada com uma camisola branca e as duas mãos sobre o peito. Parecia um defunto. Os vidros estavam embaçados, de modo que eu não conseguia ver maiores detalhes. Passei os punhos no local usando o tecido do paletó para limpar a janela. Era Carolina, deitada imóvel na cama.

Bati na janela, mas ela não reagiu. Forcei-a algumas vezes apoiando os pés na parede e segurando com as mãos nos vincos da janela. Finalmente consegui romper a fechadura. Apesar do barulho, Carolina nem sequer se mexeu no leito. Entrei no quarto com dificuldade e me aproximei. Ela tinha o rosto pálido, mais branco do que o usual, e profundas olheiras, e os lábios finos estavam da mesma cor da pele.

— Carolina, você está bem? — perguntei.

Ela não respondeu.

Peguei em suas mãos frias. Verifiquei o pulso; ainda corrida sangue em suas veias. Pus a mão sobre seu rosto. Ela enfim abriu os olhos, e se assustou ao me ver. Depois deu um sorriso discreto.

— O que houve? Machado lhe fez algum mal?

Carolina ficou calada, depois respondeu com a voz rouca:

— Melhor você ir embora.

— Não vou sair daqui até saber o que aquele canalha lhe fez.

Carolina virou-se na cama e ficou de costas para mim, como se não quisesse que eu a visse naquele estado.

— Perdi a vontade de viver. Meu marido me proibiu de sair de casa. Não tenho comido direito, visto o sol ou mesmo bebido água.

Carolina começou a soluçar. Deitei-me com ela na cama, pus sua cabeça em meu peito e acarinhei seus cabelos. Aos poucos ela foi se acalmando e parando de chorar.

— Seu marido descobriu sobre nós?

— Tentou de toda forma me fazer confessar nosso caso. Disse que já desconfiava de tudo há algum tempo, e que teve certeza da traição quando o viu aqui segurando minhas mãos. Mas neguei o quanto pude.

— Ele bateu em você?

— Não, apenas fez pressão e tortura psicológica. Disse que faria publicar nos jornais que eu não passava de uma adúltera e me exporia de uma forma que tornaria minha vida um inferno. — Ela suspirou antes de continuar: — Tive que lhe dar alguma informação para que se contentasse. Ele me garantiu que se eu falasse a verdade, e me afastasse de você, me perdoaria.

Carolina tossiu e ficou com a voz embargada. Fui pegar um copo de água para que pudesse prosseguir.

— Contei-lhe o motivo pelo qual saí de Portugal — disse Carolina após beber água — Revelei desde o início de nosso relacionamento, minha entrega a você antes da hora, a gravidez, o aborto, a morte de meus pais por desgosto, até minha vinda ao Brasil com Artur Napoleão.

— Você tem que deixar Machado antes que a situação piore. Ele pode atentar contra sua vida. Esse homem é capaz de qualquer coisa.

— Quanto a isso, não temo e não há razão para você se preocupar. Ele, apesar de tudo, não teria coragem de levantar a mão para ninguém. O problema é que não consigo mais continuar nesta vida. Entre ficar casada com ele e a morte, prefiro a última opção.

— Vou chamar um advogado para anular seu casamento.

— Já disse que não quero criar escândalo, seria ruim tanto para ele como para mim. Além do mais, agora ele sabe que quem não pode engravidar sou eu em razão do aborto que sofri. Não quero enfrentar essas questões íntimas nos tribunais.

— Tem que haver uma solução.

Carolina me fitou nos olhos e disse:

— Pensei muito a respeito da proposta que me fez da última vez que nos encontramos. Acho que você tem razão. A melhor saída é irmos em definitivo para Portugal. Embora seja uma desonra para mim, estaremos bem longe daqui para enfrentarmos a realidade.

A indicação para concorrer à Câmara dos Deputados pelo partido liberal mudara tudo. Eu não podia sair do Brasil depois de tanto esforço para conseguir o apoio para me candidatar. Se deixasse escapar aquela oportunidade, minha carreira política estaria encerrada, nenhum partido jamais me concederia outra chance de disputar eleições.

Mas o estado físico e psicológico de Carolina me fez pensar em como seria difícil para ela continuar a conviver com Machado de Assis na mesma casa. Não sei se aguentaria por muito tempo, pois já estava bastante fragilizada.

— Não sei se já sabe, meu nome foi escolhido pelo partido liberal para concorrer às eleições para a Câmara dos Deputados.

— Machado me falou, fiquei feliz por você. Há muito tempo que almejava essa posição, desde quando seu pai ainda vivia.

— Se eu fugir para Portugal com você, não poderei continuar meu projeto político.

— Você não pode largar seu sonho por minha causa.

— Não sei nem se ganharei as eleições. Caso perca, embarcaremos no dia seguinte para Portugal. Se confirmar minha vitória, anularei seu casamento da forma mais discreta possível. Com dinheiro e influência política, consigo qualquer coisa. Enquanto isso, podemos continuar nos encontrando às escondidas.

Escutei barulho de alguém batendo à porta. Levantei-me da cama com os olhos arregalados. Machado não podia me flagrar de novo em sua casa depois de ter me proibido de encontrar com Carolina.

— Esconda-se dentro do guarda-roupa — sugeriu Carolina. — Vou ver quem é.

Entrei no móvel e fechei as portas. O cheiro de mofo me deixou com vontade de espirrar. Segurei-me para não denunciar minha localização. Não consegui fazer minhas pernas pararem de tremer. Tirei a garrucha do bolso do paletó e fiquei preparado para usar a arma caso fosse necessário. Ouvi as pegadas de uma pessoa correndo. Aguardei com a arma em punho.

Abriram a porta do guarda-roupa.

— Abaixe a arma — disse Carolina. — Saia pela janela e corra. Um menino avisou que Machado está a caminho de casa.

Machado de Assis me procurou no dia seguinte em minha casa. Receei que tivesse me visto fugindo pela janela de sua residência. De cara amarrada, demonstrava que não me procurara para uma conversa amigável. Com olheiras de quem passara noites sem dormir, pediu permissão para entrar. Conduzi-o à sala de estar e o convidei a sentar-se.

— Aceita um conhaque ou um licor de jabuticaba?

— Não, apenas desejo ter uma conversa franca com você — disse Machado, gaguejando.

— Então vou beber conhaque por nós dois. — Abri um sorriso para quebrar a tensão, mas Machado se manteve sério.

Bebi duas doses em sequência para tentar relaxar.

— Você não desistiu de tentar se reaproximar de minha Carola — afirmou ele.

— Apesar de não ter aceitado sua proibição, não a procurei mais para evitar transtornos para ela.

— Não adianta mentir para mim, sei que não seguiu minha orientação.

— Falo a verdade — insisti com voz trêmula, não conseguindo disfarçar que mentia.

— Artur Napoleão tentou me encontrar algumas vezes nos últimos dias, em meu trabalho. Não o recebi. Ele me procurou em casa, mas o deixei aguardando do lado de fora para que pensasse não haver ninguém. Percebi também um moleque vigiando minha residência. Ontem ele me acompanhou até o trabalho. Tenho certeza de que você está por trás disso tudo.

— Está enganado, não tenho absolutamente nada a ver com essas situações. Não mandei Artur Napoleão ir atrás de vocês, tampouco contratei um moleque para o vigiar.

— Não acredito em uma só palavra do que fala — retrucou e prosseguiu em tom ameaçador: — Caso não pare de importunar a mim e a minha esposa, vou publicar no jornal o que está fazendo conosco. Se persegue as pessoas sem estar no poder, imagine depois de conseguir um cargo de deputado.

— Não estou envolvido com isso, você não tem provas do que diz. Reagirei de forma enérgica contra você e o jornal que publicar tais calúnias. Ingressarei com processos que destruirão sua vida e fecharão os jornais.

— Depois que for publicado, não haverá processo que repare o estrago a sua reputação. — Machado pigarreou. — Essa não é a única arma que tenho contra sua candidatura. Seus amigos abolicionistas não vão gostar quando lhes revelar um segredo.

— Minha vida é limpa, nunca fiz nada que desabone minha conduta. Você não vai conseguir impedir minha eleição com suas difamações.

— Quantos escravos mantém em cativeiro? — perguntou ele com sorriso sarcástico.

Tomei mais um trago e tentei disfarçar meu nervosismo falando pausadamente:

— Você sabe que tenho uma história de combate à escravidão. Tive participação direta na aprovação da Lei do Ventre Livre e fundei, juntamente com Joaquim Nabuco, a Sociedade Brasileira contra a Escravidão.

— Tenho como provar através de documentos que você é um dos maiores proprietários de escravos do Brasil. Mais de mil e duzentos pretos são submetidos a trabalhos forçados em suas fazendas no Vale do Paraíba.

— Esses escravos pertenciam a meu pai.

— E agora são de sua propriedade como único herdeiro de todos os seus bens.

— Apenas mantive os negros nessa condição até que possam trabalhar de forma livre. Não vou abandonar todas essas famílias sem trabalho nas ruas.

— Não adianta tentar se explicar para mim. Terá que se justificar para Joaquim Nabuco e seus outros amigos abolicionistas.

— Então, quanto custa o seu silêncio?

— Seu afastamento definitivo de minha esposa. Caso saiba de qualquer indício de que tentou se aproximar dela, no dia seguinte a notícia estará na capa dos principais jornais do país.

Fiquei com mais raiva de mim do que do mulato. Um político experiente não teria se permitido expor uma fraqueza tão evidente para os inimigos explorarem. Deveria ter sido firme com meu primo Alírio e determinado a libertação imediata daqueles escravos. Pagava o preço por contrariar todas as minhas convicções humanitárias mantendo aqueles negros submetidos a trabalhos forçados.

Caso o mulato publicasse a notícia de que eu era um dos maiores proprietários de escravos no Brasil, minha candidatura estaria sepultada, além de minha reputação. A abolição foi uma causa a que me dediquei em toda minha vida e a única realização que me renderia capital político.

Precisava impedir, a qualquer preço, que as afirmações de Machado viessem a público. Depois veria como resolver meu caso com Carolina. Se tivesse mais cuidado nos encontros furtivos com ela, poderia continuar a manter contato. Passadas as eleições, tudo voltaria ao normal; afinal, depois de eleito, ninguém cumpria as promessas pré-eleitorais.

— Dou-lhe minha palavra de que não me aproximarei mais de Carolina em hipótese alguma.

— Espero não ser obrigado a ter que publicar esses fatos tão vergonhosos nos jornais. Cumpra com sua promessa.

CAPÍTULO 28

CHAMEI UM MOLEQUE PARA TENTAR MARCAR UM ENCONTRO com Carolina na Igreja da Glória no horário de almoço, momento em que o local costumava ficar vazio. Pedi ao menino que tomasse cuidado para não ser identificado, pois o outro molecote fora descoberto por Machado. Dessa vez, não poderia haver erros.

No dia seguinte, o moleque conseguiu confirmar o compromisso com Carolina na hora combinada. Garantiu que fora discreto e que ninguém o percebera em sua missão. Disse-me também que ela não havia conseguido disfarçar o contentamento ao receber o convite e que se despediu dele com um beijo no rosto.

Cheguei à Igreja da Glória um pouco antes do horário marcado. Tinha que me certificar de que o encontro poderia ocorrer sem contratempos. Como previsto, havia pouca movimentação, apenas algumas senhoras que já deixavam o local, provavelmente para preparar a refeição dos maridos.

Subi os primeiros degraus da escadaria rapidamente. Mas o fôlego foi acabando à medida que avançava. Parei e respirei fundo antes de continuar. Segurando-me nas paredes, consegui vencer cada degrau até alcançar a entrada da igreja. Verifiquei se existia alguém que pudesse me denunciar, mas havia apenas um casal de mãos dadas junto ao parapeito observando a baía de Guanabara.

No interior da igreja, fazia silêncio. Somente avistei uma senhora de joelhos junto ao altar-mor rezando. Experimentei uma sensação de paz espiritual, mas não o suficiente para dissipar minha angústia. Acomodei-me no meio do templo, na lateral esquerda.

Retirei o relógio do bolso e conferi a hora. Ainda restava algum tempo livre antes de Carolina chegar. Fitei os olhos da imagem de Nossa Senhora da Glória com o Menino Jesus no colo que ficava no centro do altar-mor. Ela parecia retribuir o olhar e pedir que eu lhe contasse o que sentia. Ajoelhei-me e revelei tudo que se passava em minha mente: medos, pecados, desejos, ambições. Emocionei-me e deixei escorrer uma lágrima pelo rosto.

Interrompi minha concentração quando escutei os passos de uma terceira pessoa entrando na igreja. Virei-me para verificar se era Carolina, mas não consegui ver. Ela dobrou em direção à lateral esquerda e se sentou duas fileiras de banco à frente da minha. Olhou para mim e sorriu.

Não era Carolina, mas uma jovem e bonita senhorita.

Com aquela mulher ali tão perto, eu não poderia falar com Carolina sem ser notado. Levantei-me e fui sentar num dos bancos do lado direito. A senhorita acompanhou-me com o olhar durante o trajeto. Depois que me sentei na lateral oposta, percebi que ela continuava a me encarar. Comecei a ficar encucado.

Ouvi passos de sapato feminino de outra pessoa. Como a senhorita me vigiava, não me virei para ver quem era. Senti o barulho dos passos se aproximando, até que a pessoa se sentou na fileira de bancos atrás da minha. Ela se ajoelhou de maneira a ficar bem próximo ao banco em que me encontrava. Senti sua respiração ofegante e seu bafo quente em minha nuca.

— Não olhe para trás — sussurrou uma voz que logo reconheci.

Cruzei as pernas e coloquei as mãos no rosto, como se estivesse rezando.

— Seu marido ameaçou acabar com minha carreira política caso me encontrasse com você novamente — murmurei.

— Ele não seria capaz de fazer isso. Além do mais, conhecendo Machadinho, sei que não exporia a traição de sua esposa em público.

— O problema é que ele sabe de uma coisa muito ruim a meu respeito. Ele pode me arruinar.

— O que seria?

— Prefiro não falar.

Carolina bufou.

— Você tem que confiar em mim.

— Tenho vergonha do que fiz. Mas tem razão, preciso confiar em você. Machado descobriu que tenho mais de mil e duzentos escravos em minhas fazendas.

— Como pôde se deixar ser pego dessa maneira? Sua bandeira sempre foi a abolição.

— Todos foram herdados de meu pai, não podia conceder carta de alforria, senão quebraria o negócio da família.

— E o que pretende fazer?

— Temos que nos afastar pelo menos até as eleições. Depois poderemos voltar a nos encontrar normalmente.

Carolina ficou em silêncio.

— Preciso que compreenda que se trata de uma situação provisória.

Ela continuava sem falar nada.

— Diga algo. Dê alguma saída.

— Não quero destruir sua carreira política. Essa situação já foi longe demais. Eu deveria saber que isso não acabaria bem.

— As eleições estão próximas, não haveremos de passar tanto tempo afastados.

— Apaixonei-me por você novamente, talvez até mais do que da primeira vez, quando éramos jovens em Portugal. Fiz planos de vivermos juntos. Agora você vai ter que me abandonar de novo.

— Posso pensar em outra alternativa.

Ela levantou-se da cadeira e saiu em direção à porta da igreja.

— Carolina, volte aqui — disse em tom alto, quase gritando.

Como a igreja estava quase vazia, minha voz ecoou. A senhora e a jovem bonita olharam para mim, a primeira com expressão de repreensão e a segunda com um sorriso. Todo o esforço de discrição de nada adiantou.

Carolina foi embora e me deixou ali.

Aproveitei o momento de solidão e espiritualidade do local para refletir se deveria mesmo me submeter às chantagens de Machado de Assis. Até que ponto valeria a pena abrir mão de Carolina de uma pretensão política que nem sequer tinha certeza de que alcançaria? Receava que ela não me quisesse mais depois de todo esse desgaste. Meu afastamento poderia, inclusive, reacender sua paixão pelo marido.

Envelhecíamos, enquanto os reveses apareciam em nossas vidas para impedir nossa união.

As eleições, porém, não tardariam. Não sei se seria prudente jogar fora todo um trabalho para construir minha candidatura em virtude de uma situação que poderia ser resolvida após o escrutínio.

Depois do encontro com Carolina, fui me consolar com Joana. Cheguei ao Alcazar no início da noite. O afeminado pediu que eu aguardasse na entrada, enquanto preparava uma mesa. Estranhei, pois a maior parte das acomodações estava vazia. Talvez quisesse dificultar meu ingresso na casa para aumentar sua gorjeta.

Aguardei cerca de dez minutos em pé. Minha língua já rachava, clamando por um conhaque. O afeminado retornou e me conduziu a uma mesa que afirmou ter sido preparada especialmente para mim próximo ao palco.

— Não é o local em que costumo ficar — reclamei. — Quero a mesa no camarote reservado.

— Desculpe, mas já está ocupada.

Contei vinte mil-réis e coloquei no bolso de seu traje.

— Peça ao sujeito que saia de minha mesa.

— Não posso fazer isso.

— Deixe faltar bebida e comida até que ele peça a conta.

— Mais uma vez peço desculpas, mas seria demitido do Alcazar se agisse assim — explicou ele, devolvendo-me o dinheiro com expressão de pesar.

Sentei-me à mesa, injuriado. Em breve, os pinguços ocupariam os assentos à volta para perturbar minha tranquilidade. Sem que eu pedisse, o afeminado trouxe uma garrafa de conhaque e cinco charutos.

— Quer que o acompanhe hoje? — perguntou. — Como parece chateado, vou abrir uma exceção para beber durante o expediente.

— Agradeço, mas prefiro uma companhia feminina.

— Vou lhe trazer uma jovem branquinha que chegou semana passada. Ainda é inexperiente, veio do interior de Minas, mas é uma for-mo-su-ra — afirmou pausadamente.

— Você sabe que minha acompanhante aqui sempre foi Joana. Devo-lhe fidelidade. Ao menos entre as mulheres que trabalham no Alcazar.

— Ela não trabalha hoje.

— O Alcazar resolveu conceder férias às cocotes agora?

— Joana apenas está indisposta.

— Então ficarei sozinho.

Sem uma companhia para acalentar minha alma, a garrafa de conhaque foi secando rapidamente, e fumei os havanas um atrás do outro em poucos minutos. O álcool subiu à cabeça. Levantei-me da mesa com dificuldade para ir ao toalete urinar. Minhas pernas perderam a firmeza, pisei nos sapatos de homens e na barra dos vestidos de algumas mulheres. Reclamaram da forma atrapalhada como eu passava pelas pessoas, mas nem dei ouvidos.

Depois de urinar, dei uma volta no Alcazar para ver se me encantava com alguma moça para me acompanhar no resto da noite. Como Joana não estava lá, isso não poderia ser considerado uma traição. Além do mais, ela dificilmente viria a saber, pois apenas o afeminado me conhecia pelo nome; então, bastava oferecer-lhe algum dinheiro para solucionar o problema.

Resolvi passar no camarote que costumava ocupar para conhecer o sujeito que se apossara dele. Imaginei que deveria ser um homem muito poderoso, um político ou um grande cafeicultor. Quando abri a porta, vi apenas duas pessoas de costas. Aproximei-me e logo identifiquei Sílvio Romero bebendo com uma mulher sentada em seu colo. Fui cumprimentá-lo, quando notei...

A cocote que lhe fazia companhia era Joana.

Eu sabia que servir de acompanhante para outros homens fazia parte de sua profissão, mas vê-la em tal situação e, acima de tudo, sentada no colo de Romero desestruturou-me. O estado eufórico provocado pela bebida logo se transmudou para uma tristeza profunda. Minha companheira dos piores momentos pela primeira vez não estava disponível para mim.

Ainda tentei sair sem ser notado, mas Sílvio Romero gritou meu nome. Também parecia embriagado. Assim que me viu, Joana deixou o colo de Romero e sentou-se na cadeira ao lado. Dava para perceber em seu rosto o constrangimento que sentia.

— Sente-se conosco — convidou Romero com voz estridente.

— Já me acomodei em outra mesa.

Sílvio Romero levantou-se e veio me cumprimentar. Em seguida, pegou em meu braço e me conduziu à mesa, de maneira que tive de me sentar com eles. Ele me serviu um copo de cerveja. Apesar de não ser uma bebida que eu apreciasse, tomei o copo de uma golada só.

— Soube que aquele nosso desafeto em comum, Machado de Assis, largou a amante. Deve ter ficado com vergonha depois da publicação no jornal de seu caso — comentou Romero, gargalhando.

— Não tive mais notícias dele — menti.

— Preciso deixar vocês — disse Joana. — Não estou me sentindo bem.

Apesar dos protestos de Romero, ela se levantou e saiu do camarote.

— Também preciso ir — declarei após me levantar. — Amanhã cedo tenho um trabalho para resolver.

— Fique mais um pouco para conversarmos sobre aquele cretino.

Embora o assunto fosse palpitante, recusei a oferta e consegui me livrar de Romero.

Procurei Joana em todas as mesas do Alcazar. Não conseguia encontrá-la em lugar algum. Fui à porta do banheiro e perguntei a algumas mulheres, mas nenhuma me deu notícias dela. Avistei o afeminado recepcionando alguns clientes.

— Onde está Joana?

— Como havia lhe falado, ela não veio trabalhar hoje. Não se sentia bem.

— Não precisa mentir de novo, eu a vi com Sílvio Romero no meu camarote.

— Deve ter havido algum engano, ela não estava aqui — reafirmou insistindo na mentira.

Tirei vinte mil-réis, bufando, e coloquei em sua mão.

— Está em seu camarim — respondeu de pronto.

— Não sabia que ela tinha camarim próprio.

— É o que Marie Stevens ocupava. Na falta de uma estrela, Joana tomou conta.

Dirigi-me ao local rapidamente. O baque de ter encontrado Joana no colo de Romero tirara o efeito do álcool. Ela estava sentada com um lenço na mão, limpando a maquiagem na frente do espelho.

— Posso entrar? — perguntei.

— Aqui não é o local apropriado para receber clientes — respondeu ela, sem me encarar.

— Não sou um reles freguês, nossa relação ultrapassa isso — disse-lhe entrando e fechando a porta.

— O problema é que tenho contas a pagar e uma vida para resolver. Não posso me dedicar a um homem que aparece aqui apenas ocasionalmente. — Ela me fitou com os olhos marejados. — Pretendo em breve deixar esta vida. Não aguento mais ter que servir a homens de toda sorte. Vou procurar uma casa de família para trabalhar. O ganho é pouco, mas pelo menos é digno.

— Depois que for eleito deputado, vou arrumar um emprego para você deixar o Alcazar. Assim não terei que dividi-la com mais ninguém. Você não tem ideia de quanto é ruim para mim vê-la com outros homens.

— Não vou esperar você se eleger para sair desta vida. Tentarei conseguir algum dinheiro emprestado para reconquistar minha honra.

— Você nunca foi desonrada. Só entrou no Alcazar porque não lhe restou alternativa. Vou lhe dar o dinheiro de que precisar para mudar de rumo. Não precisará trabalhar em casa de família. Com um conto e quinhentos mil-réis, poderá abrir um pequeno comércio para você.

Joana mal acreditava no que ouvia. Levantou-se da cadeira, abraçou-me e soluçou em meus braços.

Depois de me agradecer pelo empréstimo prometido, beijou-me com um hálito que misturava notas de cerveja com o sal das lágrimas. Desabotoou minha calça, deixando-a cair ao chão. Empurrou-me, de modo que caí sentado na cadeira. Em seguida, retirou suas roupas íntimas e subiu em mim suspendendo o vestido. Respirando ofegante, remexia os quadris com a desenvoltura de uma dançarina experiente do Alcazar. Finquei as mãos em suas ancas fartas para ajudar no movimento. Joana mordiscou meus lábios e continuou a requebrar cada vez mais forte.

A cadeira virou e eu caí de costas com Joana sobre mim.

Rimos por um bom tempo daquela situação.

CAPÍTULO 29

NA MANHÃ SEGUINTE, AINDA DE RESSACA DA NOITE ANterior no Alcazar, resolvi procurar Joaquim Nabuco para acertar os detalhes de minha candidatura. Como não queria ir direto ao ponto, a visita teria o pretexto de analisar o projeto de lei para libertação dos escravos maiores de sessenta anos.

Cheguei ao gabinete de Nabuco no meio da manhã. Na antessala, não havia ninguém esperando, apenas uma secretária jovem e bonita que lixava as unhas na falta do que fazer. A moça esbanjava simpatia e deixava qualquer espera menos sofrida.

— Gostaria de falar com o deputado Joaquim Nabuco.

— O senhor agendou horário?

— Não, mas diga que Pedro Junqueira quer discutir sobre uns projetos abolicionistas em tramitação na Câmara dos Deputados.

A secretária pediu que eu aguardasse enquanto anunciaria minha presença. Antes me ofereceu café, chá e licor, mas não aceitei. Se me convidasse para tomar um conhaque depois do expediente, não titubearia em acompanhá-la.

Pouco depois ela retornou com um sorriso sem graça no rosto.

— Infelizmente o deputado não está mais aqui. Saiu há pouco sem que eu percebesse.

— No período da tarde, volto para falar com ele.

A moça apenas sorriu.

Quando estava indo embora, deparei com André Rebouças, o tesoureiro da Sociedade Brasileira contra a Escravidão. Dos que fundaram a sociedade, apenas ele, Nabuco e eu tocávamos o movimento, ao passo que os demais membros apenas figuravam no estatuto.

— Vim falar com Nabuco sobre o projeto de lei que trata da emancipação dos escravos maiores de sessenta anos. Infelizmente ele saiu — disse eu, após cumprimentá-lo.

— Deve ter havido algum engano. Alguns minutos atrás estive com ele. Saí apenas para enviar um telegrama do deputado. Posso garantir que Nabuco estava no gabinete.

— Talvez esteja ocupado. De toda forma, retorno à tarde para falar com ele.

Por que Nabuco me evitava inventando desculpas transmitidas por sua secretária? Comecei a desconfiar de que ele queria me preterir no processo eleitoral para indicar outro candidato para as eleições.

Resolvi retornar para saber qual a verdadeira intenção de Nabuco. Não me deixaria ser enganado por ele, enquanto perdia outras oportunidades que apareciam em minha vida. Se ele pretendia me tirar do jogo, que o fizesse logo, pois eu deixara de fugir Carolina para me candidatar.

A secretária fez uma cara assustada quando me viu novamente.

— Em que posso ajudá-lo? — perguntou com um sorriso amarelo.

— Sei que ele está aí. Não adianta mentir.

— Só um instante, por favor. Aceita água, café ou licor?

Meneei a cabeça, e a secretária entrou na sala de Nabuco.

Após alguns minutos, retornou.

— O deputado está em reunião com André Rebouças e infelizmente não poderá recebê-lo.

— O que tenho para falar com ele pode ser dito na frente de Rebouças. Insisto, pois o assunto é urgente.

— Peço que retorne outro dia. O deputado está com a agenda cheia.

Ignorei a recomendação da secretária e entrei na sala de Nabuco. Ela ainda tentou me impedir educadamente, mas já não era possível. Nabuco e Rebouças interromperam a conversa e me olharam, atônitos.

— Por que evita me receber? — perguntei.

— Apenas estou ocupado, em reunião, como pode notar — respondeu Nabuco.

— Sou membro da Sociedade Brasileira contra a Escravidão, poderia muito bem ser recebido nessa oportunidade.

— Tudo bem. Não adianta me valer de subterfúgios, vou lhe dizer o que realmente ocorreu. Você nos decepcionou; decepcionou todos os membros e simpatizantes da Sociedade Brasileira contra a Escravidão.

Sorri ironicamente.

— Quer um pretexto para me excluir do processo eleitoral, não é? Pretende ser o único protagonista da causa da abolição. — Com o indicador em riste em sua direção, prossegui: — Esse movimento não lhe pertence, é de todos nós, inclusive meu.

— Foi você mesmo que se excluiu do processo eleitoral. — Nabuco jogou um jornal sobre a mesa. — Leia este artigo publicado em destaque na *Gazeta de Notícias*.

O artigo foi escrito por um tal de Lélio. O jornal começou a tremer em minhas mãos à medida que eu lia o texto. Intitulado "As Contradições de um Abolicionista Branco", o artigo de página inteira discorria sobre minha vida. Iniciava afirmando que estudei no colégio mais tradicional do Império, o Pedro II, e que terminei minha formação em Coimbra e na Sorbonne. Porém, tanta instrução não fora capaz de construir um caráter honrado. Dizia que, desde que voltei para o Brasil, forças políticas me puseram em cargos privilegiados sem merecimento algum e trazendo pouco resultado com relação ao que o Estado me pagava. Na sequência, sustentava que, embora eu tenha alardeado a todos os cantos que fui primordial na aprovação da Lei do Ventre Livre, não passava de um carregador de pastas do Visconde do Rio Branco.

O texto indicava minha pretensão de começar uma carreira política própria como deputado com apoio dos abolicionistas. Uma grande contradição, já que eu era um dos maiores proprietários de escravos do Brasil. Revelava que eu havia integrado uma sociedade presidida pelo deputado Joaquim Nabuco para impedir reformas estruturantes na questão servil e para manter a condição de negros como escravos. Ao final, concluía que eu era apenas uma figura dentre tantas outras no movimento abolicionista, sem legitimidade alguma para a causa, que queriam manter o *status quo* e obter dividendos políticos.

Deixei o jornal cair no chão e procurei uma cadeira para me sentar. Após anos de trabalho para conseguir um indicação política para concorrer à Câmara dos Deputados, um jornalista destruíra todas as minhas pretensões. As portas do partido liberal pareciam se fechar para mim. Como nos últimos tempos tinha me atrelado fortemente aos liberais, não haveria tempo hábil até as eleições de me aproximar do partido conservador e viabilizar minha candidatura.

— Posso me justificar — disse eu, com a voz trêmula.

— Não precisa, já entendemos bem o que houve — retrucou Nabuco.

— Herdei os escravos de meu pai. Vou fazer uma nota de repúdio a essa publicação nos principais jornais do Rio de Janeiro e em pouco tempo tudo será esquecido. O brasileiro tem memória curta. Peço apenas que tenham um pouco de paciência para que eu possa refazer minha imagem.

— Impossível. Esse fato não apenas o desmoraliza, mas macula a imagem de todos nós da Sociedade Brasileira contra a Escravidão. Agora suspeitam que nossa entidade foi criada para impedir reformas estruturantes no regime escravista. Seu erro é irremediável.

— Não me venha com falso moralismo. Nunca foi segredo que meu pai era um grande proprietário de escravos, e ninguém apresentou qualquer objeção quanto a isso.

— Tínhamos imaginado que você poderia figurar como um modelo de superação: o filho de um escravocrata que se negava a apoiar a condição a que eram submetidos os negros. Mas como manteve esse regime odioso em suas fazendas, mesmo após a morte de seu pai, perdeu toda a credibilidade. Hoje você é um dos maiores proprietários de escravos do país. Não posso deixar que macule a imagem de todo um movimento. Peço que se retire desta sala e não mais nos procure.

No dia seguinte, José do Patrocínio, abolicionista fervoroso e com mais legitimidade que Nabuco por ser negro, publicou na *Gazeta da Tarde* um artigo me apedrejando. Dizia que gente como eu merecia a morte por utilizar as instituições para promover seus próprios interesses, especialmente para salvaguardar a posse dos negros de minha propriedade.

No mesmo dia, *O Abolicionista*, jornal da Sociedade Brasileira contra a Escravidão, divulgou uma nota de esclarecimento, assinada por Joaquim Nabuco, André Rebouças e demais membros da instituição, informando que eu fora sumariamente expulso e que repudiavam veementemente minha atitude vil de ingressar no movimento para me beneficiar. Finalizaram afirmando que não esmoreceriam diante de pessoas desonradas, como eu, que chamuscavam a imagem da causa abolicionista.

Outros aproveitaram-se de minha condição fragilizada para me destruir tanto na política quanto no meio artístico, e até mesmo entre alguns cafeicultores, que sempre questionaram minha postura progressista.

Para arejar a mente, fui à Livraria Garnier me encontrar com Artur Napoleão. Quando cheguei ao local, percebi que as pessoas cochichavam ao me ver, algumas viravam o rosto, outras me encaravam balançando a cabeça negativamente. Senti-me um pária, um anticristo, um tigre, alguém que todos repugnavam.

Encontrei-me com Artur no balcão e pedi um conhaque a Garnier. O livreiro hesitou em me atender. Olhou para mim e Artur de cima a baixo. Deixei uns cobres no balcão, e ele acabou me servindo. Entre escarrar num famigerado e receber alguns trocados pela bebida, preferiu aceitar meu dinheiro.

— Soube o que lhe aconteceu. Só um canalha seria capaz de publicar algo daquela natureza — afirmou Artur.

— Suspeito que tenha um dedo de Machado de Assis nessa história.

— Não creio, ele não romperia o acordo que fizeram para que ficasse longe de Carolina.

— Sei não. — Dei uma golada.

— Outras pessoas podem ter obtido a informação de que você possui essa quantidade absurda de escravos em São Paulo. Os políticos têm informantes para descobrir coisas sobre seus adversários e depois chantageá-los.

— Só quem tocou nesse assunto comigo foi Machado de Assis. Se houvesse outra pessoa interessada em me destruir, teria tentado me extorquir antes.

— Não duvido que o próprio Joaquim Nabuco esteja por trás disso. Ele quer todas as atenções para si. Sabia que você se destacaria na Câmara dos Deputados e poderia ofuscar seu brilho.

— Talvez você tenha razão, tantas pessoas podem querer acabar comigo que nem sei se Machado agiu nessa questão.

Pedi mais duas doses a Garnier, que, mais uma vez, só me serviu depois do pagamento.

— De toda sorte — prossegui após virar outro copo —, vou voltar a procurar Carolina.

— Não faça isso. Essa sua teimosia em se meter com uma mulher casada já causou muita confusão. Procure alguém mais jovem e que possa lhe dar herdeiros. Você já está numa idade em que não pode errar, senão não arrumará mais ninguém para se casar.

— Estou concentrado em meus objetivos e não vou deixar passar essa oportunidade. Agora que fui alijado das eleições, não há mais nada que me impeça de fugir com Carolina para Portugal.

Nesse momento, Sílvio Romero chegou à livraria e se aproximou do balcão. Pediu uma cerveja a Garnier, que o atendeu de pronto.

— Li tudo o que foi dito a seu respeito nos jornais — comentou Romero, tomando um gole da bebida. — Muita hipocrisia por parte dos que o criticam. Todos fazemos parte dessa sociedade baseada no trabalho escravo e acabamos sendo coniventes. Cada qual tem uma mucama cuidando da casa, um negro para tratar do coche e dos cavalos, e todos nós consumimos serviços e produtos que são frutos do trabalho servil. A escravidão está encravada em nossa cultura e sociedade, e continuará assim por muito tempo.

Apenas sorri.

— Você tem que se vingar do sujeito que escreveu o artigo.

— Se soubesse quem é esse tal de Lélio...

— Não sabe? — perguntou Romero com uma gargalhada irônica. Fiz que não com a cabeça.

— Todos sabem que Lélio é o pseudônimo que Machado de Assis utiliza para atacar as pessoas na *Gazeta de Notícias*.

CAPÍTULO 30

NADA MAIS ME PRENDIA AO RIO DE JANEIRO. SÓ PRECISAVA convencer novamente Carolina a deixar o marido e fugir comigo. Receava que ela não mais aceitasse a proposta, pois eu a decepcionara mais uma vez. Preterira meus planos com ela por uma carreira política que nem sequer se concretizou. Dessa vez não pedi a nenhum moleque para vigiar a casa; fui pessoalmente procurá-la. Com minha carreira política arruinada, não precisava de maiores cautelas para me encontrar com Carolina.

Acendi um charuto à sombra da árvore esperando Machado sair para o trabalho no Ministério. Não tardou muito, e ele apareceu à porta usando terno preto e cartola. Costumava caminhar compenetrado, sem prestar atenção aos que estavam a sua volta. Fui acompanhando seu percurso com os olhos até o ponto em que minha visão não o distinguia mais.

Atravessei a rua e bati à porta. Carolina não apareceu. Escutei barulhos dentro da casa. Havia alguém lá dentro. Após a segunda batida, a porta se abriu. Uma mulher negra apareceu. Assustei-me e dei dois passos para trás. Esperava que Carolina viesse me receber.

— O que o senhor quer? — perguntou.

Eu não conseguia falar nada, apenas olhava fixamente para a mucama.

— Gostaria de falar com Machado de Assis — disse, inventando uma desculpa para estar ali.

— Ele saiu para trabalhar, só volta ao final da tarde.

Ouvi os passos de mais uma pessoa se aproximando.

— Quem está aí, Nhá? — perguntou uma voz feminina que logo reconheci.

Carolina se aproximou da porta.

— Deixe que eu atendo, pode voltar a seus afazeres na cozinha — ordenou ela.

Quando a negra nos deixou, Carolina me puxou pelo braço e fechou a porta.

— Está louco? — perguntou baixinho, quase sussurrando. — Vir me procurar aqui na minha casa? Alguém pode vê-lo da rua, Machadinho pode voltar mais cedo, Nhá pode nos entregar, tanta coisa ruim pode acontecer...

— Precisava falar com você, e não havia outra maneira.

— Deveria ter combinado de me encontrar na Igreja da Glória como da outra vez, ou em qualquer lugar que não fosse minha casa.

— Tenha calma, ninguém me viu chegando. Machado comprou essa escrava para ajudar nas tarefas domésticas?

— Não. Ela recebe um pequeno ordenado. Machadinho a contratou para me fazer companhia e me auxiliar, mas suspeito que a tenha mandado me vigiar para avisar se saí de casa ou se recebi visitas. — Carolina respirou fundo e continuou: — Caso descubra que você apareceu aqui, ele publicará aquelas informações sobre seus escravos nos jornais e destruirá sua carreira política.

— Você não leu jornais nos últimos dias?

— Desde que li no *Corsário* que meu marido mantinha uma amante, não quis saber mais de jornais.

— Pois seu marido publicou na *Gazeta de Notícias*, com o pseudônimo Lélio, um artigo acabando comigo, inclusive com detalhes de toda minha trajetória que só ele sabia.

— Ele não seria capaz disso. Se lhe prometeu que não publicaria nada a seu respeito, acho que não o fez.

— Soube, por intermédio de uma fonte fidedigna, na Livraria Garnier, que Lélio é um pseudônimo usado comumente por Machado de Assis.

— Não sei não. Apesar de seus defeitos, ele costuma cumprir com sua palavra. Acho que não romperia o acordo.

Pigarreei e quase me engasguei com minha própria saliva. Só Carolina não enxergava o caráter mesquinho de Machado de Assis. Como percebi que ela não acreditaria em mim, preferi não insistir no assunto.

— O fato é que minha carreira política não existe mais. Não há impedimento para que possamos ficar juntos.

Tentei pegar em sua mão, mas ela afastou.

— Não sou um brinquedo que está disponível sempre que desejar. Arrisquei meu casamento e minha reputação, ao passo que você, Pedro, não foi capaz de deixar nada por mim. No primeiro obstáculo, preferiu continuar na carreira política a ficar comigo.

A mucama veio da cozinha com um bule de café e bolo ainda quente. Olhou fixamente para mim e nos serviu uma xícara de café. Ainda aguardou alguns instantes, como se observasse o que falávamos e como agíamos um com o outro. Carolina ficou em silêncio durante todo o período em que a criada esteve na sala.

— Acho melhor você ir embora — disse-me, depois que a mucama saiu. — Não confio nessa mulher. Ela sempre me olha misteriosamente como se desconfiasse de mim a todo momento.

— Só vou sair quando você tiver ouvido o que tenho a lhe falar. — Tentei mais uma vez segurar sua mão, mas Carolina não permitiu. — Prometo que nunca mais a deixarei. Nada que ocorra vai nos separar de novo. Assim que estiver de acordo, compro nossas passagens para Portugal. Iremos viver num lugar onde ninguém poderá nos recriminar ou impedir que nosso amor se concretize.

Carolina me encarou com um olhar reticente.

— Ainda não sei se posso confiar em você. Tenho muito medo.

— Acredite em mim, pelo menos uma vez.

— Já depositei todas as minhas esperanças em você por duas vezes e me decepcionei. Receio ser deixada mais uma vez. E o que é pior, depois de ter abandonado meu marido e já estiver falada aos quatro cantos do Rio de Janeiro.

— Pode ficar segura de que isso não acontecerá. Não há nada que eu deseje mais do que ficar com você.

— Não posso lhe dar uma resposta agora. Preciso pensar melhor a respeito de minha vida, de meu casamento, ver se vale a pena arriscar. Há muita coisa em jogo. Agora, por favor, vá embora. Machadinho pode chegar a qualquer momento.

Esperei um tempo para procurar Carolina de novo. Ela precisava ponderar sobre sua vida e decidir se queria viver comigo ou continuar sofrendo num casamento de aparência. Hesitei em pressioná-la a aceitar minha proposta de fugir, pois temia que me descartasse de vez, antes de amadurecer a ideia.

Para minha surpresa, não foi preciso procurá-la para obter uma resposta. Ela mesma veio a meu encontro. Chegou a minha casa com expressão de cansaço no rosto. Acomodou-se no sofá e começou a chorar.

— O que houve? — perguntei.

Carolina não respondia, apenas soluçava. Peguei um copo de água e tentei confortá-la encostando sua cabeça em meu ombro.

Após alguns segundos, insisti para que me contasse o que a afligia.

— Você tinha razão — disse ela, ainda com a voz embargada. — Machado não merece confiança. Enganei-me todo esse tempo, achando que ele era um homem de palavra, que honrava seus compromissos. Mas estava completamente enganada.

— Às vezes não enxergamos o óbvio a nossa frente. Ainda bem que abriu seus olhos para conhecer o caráter do homem com quem se casou.

— Depois que você me falou que Machado era o autor do artigo publicado na *Gazeta de Notícias*, fui procurar em seu gabinete algo que pudesse inocentá-lo. Não acreditei em você, achava que ele não seria capaz de fazer uma crueldade daquela. Vasculhei seus manuscritos espalhados sobre a mesa. Encontrei então algumas folhas rabiscadas assinadas com o nome Lélio. Eram todas as versões de artigos com difamações diferentes contra você. Não sei se eram rascunhos do texto já publicado ou se são novos artigos que ele tem intenção de publicar no futuro. Um deles denunciava nosso caso. Nunca imaginei que ele fosse capaz de fazer algo dessa natureza. Ocultar-se diante de um pseudônimo para denegrir a imagem da própria esposa.

Carolina parecia desolada. Para tentar acalmá-la, servi-lhe uma dose de licor de jabuticaba e pus um pouco de conhaque para mim.

— Essas atitudes de Machado não me surpreendem. Só demonstram que ele pode fazer qualquer coisa para me destruir, inclusive acabar com sua reputação, se necessário. Acho que ele pretende, sim, publicar novos artigos contra mim.

— Não posso mais continuar me encontrando com você às escondidas. Temo que Machado descubra nosso caso a qualquer momento. — Carolina tomou o licor e continuou: — No dia seguinte ao de sua visita, ele veio me perguntar quem tinha ido a nossa casa. Nhá entregara que um homem nos visitou quando ele estava no trabalho.

— Ele soube que fui eu?

— Não, inventei que era Artur Napoleão que o procurava. Ele me fez algumas perguntas e pareceu não acreditar em mim. A sorte é que Nhá não conhecia você nem Artur e não escutou seu nome. Depois disso, Nhá não tira os olhos de mim. Acredito que por orientação dele. Aproveitei que ela foi à feira comprar verduras para vir aqui.

Caminhei até a janela para fumar um charuto, tentar relaxar e tomar um pouco de ar fresco. Estava enojado só em pensar que Machado poderia publicar um artigo revelando a traição da própria mulher. Tinha vontade de procurá-lo para resolver o assunto de homem para homem.

— Minha vida em comum com meu marido chegou a um ponto insuportável — revelou Carolina, interrompendo meus pensamentos. — Ele não confia mais em mim, e tampouco acredito nele. Dividimos o mesmo teto apenas para manter as aparências. Preciso terminar esse casamento antes que aconteça uma tragédia.

Carolina cobriu o rosto com as mãos e voltou a chorar. Joguei o charuto pela janela. Sentei-me a seu lado no sofá, afastei os cabelos molhados de lágrimas que cobriam seus olhos e lhe dei um beijo na testa.

— Vamos terminar com isso de vez — disse eu. — Embarque comigo para Portugal, e estará tudo resolvido.

— Para você é fácil, não é casado e não tem ninguém que o prenda neste país. Basta arrumar as malas e partir no dia seguinte.

— Não é só você que tem algo a perder. Estou disposto a largar tudo que possuo para ficar com você. Deixarei para trás todo meu conforto, as fazendas, os escravos, o prestígio para ir morar num país que não é o meu.

— Cheguei aqui ainda em dúvida sobre o que iria fazer da vida, se acabaria com esses encontros furtivos de uma vez ou se fugiria com você.

— Ela fez uma pausa misteriosa, bebeu mais uma taça de licor e prosseguiu: — Vou jogar tudo para o alto e embarcarei nessa paixão que me corroeu por todos esses anos. Retornaremos para Portugal, de onde nunca deveríamos ter saído. Não vamos mais ficar longe um do outro.

Eu precisava providenciar os preparativos para a viagem; afinal, não seria fácil deixar tudo e embarcar para outro país. Só tinha receio de como ficariam minhas fazendas. Longe do Brasil, eu não poderia acompanhar de perto o que se passava. Mas já havia deixado escapar a oportunidade de fugir com Carolina uma vez. Não cometeria o mesmo erro novamente. Deixaria tudo nas mãos de meu primo Alírio e partiria para Portugal. Na pior das hipóteses, venderia meus bens e viveria dos rendimentos da fortuna aplicada.

— Tenho que ir — disse Carolina. — Nhá sentirá minha falta e contará a Machado que me ausentei por um longo período. Não posso alimentar desconfianças logo agora que estou tão perto de ficar com você.

Na hora de me despedir de Carolina, beijei-a intensamente. Ela tentou resistir dizendo que precisava ir embora. Tirei suas roupas e fizemos amor ali mesmo no sofá da sala de estar.

CAPÍTULO 31

O FATO DE CAROLINA TER ACEITADO FUGIR COMIGO PARA outro país merecia uma comemoração. Marquei com Artur Napoleão no Alcazar minha despedida de solteiro. Embora não fosse me casar formalmente com toda pompa que a ocasião exigia, deixaria minha vida de boêmio e finalmente constituiria uma família própria.

Vesti minha melhor roupa, um traje clássico preto com uma cartola da mesma cor, calcei um sapato inglês e passei um bom perfume francês. Depois da conversa com Artur, queria passar minha última noite com Joana antes de deixar o Brasil.

Quando cheguei ao Alcazar, o afeminado me olhou da cabeça aos pés e elogiou minha elegância. Parecia ter bom gosto. Pediu-me que aguardasse na recepção da casa. Em minha última visita, agira da mesma forma para não revelar que meu camarote estava ocupado por Sílvio Romero. Justo em minha derradeira passada no Alcazar, estaria Romero com Joana sentada em seu colo? Só de imaginar, eu sentia uma acidez no estômago.

Após alguns minutos de espera, o afeminado me conduziu por entre as mesas do salão. Fechei a cara. Para minha surpresa, ele me levou ao camarote. A mesa estava arrumada com velas, uma garrafa de conhaque, cerca de dez charutos e uma bandeja com diversos aperitivos como torresmos e linguiças.

— Da última vez, o senhor ficou decepcionado conosco. Então, preparei o camarote com tudo que costuma consumir no Alcazar.

— Estão faltando apenas as mulheres — observei, gargalhando.

— Vou providenciar.

— Agora não, antes quero conversar um pouco em particular com meu amigo Artur Napoleão.

O afeminado ficou com a mão estendida aguardando a gorjeta. Retirei um maço de dinheiro do bolso e lhe dei cem mil-réis. Por tamanha produção, ele fazia jus a uma gratificação generosa.

Após dois charutos queimados, cinco doses de conhaque ingeridas e alguns torresmos mastigados, Artur chegou para me acompanhar. Levantei-me da cadeira e lhe dei um forte abraço. Nem havia ido embora e já antecipava saudades de meu velho amigo.

— Carolina confirmou que o verdadeiro Lélio é o pseudônimo de Machado de Assis — informei. — Ela encontrou os manuscritos rascunhados do artigo no escritório do marido.

Artur arregalou os olhos e bebeu dois copos de conhaque. Em seguida, baixou a cabeça e a abanou em sinal de reprovação.

— Nunca imaginei que ele fosse capaz de fazer algo dessa natureza. Só pode ter sido uma situação de extremo desespero. Ele temia perder a mulher para você e estava disposto a qualquer coisa para impedir que isso acontecesse.

— E o que é pior, ele escreveu um texto revelando meu romance com Carolina. — Bebi uma dose e prossegui: — Como pode fazer isso com a própria esposa? Mas o veneno se voltou contra ele, Carolina não suporta mais viver com o marido.

— Ela vai deixar Machado?

Assenti com a cabeça.

— Meu Deus, como ela vai fazer para anular o casamento? Usará sua tese absurda de infertilidade?

— Espero que mantenha sigilo dessa nossa conversa, pois somente você terá conhecimento de nosso plano.

— Pode confiar em mim.

— Vamos resolver da forma mais rápida e indolor possível. Fugiremos para Portugal assim que sanarmos algumas pendências. A situação de Carolina e Machado se tornou insustentável, não dá mais para continuar da forma que está.

— Estão prestes a cometer a maior loucura de suas vidas. Imaginaram a repercussão desse escândalo no Rio? Nunca mais poderão voltar.

— Já refletimos sobre o assunto. A decisão é definitiva. Acabaremos sendo descobertos se continuarmos com esses encontros na surdina. Melhor resolver isso o quanto antes.

Acendi um charuto para Artur e lhe servi mais uma dose de conhaque para que relaxasse.

— Preciso que nos ajude — prossegui, colocando a mão em seu ombro.

— Ah, não! De jeito nenhum. Não me meta mais em suas confusões. Não adianta insistir.

— Não será nada que exija muito esforço. Preciso apenas que faça uma visita a Machado de Assis em seu trabalho no dia da viagem para impedir que ele volte para casa. O Ministério fica próximo ao Cais Pharoux. É preciso ter cuidado. Detenha-o o máximo que puder no local para não sermos descobertos no momento do embarque.

— Ele descobrirá que fiz parte desse plano com o qual não concordo.

— Você ajudará dois grandes amigos que se amam a finalmente viverem juntos. Não pode nos abandonar agora. Você fez parte de nossa história desde quando nos conhecemos em Portugal, acompanhou Carolina na vinda para o Brasil, ajudou em nosso reencontro.

— Procure outra pessoa.

— Não tenho ninguém de confiança para me ajudar. É a última vez que lhe peço algo dessa natureza.

— Vou pensar no caso. Mas não prometo nada.

— Sabia que podia contar com você.

Artur Napoleão balançou a cabeça em sinal negativo. Ele sempre se recusava a me auxiliar nas aventuras com Carolina, mas bastava um pouco de insistência para dizer que iria pensar e, quando falava isso, significava que havia cedido.

O afeminado apareceu no camarote, interrompendo nossa conversa. Perguntou se precisávamos de algo.

— Quero que traga Joana — pedi.

— Infelizmente não é possível. Posso trazer outras mulheres mais jovens e mais bonitas.

— Você sabe que sempre quero a companhia de Joana. Ela está com outro homem?

— Na verdade, Joana nos deixou. Disse que não queria envelhecer tendo essa vida de cocote aqui no Alcazar. Dei-lhe algum dinheiro para que ela pudesse se virar até arrumar um emprego. Só não sei que tipo de trabalho uma meretriz consegue depois de largar o ofício.

— Tem notícias de onde ela está agora?

— Não, mas esqueça Joana. Posso trazer outra mulher para lhe fazer companhia?

Balancei a cabeça negativamente.

Fiquei preocupado com a situação de Joana. Eu lhe prometera um auxílio para que deixasse o Alcazar, mas ela não me procurou. Temia que tivesse o mesmo destino de prostitutas que envelheciam e iam trabalhar nas ruas, deitando-se com bêbados, estivadores e até com escravos alforriados. Talvez devesse procurá-la para fazer uma última visita e oferecer uma ajuda financeira para que ela pudesse montar um pequeno negócio e não necessitasse realizar trabalhos pesados ou continuar a se prostituir nos becos. O problema era que não tinha sequer ideia de por onde começar a busca. Além do mais, o tempo rareava e eu precisava solucionar algumas questões antes de viajar para Portugal.

Resolvi deixar Joana de lado para me concentrar em meu principal objetivo, que era planejar a fuga com Carolina. Já tinha adversidades demais para resolver.

Tomei a última dose de conhaque e paguei a conta. Havia perdido o ânimo de comemorar minha despedida de solteiro.

Os preparativos foram mais cansativos do que eu esperava. A apenas um dia da viagem, eu comprara as passagens e combinara os detalhes com Carolina. Porém, ainda restavam muitas coisas para resolver, como os bens que deixaria no Brasil, empregados, escravos, dinheiro a levantar e até mesmo as roupas que levaria.

Enviei carta ao primo Alírio informando que precisaria me ausentar do país. Não disse para onde iria, quanto tempo ficaria fora ou o motivo da ausência. À exceção de Artur Napoleão, ninguém tinha conhecimento do plano. Comuniquei a Alírio que ele continuaria na administração das fazendas e de todos os bens, e que lhe enviaria, em breve, os dados para que pudesse me repassar o dinheiro para meu sustento. Dois contos por mês eram suficientes para me virar.

Além de tudo, precisava despistar a mucama Nhá para que ela não frustrasse a fuga. Ela parecia um cão de guarda treinado por Machado para ficar atrás de Carolina. O único momento em que se afastava era bem cedo quando ia fazer compras na feira. Carolina tinha que aproveitar esse período para deixar a casa com suas malas.

Para auxiliá-la, chamei o moleque que já prestara alguns serviços para mim. Ele levaria as malas até um coche que havia sido contratado e a acompanharia até o Cais Pharoux.

Planejei encontrar-me com Carolina apenas na lancha a vapor que nos levaria ao navio. Ninguém podia nos ver juntos. Caso me reconhecessem, planejei dizer que passaria umas férias curtas na Europa. Se encontrassem Carolina, ela diria que faria uma visita ao irmão Miguel em Portugal.

Pedi à preta que trabalhava em minha casa que fizesse minhas malas e colocasse minhas melhores roupas lá, o resto poderia ficar com ela. Também não lhe informei minúcias da viagem, disse-lhe apenas que a casa ficaria desocupada e que talvez viesse a ser vendida ou alugada.

Para me manter até começar a receber as remessas de Alírio, retirei do Banco do Brasil minhas economias que, para minha surpresa, não dariam para me virar por mais de três meses. Eu recebia um bom dinheiro, mas também gastava muito. Não havia tempo para pedir a meu primo que enviasse dinheiro ou vendesse um imóvel.

Com esses parcos recursos, temia passar necessidades fora do país com Carolina. Resolvi me dirigir à Caixa Econômica da Corte para deixar em penhor joias que herdei da família, algumas, inclusive, de minha finada mãe. Depois pediria a Alírio para resgatá-las.

Ao final da tarde, depois de ter resolvido praticamente todas as pendências, cheguei em casa esgotado. Peguei uma garrafa de conhaque e um charuto, sentei-me no sofá, tirei os sapatos e estendi os pés sobre a mesa de centro. Acendi um havana e bebi no gargalo da garrafa. Não conseguia parar de pensar no dia seguinte. Receava que algo desse errado. Tudo tinha que funcionar perfeitamente para que o plano não falhasse.

Alguém bateu à porta de minha casa. Pensei que fosse Artur Napoleão para se despedir de mim, ou talvez Joana, que teria tomado conhecimento de minha viagem. Quando abri a porta, deparei com Carolina. Seus cabelos estavam ligeiramente assanhados, o rosto úmido de suor, e os olhos arregalados. Sem me cumprimentar, entrou e sentou-se no sofá.

Ofereci-lhe algo para beber, mas ela recusou.

— Não tenho certeza de que faremos a coisa certa amanhã — disse ela. — Estou com muito medo.

Sentei-me a seu lado e alisei sua face.

— Fique tranquila, vai dar tudo certo — garanti, tentando passar confiança, mesmo não estando seguro de que tudo transcorreria bem. — Já está tudo combinado com o cocheiro, o moleque e Artur Napoleão. Não tem o que dar errado.

— Tenho medo do que pode acontecer amanhã, mas não é só isso. Temo que não tenha feito a escolha certa. Abandonar meu marido e acabar com minha reputação. Vai ser um escândalo, a história será publicada nos jornais mais sensacionalistas. Minha família se envergonhará de mim mais um vez. Já decepcionei meus pais em vida quando me entreguei a você antes da hora e fiquei grávida. Não quero desapontar o resto da família, especialmente Miguel.

— Deixe as pessoas pensarem o que quiserem. Você não pode mais viver com seu marido apenas por aparência. Não tenha dúvidas de que será feliz comigo. Farei o possível para satisfazê-la em todas as suas necessidades.

— Apesar de tudo, ainda tenho carinho por Machadinho. Não quero magoá-lo e expô-lo dessa forma. — Ela fez uma pausa de alguns segundos e prosseguiu: — Vamos adiar essa loucura e pensar melhor.

Levantei-me, peguei o conhaque e comecei a bebê-lo no bico. Caminhei em círculos em volta do sofá em que Carolina estava sentava, pensando no que iria falar. Qualquer palavra mal colocada poderia pôr tudo a perder.

— Depois de tudo preparado, não posso voltar atrás na véspera da viagem. Irei para Portugal com ou sem você. Se não quiser me acompanhar, acho melhor rompermos agora mesmo. Procurarei outro rumo na Europa.

Carolina me olhou assustada, nunca me vira falar com tamanha rispidez.

— Não quero deixar você, mas também não posso abandonar meu marido e fugir do país como uma rameira.

— A viagem de amanhã é irreversível. Eu embarcarei. Não tenho mais nada que me prenda ao Brasil. Meus pais são falecidos, não possuo irmãos, apenas alguns parentes distantes com quem nunca tive muito contato. Na literatura fracassei, pois destruí meu único romance antes de publicá-lo, e a ideia foi roubada por seu esposo. No meio político, sou visto como um traidor que entrou no movimento abolicionista para preservar seus interesses.

Carolina veio a meu encontro e me abraçou. Ficou em silêncio me apertando com força, como se não quisesse se afastar de mim em hipótese alguma.

— Você vai ter que decidir o que quer da vida. Continuar com seu marido e esse casamento de aparências ou viver um grande amor que já foi interrompido uma vez por circunstâncias pelas quais me culpo até hoje.

— Não existe nenhuma possibilidade de adiarmos a viagem?

Sinalizei negativamente com a cabeça.

— Apesar de não estar segura, acho que não seria capaz de deixar você escapar de mim de novo.

Senti-me aliviado com as palavras de Carolina. Aquela sua indecisão me deixara angustiado e com medo de perdê-la. Já imaginava o quanto sofreria em deixar o Brasil e desembarcar em outro país sem mulher, amigo e qualquer perspectiva de uma vida útil.

Também me via vingado. Machado de Assis pagaria por todas as condutas maldosas e covardes que praticara contra mim, desde a infância, quando me invejava e me perseguia, até a fase adulta, em que plagiou meu livro e publicou um artigo destruindo minha carreira política, escondendo-se sob um pseudônimo.

— Acho melhor ir embora para me preparar para a viagem — decidiu-se Carolina.

Ela se despediu de mim com um beijo rápido e superficial nos lábios.

Passei a noite em claro, não consegui dormir, tampouco descansar. A ansiedade tomou conta de minha mente durante toda a madrugada. Terminei de beber a garrafa de conhaque quando Carolina saiu e fumei todos os charutos de meu estoque. Tive sorte por não haver outras bebidas em casa, senão teria enchido a cara até o dia seguinte e não aguentaria acordar cedo para viajar.

A mucama, dispensada na véspera, deixou um café frio com pão adormecido para o desjejum. Consumi tudo depressa para sair o mais rapidamente possível.

O moleque apareceu cedo em minha casa para pegar um adiantamento pelo serviço e informar que ia à casa de Carolina vigiar a saída de Machado de Assis e de Nhá. Em seguida, o cocheiro chegou no horário combinado e levou minhas malas para o carro. Tudo ocorria dentro do previsto e se encaminhava para que o plano fosse concretizado com sucesso.

O trajeto de minha residência até o Cais Pharoux não passava de poucos minutos, mas demorou mais do que nunca. As pedras das ruas malconservadas faziam o coche balançar de um lado para o outro. Às vezes eu pensava que íamos capotar. Os cavalos pareciam nervosos e trotavam saltando mais do que o normal, como se estivessem com birra por trabalhar naquelas estradas. O remelexo misturou o café frio, o pão velho e o conhaque em meu estômago, causando-me náuseas. Pedi ao cocheiro que parasse umas duas vezes para vomitar.

Depois do difícil percurso, finalmente chegamos ao destino. O cocheiro acompanhou-me com minhas malas nas mãos. O local estava bem tumultuado, como de costume. Não seria fácil ser descoberto no meio de tanta gente. Ainda assim, tive o cuidado de levantar as abas do sobretudo até a altura do rosto para não correr o risco de ser identificado.

À medida que andava naquele ambiente, sentia-me mais enojado. Quase vomitei novamente, mas não havia mais nada em meu estômago. O chão enlameado ensopou as meias, sujou os sapatos e a barra da calça. O cheiro mesclava os piores odores que um olfato humano poderia detectar, de peixes, carnes podres, fezes humanas e de animais.

Eu nunca vira tanta gente mal-apessoada num só lugar. Estivadores suados descarregavam produtos vindos de outras partes do país e até do exterior, pescadores fétidos levavam o fruto de seu trabalho para o Mercado do Peixe, prostitutas negras e brancas velhas exibiam suas pernas tomadas pelas varizes em busca de clientes em plena manhã. Havia ainda barulho de todos os lados, vendedores gritando, galinhas cacarejando e pássaros cantando. Se existisse algum lugar que reproduzisse as condições do inferno, seria o Cais Pharoux.

Ouvi uma voz longínqua gritar meu nome. Como alguém poderia me encontrar naquele local? Tentei fingir que não era comigo e pedi ao cocheiro que apressasse o passo para chegarmos logo à lancha. Não podia ser descoberto por ninguém logo agora.

Quando cheguei próximo ao mar, respirei profundo e olhei a meu redor. Não vi ninguém me seguindo. Parecia que conseguira me livrar da pessoa que me identificara. Tirei o relógio e olhei a hora. Ainda era cedo, provavelmente Carolina demoraria algum tempo para chegar.

Sentei-me sobre uma das malas e fiquei contemplando o movimento das águas da baía de Guanabara, poluída pelas inúmeras embarcações que transitavam no local. Senti alguém bater a minhas costas. Quando me virei, dei de cara com Sílvio Romero.

— Há tempo que grito seu nome e você não me olha. Tive que vir correndo para falar com você. O que faz aqui?

— Estou esperando uma pessoa desembarcar.

— E essa mala em que está sentado?

Era a deixa para acionar a desculpa que tinha inventado para o caso de encontrar algum conhecido. Mas, naquele momento de nervosismo, soltei uma mentira despropositada na qual jamais acreditariam.

— Na verdade — disse, tentando consertar —, vou passar um tempo na Europa, mas não queria que ninguém soubesse. Vão achar que estou fugindo da perseguição daqueles que me caluniam, especialmente após a publicação do artigo do canalha do Machado de Assis.

— Estou preparando um novo livro para destruir aquele mulato de vez. Vim atrás de você, pois queria que lesse os manuscritos para me informar se há algo a acrescentar, já que o conhece desde a infância.

— Infelizmente não poderei auxiliá-lo neste momento.

— Quando retornar, entre em contato. Talvez ainda não tenha publicado o livro e você possa contribuir com algo. Agora tenho que ir. Vim ao cais apenas receber um amigo do Recife.

Tirei o relógio do bolso mais uma vez. Carolina já devia ter chegado. Comecei a me preocupar. Será que Machado não fora trabalhar? E se Nhá não houvesse saído para fazer compras como de costume? Teria Carolina sido descoberta no caminho para o cais?

As incertezas fizeram meu estômago voltar a embrulhar. Senti um calafrio, com as mãos e os pés suados. As náuseas vieram, mas não conseguia vomitar. Enfiei o dedo na garganta, mas só saía ar de minhas entranhas. Pedi ao cocheiro para providenciar um pouco de água. Enquanto isso, tirei do sobretudo um lenço de seda branco para enxugar a umidade do rosto.

O cocheiro trouxe água com açúcar e me abanou com um pedaço de madeira que encontrou no cais. Depois que ingeri a solução, senti um alívio, e as náuseas foram abrandando. Sentei-me na mala novamente, acalmei a respiração e fechei os olhos.

Consegui tirar um cochilo sentado por alguns minutos, mas acordei com o grito de um marinheiro convocando os passageiros de primeira classe que embarcariam no navio para Lisboa a entrar na lancha. Assustado, olhei para os lados à procura de Carolina, mas nenhum sinal dela. Pedi ao cocheiro para verificar se seria possível aguardar uma passageira chegar.

O cocheiro retornou informando que o marinheiro levaria uma parte dos passageiros da primeira classe até o navio e voltaria para pegar os viajantes de segunda e terceira classe. Seria o último traslado antes de deixar o Rio de Janeiro; quem não estivesse pronto para embarcar, perderia a viagem.

Eu precisava procurar Carolina antes que o marinheiro retornasse para pegar os últimos passageiros. Pedi ao cocheiro para olhar minhas malas e fui atrás dela correndo. Apertei a barriga com a mão para aliviar a dor.

Encontrar alguém no Cais Pharoux seria uma tarefa difícil. As pessoas passavam abalroando umas nas outras. Cachorros, porcos, bodes e cavalos se juntavam àquele tumulto. Eu me aproximava de toda mulher que via, mas nenhuma era minha Carolina.

Fui ao encontro do cocheiro e minhas malas. Para meu desespero, a lancha havia retornado para pegar os últimos passageiros. Tirei uns cinquenta mil-réis do bolso e entreguei ao cocheiro para que repassasse ao marinheiro e pedisse que me esperasse. O marinheiro recebeu de bom grado a gorjeta, mas só deu quinze minutos para eu embarcar.

Resolvi voltar correndo ao local em que o cocheiro deixara o carro. A angústia foi tamanha que esqueci a dor no estômago que me atormentava. Assim que cheguei ao espaço em que se paravam os carros, avistei o moleque descendo de um coche. Apressei o passo, empurrei o menino para tirá-lo da frente e abri a porta do carro. Não havia mais ninguém lá.

Peguei o moleque pela gola da camisa e o suspendi.

— Onde está Carolina?

O moleque começou a tremer.

— Diga o que houve.

— Quando entrei na casa, ela chorava — respondeu o moleque, gaguejando. — Perguntei pelas malas e ela disse que não tinha arrumado nada. Pediu desculpas e falou que não podia fugir daquela forma, como uma bandida.

— Por que não a trouxe à força?

— Sou só um menino, não posso carregar ninguém contra a vontade, não.

— Eu devia ter arrumado um homem de verdade para resolver isso.

Larguei a gola do infeliz.

— E o restante do pagamento?

Dei um tapa no pé do ouvido daquele insolente, que caiu no chão de cara na lama.

Embarcar naquele momento significaria abrir mão de Carolina em definitivo e deixar que ela voltasse a conviver em harmonia com Machado de Assis. Depois de tantas derrotas, aquela seria a derradeira, pois, se viajasse, provavelmente nunca mais a veria. Ir atrás de Carolina não seria garantia de conseguir que ela voltasse a se relacionar comigo, tampouco de convencê-la a deixar o marido. Ela poderia enrolar e me deixar esperando no cais mais uma vez. Estava cansado dessa indefinição. Eu passava dos trinta anos e não poderia me prender aos caprichos de uma mulher casada; precisava resolver minha vida, constituir família, fazer herdeiros. Por mais que gostasse dela, não tinha certeza de que valeria a pena abrir mão de tudo.

Retornei ao local de partida da lancha. Para minha sorte, o marinheiro não havia me deixado. Molhei sua mão com mais alguns mil-réis. Os passageiros de segunda e terceira classe reclamaram de meu atraso, mas não lhes dei ouvidos. O balanço da lancha renovou meus enjoos e vomitei dentro da pequena embarcação aos pés de todos. Não me dei ao trabalho de despejar meus excrementos na baía de Guanabara.

CAPÍTULO 32

VIAJEI DURANTE DUAS SEMANAS NO NAVIO. EMBORA TIvesse ficado na primeira classe, numa cabine privativa com refeições fartas, pães frescos, cereais, carne seca e peixe salgado, senti desconforto estomacal da baía de Guanabara até o estuário do rio Tejo. Vômito, diarreia e febre foram constantes. Cheguei esquálido a Portugal, havia perdido quase dez quilos.

Em Lisboa, instalei-me num hotel confortável por alguns dias até alugar uma casa. Por melhores que fossem as instalações de um hotel, nada se comparava ao sentimento de lar que uma residência proporcionava. Na segunda semana fora do Brasil, aluguei um pequeno apartamento no Chiado.

Os primeiros dias foram difíceis. Eu andava pelas ruas em busca de uma pessoa para compartilhar uma ideia, mas não conseguia manter uma conversa de mais de três frases com ninguém. Embora tivesse morado por anos na cidade do Porto, esquecera que a maioria dos portugueses era incapaz de manter um diálogo mais longo com um estranho.

Os cabarés de Lisboa também não tinham o mesmo charme do Alcazar. Havia mulheres brancas e algumas negras vindas das colônias portuguesas, mas nem de longe tinham a sensualidade da mulata brasileira. Comecei a pensar na falta que Joana me fazia. Sempre que comparecia ao Alcazar abatido com minhas frustrações, ela me recebia com alegria e cheia de amor para dar.

Para minha sorte, encontrei uma taverna na rua Garrett, próximo a minha casa. O estabelecimento tinha como proprietário José Antônio, um português que morara mais de vinte anos no Brasil, negociando café. Depois de levar um calote de um comerciante inglês, abriu falência e retornou a Portugal com pouco dinheiro e muitas dívidas. Com os parcos recursos que lhe restaram, só conseguiu comprar uma taverna decadente no Chiado.

Apesar de simples, o local servia uma comida boa, café paulista e a legítima feijoada carioca, o que me dava uma sensação de proximidade com o Rio de Janeiro. Tornou-se um ponto de encontro de brasileiros e portugueses que residiram no Brasil para discutir política e literatura do país.

Numa manhã de tédio, fui à taverna ainda cedo. Tomei um café, acompanhado de pão, queijo e embutidos. Abri os jornais e comentei as notícias com José Antônio. Logo depois, ele me serviu uma dose de conhaque. Bebi até meio-dia. Parei apenas para almoçar a feijoada preparada por sua esposa. Em seguida, chupei umas laranjas para fazer a digestão e voltei a beber.

Abri um caderno com anotações para começar a escrever um artigo que seria minha defesa daqueles que me atacaram por manter escravos em minhas fazendas. Aproveitei a oportunidade para denunciar o falso moralismo de Machado de Assis. Forjei uma história de que em sua casa trabalhava uma preta que ele costumava açoitar. Os fatos não precisavam ser verdadeiros, apenas verossímeis o suficiente para causar um estrago em sua imagem.

Após rabiscar, amassar e jogar no lixo diversas folhas de caderno, fiquei pensando para que jornal enviaria o texto. Seria difícil encontrar algum que publicasse meu artigo, ainda mais com aquelas acusações sem provas contra Machado, que gozava de certa credibilidade e respeito na imprensa carioca.

O único veículo de comunicação que poderia publicar seria *O Corsário*, de Apulco de Castro, o mesmo que revelara a amante de Machado. Mas o jornal não existia mais. Apulco fora assassinado por militares à paisana, após uma publicação indecorosa cobrando uma dívida de bar de um oficial do Exército brasileiro.

Depois de pensar nas dificuldades em veicular meu texto, resolvi desistir da ideia de limpar minha imagem no Brasil. Joguei o caderno inteiro no lixo junto com a pena de escrever.

Sem ter o que fazer nem com quem conversar, já que José Antônio estava ocupado servindo outros clientes, concentrei-me na bebida. Bebi uma dose seguida da outra até adormecer sentado à mesa da taverna.

Devo ter dormido umas duas ou três horas, talvez até mais. Acordei com uma cutucada na lateral da barriga. Tomei um susto e pulei da cadeira. José Antônio gargalhou.

— Traga mais uma dose de conhaque para mim — disse-lhe batendo o copo na mesa.

— Tenho que fechar a taverna.

— Ainda é cedo.

— Você dormiu e perdeu a noção de tempo. Já está na hora de encerrar as atividades, preciso descansar. Volte amanhã que lhe servirei mais bebida.

Eu tinha sido um dos primeiros clientes a chegar e fora o último a sair para ter uma falsa sensação de companhia. Deixei o Brasil para procurar sentido na vida, mas só encontrara solidão. Minha existência continuava vazia. Voltar a meu país naquele momento estava fora de cogitação. Não havia mais espaço para mim lá, eu perdera a credibilidade política, e Carolina escolhera ficar com o marido. Mas se continuasse aquele exílio solitário a que tinha me imposto, iria enlouquecer ou me entregar ao álcool de vez.

Talvez Joana pudesse preencher o vazio que eu sentia. Em Portugal, ninguém saberia que ela havia sido uma cocote do Alcazar. Poderíamos viver como um casal dentro dos padrões aceitáveis da sociedade. O problema era localizá-la. Além disso, precisava saber se ela se dispunha a deixar o Rio de Janeiro para morar comigo.

Paguei a conta e voltei para casa. Escrevi para Artur Napoleão, pedindo que procurasse Joana onde quer que ela estivesse e tentasse convencê-la a embarcar no primeiro navio para Portugal.

O dinheiro começava a rarear, e meu padrão de consumo caía. Lisboa tinha um custo de vida mais caro do que o Rio de Janeiro, principalmente na prestação de serviços que demandava mão de obra, pois não havia trabalho escravo. Além de tudo, eu tinha que pagar aluguel, despesa que não possuía no Brasil, onde herdara diversos imóveis.

Desde que cheguei a Portugal, meu primo Alírio Junqueira reduzira as remessas que costumava me enviar. Começou com dois contos mensais, caiu para um, depois quinhentos mil-réis. Semanalmente eu mandava mensagens telegrafadas para Alírio, solicitando mais dinheiro, mas ele apenas respondia evasivamente que me enviaria logo que possível, pois os negócios não iam bem. Segundo ele, os cafeicultores do Vale do Paraíba passavam por dificuldades em razão da expansão e competição com os cafezais do Oeste Paulista.

Determinei que vendesse metade dos pretos das fazendas para iniciar a substituição da força de trabalho escravo pela dos imigrantes italianos que chegavam aos montes nos portos brasileiros. Informei-lhe que a imprensa portuguesa noticiava que a abolição da escravatura no Brasil era iminente e, por isso, ele precisava se desfazer dos pretos para evitar o prejuízo.

Em poucos dias, Alírio respondeu dizendo que os negros foram dados em garantia em empréstimos feitos com os agiotas, e que as fazendas já haviam sido penhoradas por bancos. Pediu que eu tivesse paciência, pois havia uma promessa do Imperador Dom Pedro II de que o governo auxiliaria os cafeicultores do Vale do Paraíba que se encontravam em dificuldade.

Pensei em desconstituí-lo imediatamente da função de administrador. Certamente Alírio tinha se aproveitado de minha ausência para desviar dinheiro de meus negócios. Ele deixara de enviar os relatórios mensais com o balanço de todas as atividades da herança e não prestava contas a mais ninguém.

Eu não conhecia alguém de confiança que fosse capaz de substituí-lo na tarefa. Qualquer um que assumisse o encargo iria me espoliar diante de minha ausência. Sem alternativas, precisaria reduzir minhas despesas para me adequar a uma realidade à qual não estava acostumado.

Para esquecer os problemas financeiros, fui à taverna de José Antônio beber.

— Quero uma dose de conhaque acompanhada de uma porção de sardinhas fritas.

José Antônio hesitou em me servir.

— Tem dinheiro para pagar hoje? — perguntou, com a cara amarrada.

Acenei positivamente com a cabeça.

Enquanto José Antônio preparava as sardinhas, o carteiro que entregava as correspondências na rua Garrett chegou à taverna. Ele sabia que era mais fácil me encontrar lá do que em minha casa. Como sempre dava uma gorjeta generosa, ele me oferecia esse serviço diferenciado.

— Tenho uma carta e uma encomenda para o senhor — informou o carteiro.

— Sente-se e beba um conhaque comigo.

— Não posso, tenho muitas cartas para entregar.

Ele deixou as correspondências sobre a mesa e ficou aguardando a gorjeta.

— Hoje estou desprevenido, na próxima entrega lhe pago dobrado.

O carteiro franziu o cenho e saiu. Da próxima vez provavelmente deixaria minhas encomendas ao relento na porta de minha casa.

Abri primeiro a caixa que recebi. Era um livro de Sílvio Romero, intitulado *Machado de Assis: Estudo Comparativo da Literatura Brasileira*. Na contracapa, Romero me fazia uma dedicatória, escrevendo à mão que, com aquele livro, vingava tudo o que Machado de Assis já fizera contra mim e contra ele próprio.

A obra tinha 347 páginas, mas apenas folheei o prefácio. Nele, Romero desmascarava a obra de Machado, reduzindo sua importância na literatura brasileira. Dizia que apenas queria fazer justiça a Machado de Assis, afirmando que ele não era tanto, como muitos superestimavam, nem tão pouco; o livro apenas pretendia pôr o escritor em seu devido lugar.

Fechei o volume para continuar a leitura em casa. Seria divertido ler algo que reduzia a obra de Machado de Assis.

Abri a correspondência que o carteiro entregara junto com o livro. A carta mostrava como remetente Artur Napoleão. Ele afirmava ter procurado Joana em todos os cabarés do Rio de Janeiro, mas não a encontrara. Soube pelo afeminado que ela trabalhava numa banca no Mercado do Peixe. Foi diversas vezes ao local, mas não a localizou. Dias depois, ele a encontrou por acaso caminhando na rua do Ouvidor. Ela no início rejeitou a ideia de viajar para Portugal por um motivo que não podia me contar naquele momento, mas, após insistência, resolveu aceitar. Quando eu recebesse a carta, Joana já estaria em alto-mar e chegaria dentro de uma semana.

Finalmente uma notícia boa. Só fiquei preocupado com a questão financeira; ela seria mais uma boca para sustentar. Alírio me deixara numa situação pela qual eu nunca passara. O dinheiro vinha fácil, por isso mesmo sempre gastei sem o menor pudor.

No entanto, ainda possuía força e juventude para voltar a trabalhar em Lisboa. Não tinha ninguém para me indicar para um cargo burocrático no governo em Portugal, mas poderia abrir uma banca de advocacia já que conhecia bem as leis portuguesas por ter me formado em Coimbra.

— Tenho que ir, José Antônio — disse após beber a última dose de conhaque. — Pendure a conta de hoje.

— Já é a terceira conta sua em aberto.

— Não se preocupe, em breve pagarei tudo com juros. Vou montar um escritório de advocacia em Lisboa e ganharei muito dinheiro.

José Antônio apenas balançou a cabeça negativamente.

CAPÍTULO 33

PROCUREI SABER O HORÁRIO DE CHEGADA DO NAVIO EM que Joana embarcara. Estava previsto o desembarque para aproximadamente meio-dia. Acordei cedo, precisava me preparar para recebê-la. Como dispensara a empregada como medida de economia, eu mesmo tratei de arrumar a casa para que Joana tivesse a melhor impressão de sua nova moradia.

Como nunca tive que realizar trabalhos domésticos, minhas costas ficaram doloridas. Tomei um banho caprichado, lavei a boca e abusei do perfume francês que ainda me restava. Precisava ter uma boa aparência. Vesti trajes de gala, um fraque preto, o sapato inglês e uma cartola.

Antes de ir ao porto de Lisboa, resolvi passar na taverna de José Antônio. Uma dose de conhaque ajudaria a conter minha ansiedade e aliviaria a dor na coluna. Aproveitaria também para comer um pãozinho fresco com café brasileiro.

Quando cheguei, o estabelecimento estava praticamente vazio, só com um velho sentado junto ao balcão. José Antônio lavava uns copos na pia, enquanto sua esposa cozinhava. Pelo cheiro que tomou conta do ambiente, devia ser a feijoada.

— Sirva-me uma dose de conhaque e um pão com café — pedi.

José Antônio olhou para mim com desdém e continuou lavando os copos. Uns segundos depois, o velho sentado ao balcão pediu uma cerveja. José Antônio interrompeu o serviço que fazia e o serviu. Depois voltou a lavar os copos.

— Não vai me trazer o conhaque e o pão com café que pedi?

Ele olhou para mim, balançou a cabeça com um sorriso irônico e continuou lavando a louça.

— Está de brincadeira? — perguntei, dando um soco no balcão. — Exijo que me sirva uma dose de conhaque, um café e um pão.

— Só depois que me pagar o que deve.

— Já disse que vou pagar tão logo comece a trabalhar em minha banca de advocacia.

— Quando começar a trabalhar, pode voltar aqui que lhe sirvo.

O velho que tomava sua cerveja começou a rir.

Dei um chute no balcão e saí, irritado. Quem aquele patife achava que era, um falido que veio do Brasil fugido dos credores? Ao contrário dele, eu era um grande proprietário de cafezais e escravos do Brasil. Ele ainda se ajoelharia a meus pés para que eu voltasse a frequentar aquela birosca.

Fui ao porto com o estômago vazio e dor nas costas. Minhas mãos tremiam, não sei se de fome, de ansiedade ou pela ausência do conhaque que meu corpo se acostumara a ingerir antes da primeira refeição do dia.

Cheguei lá próximo ao horário previsto para o desembarque. O estuário do Tejo proporcionava uma imagem bela do encontro do oceano Atlântico com o rio Tejo. Tirei o relógio do bolso do smoking para observar a hora. O navio que vinha do Rio de Janeiro já devia ter chegado. Meu estômago roncava, as mãos tremiam e a coluna doía ainda mais. Dei uma volta no porto em busca de algo para comer e beber.

Avistei uma banca de frutas. Aproveitei que uns clientes distraíam o feirante, discretamente coloquei uma maçã no bolso e saí. Nunca pensei que um dia precisaria furtar para comer, mas era um estado de necessidade, o que excluía a ilicitude do gesto. Quando tivesse dinheiro, daria um jeito de pagar.

Após sair do campo de visão do feirante, retirei a fruta do bolso e a devorei. Jamais havia comido uma tão saborosa. O estômago ficou saciado com a maçã, mas as mãos não paravam de tremer. Precisava beber algo urgentemente, não podia receber Joana naquele estado, tremendo como um velho doente.

No porto, deparei com um homem barbudo que cantava e falava coisas sem sentido. Andava com uma garrafa embaixo do braço, usava roupas esfarrapadas e fedia como um cachorro molhado. Mas minha sede de álcool era irresistível.

— Pode me dar um gole dessa bebida? — perguntei.

O homem sorriu com a boca quase sem dentes, e percebi que os remanescentes tinham a coloração preta como carvão.

— É bom para começar o dia — disse o maltrapilho, entregando-me a bebida.

Olhei para garrafa e tive nojo de usar o gargalo que aquele homem punha na boca desdentada. Tampei o nariz e virei a garrafa sem encostar os lábios, de modo que a bebida acabou derramando mais no fraque do que na boca. Repeti aquele procedimento por mais três vezes cuidando para que minha boca não tocasse o gargalo. A aguardente só tinha gosto de álcool — muito ruim, mas foi o suficiente para saciar minha sede.

Devolvi a garrafa ao bêbado e fui aguardar a chegada de Joana. Estendi os dedos das mãos e percebi que pararam de tremer. A dor na coluna também desaparecera. Para curar aquelas moléstias de que padecia, só o álcool mesmo.

Perguntei a um senhor que trabalhava no porto se o navio que vinha do Rio de Janeiro havia chegado. Ele respondeu que sim, os passageiros já desembarcavam. Olhei para todos os lados, tentando avistar Joana. Várias pessoas desciam, mas ela não aparecia. Comecei a roer as unhas e voltei a sentir falta da bebida. Se aquele bêbado surgisse por perto, pediria mais um gole.

Avistei uma mulata de longe. Sozinha, com a mala numa mão e um cesto de vime na outra. Aproximei-me um pouco e reconheci Joana. Seu rosto parecia mais rechonchudo, os seios mais fartos, e as ancas ainda mais largas. Mas continuava irresistível como sempre.

Gritei seu nome de longe. Ela olhou para mim e sorriu. Corri a seu encontro. Ela largou a mala e o cesto e me abraçou. Cheirei seu pescoço e imediatamente revivi as cenas de sexo que tivemos juntos. Não resisti e dei um beijo em sua boca na frente de todos. Algumas senhoras olharam com ar de reprovação, ao passo que os homens observaram sedentos de desejo pela mulata.

Escutei um choro de bebê próximo a mim. Joana se afastou e se ajoelhou, tentando acalmar o neném que se remexia no cesto de vime.

— O que é isso? — perguntei, assustado.

Ela olhou para mim e sorriu com os olhos marejados.

— É seu filho.

— Não tenho filho algum.

— Aquela vez que você me possuiu no camarim do Alcazar foi meu último trabalho na casa. Arrumei um serviço no Mercado do Peixe logo depois que descobri que estava grávida. Ganhava pouco, mas era digno. Não aguentava mais aquela vida que tinha. Quando nosso filho nasceu, tive que deixar o emprego, fiquei vivendo de ajuda de amigos. Por sorte, encontrei-me com Artur Napoleão na rua do Ouvidor e ele disse que você queria ficar comigo. Nem acreditei de tanta felicidade, mas pensei em não aceitar sua proposta, porque tive medo de enfrentar a viagem com o bebê. Depois refleti melhor. Não poderia deixar escapar a oportunidade de viver com o pai de meu filho e lhe dar uma vida melhor.

— Por que Artur não me contou nada?

— Eu disse a ele que queria falar pessoalmente. Tive receio de você desistir de mim por causa de nosso filho.

Aquela devia ser a surpresa a que Artur se referia na carta. Minhas mãos voltaram a tremer e as costas doeram. Precisava de uma bebida urgente, mas não havia ninguém vendendo álcool nas proximidades, e mesmo que houvesse, eu não tinha como pagar.

Esperava receber Joana, mas não acompanhada de um bebê. Não sabia nem se ele era meu filho. Ela trabalhava como acompanhante no Alcazar, aquela criança poderia ser de qualquer homem com quem se deitara. Talvez estivesse mentindo apenas para que eu assumisse a paternidade.

Além de tudo, ainda havia o problema financeiro. Como eu iria sustentar em Lisboa Joana e uma criança? O bebê precisaria de leite, remédios, acompanhamento médico. Joana, por sua vez, gostava de presentes caros e pequenos luxos quando trabalhava no Alcazar.

Ela tirou o bebê do cesto de vime, embalou-o em seus braços até que ele se acalmasse e parasse de chorar. Em seguida, passou-o para mim. Peguei-o meio sem jeito, tenso, temendo deixá-lo cair de minhas mãos trêmulas ou quebrar sua espinha com algum movimento errado que fizesse. Minha coluna latejava de dor.

Aos poucos fui relaxando. Senti o corpo quente do bebê junto ao meu e seu coraçãozinho bater. Ele olhou para mim e sorriu. Observei bem seu rosto e percebi que realmente parecia comigo. Tinha olhos castanhos, cabeça comprida, cabelos lisos pretos e rosto branquinho; não puxara em nada à mãe.

Chegando à meia-idade, senti que o que mais precisava naquele momento era de uma família, e aquela criança vinha consolidar isso. Tendo meu sangue ou não, a partir daquele dia eu seria considerado seu pai. Trabalharia duro, venderia minhas fazendas se fosse preciso, para sustentá-los.

— Como é o nome dele?

— Pedro Segundo, uma homenagem a você, em primeiro lugar, e depois ao Imperador Dom Pedro II.

Depois que Joana e Pedro Segundo chegaram a Lisboa, as coisas começaram a melhorar em minha vida. No dia seguinte, Alírio enviou-me uma boa quantia decorrente da venda de uma das fazendas no Vale do Paraíba. Segundo ele, os negócios iam cada vez pior, e ele foi obrigado a se desfazer de parte do patrimônio para não ir à falência.

Algum tempo depois, a abolição dos escravos foi decretada pela Princesa Isabel, e Alírio perdeu a oportunidade de vender os mais de mil escravos de minha propriedade. Os negros foram libertos sem qualquer indenização. Como os escravos foram dados em garantia aos agiotas, meu primo teve que vender o restante das fazendas para pagar os credores.

Da venda das terras, descontados todos os débitos, ainda sobrou um bom dinheiro para mim, cerca de duzentos contos de réis, o suficiente para viver por anos sem precisar trabalhar. Com esse montante, comprei um imóvel em Lisboa, próximo ao que morava na rua

Garrett, e apliquei num banco português o restante. As instituições brasileiras ainda não inspiravam confiança. Afinal, após a abolição da escravatura, os barões do café retiraram o apoio ao Imperador, e a proclamação da república era iminente.

De toda a herança deixada por meu pai, restaram oito casas no Rio de Janeiro e três em São Paulo. Elas só não foram vendidas por Alírio em razão da cláusula de inalienabilidade deixada no testamento de meu pai. Ele receara que eu não fosse capaz de administrar as fazendas e não conseguisse me fazer na carreira pública. E acertara mais uma vez, pois fracassei em toda empreitada que enfrentei. Meu pai me conhecia mais do que ninguém e, para minha sorte, planejara tudo antes de morrer.

Depois de ter me levado à falência, destituí Alírio da administração das casas e contratei um advogado no Rio de Janeiro para alugar os imóveis. Este tentou me convencer a anular a cláusula de inalienabilidade dos bens contida no testamento de meu pai. Queria ajuizar uma ação na repartição em que um juiz amigo dele trabalhava. Para isso, eu teria que repassar uma das casas para o nome do magistrado e outra para o advogado. Resolvi obedecer à vontade de meu pai e não vendi as casas. Durante o resto de minha vida, aqueles aluguéis, aproximadamente um conto e quinhentos mil-réis por mês, constituíram minha principal fonte de renda.

Com o dinheiro que sobrou depois da compra do imóvel em Lisboa, abri uma banca de advocacia no bairro do Chiado, mas os clientes quase não apareciam. Eu conhecia poucas pessoas em Portugal, e os lisboetas não pareciam dispostos a confiar num advogado brasileiro para resolver suas causas. Utilizava o escritório para fumar um charuto e tomar um conhaque sem ser importunado por Joana e Pedro Segundo.

Assim que pude, quitei minhas dívidas com José Antônio e voltei a frequentar a taverna. Ele era o mais próximo do que se podia chamar de amigo em Portugal. Não fiquei ressentido por ele ter me deixado com fome e sede no dia em que Joana chegou ao porto. Ele não podia abrir o precedente de servir os clientes velhacos, senão em breve teria que fechar o bar, pois nenhum beberrão pagaria.

Num final de tarde após sair do escritório, fui fazer uma visita a José Antônio para pôr a conversa em dia. Como sempre, o lugar estava vazio, com apenas uma mesa ocupada. Ele só não quebrava o negócio por ter de uma pequena clientela fiel, como eu. Praticamente todos os dias eu passava ali antes de ir ao escritório e depois de sair de lá.

Sentei-me ao balcão e lhe pedi um conhaque e um pouco da feijoada que sobrara do almoço.

O carteiro apareceu na taverna com uma correspondência em mãos. Ele havia sumido depois que deixei de lhe oferecer gorjetas. Algumas encomendas, inclusive, foram extraviadas — eu suspeitava que propositadamente. Com minha recuperação financeira, voltei a gratificá-lo de maneira generosa. Assim que chegava algo para mim, no mesmo dia ele vinha fazer a entrega. Procurava-me em casa, no escritório ou na taverna para fazer seu serviço.

Depois que lhe dei a gorjeta, o carteiro entregou a carta e saiu. Antes de abri-la, resolvi comer a feijoada requentada. Pensei se tratar de mais uma missiva de meu advogado para falar sobre os aluguéis e fazer a prestação de contas.

Terminada a refeição, tomei mais uma dose de conhaque e fui ler a carta. Para minha surpresa, tratava-se de uma correspondência que tinha como remetente as inicias C. N. Não titubeei, aquelas letras só poderiam ser de Carolina Novais. Rasguei o envelope e abri rapidamente.

Querido P. J.,

Em primeiro lugar, gostaria que me perdoasse por minha fraqueza. Planejei a seu lado a viagem e desejava mais do que tudo casar com você e viver esse grande amor.

No entanto, entre tomar uma decisão e realizá-la há uma distância enorme. Quando chegou o momento de partir, senti um grande remorso por deixar meu marido. Comecei a pensar na repercussão do caso, na humilhação pela qual ele passaria diante da sociedade impiedosa. Não fui capaz de fazer isso com ele. Apesar de não o amar na mesma intensidade que amava você, ainda nutria um sentimento de companheirismo por ele.

Refleti também sobre a imagem negativa que deixaria no Rio de Janeiro. Você sabe que a sociedade não perdoa esse tipo de traição. Eu seria falada em toda parte, e inventariam difamações de toda sorte sobre mim. Seria deveras degradante para nossa família; meu irmão, M. N., nunca me perdoaria essa desonra.

Lembre-se de que já fui aviltada ao me entregar a você no Porto quando éramos jovens. Meus pais morreram de desgosto, e fiquei falada pela cidade por ter engravidado. Tive que mudar para o Brasil para tentar recuperar minha reputação. Não teria forças para aguentar outra humilhação dessa natureza.

Meu marido ficou muito tempo desconfiado e tentou averiguar se tivemos um caso. Além da mucama que me espionava, suspeito que tenha contratado algum detetive para me investigar. Sinto como se estivesse sendo seguida o tempo todo. Nos últimos tempos, seus ciúmes arrefeceram, e voltamos a conviver de forma mais harmoniosa. Não como marido e mulher, mas como amigos.

Lamento que o destino não tenha sido generoso conosco e nos tenha apresentado tantos empecilhos.

Sinto sua falta desde que se foi. Porém, espero sinceramente que encontre uma pessoa que possa lhe fazer feliz. Saiba que nunca vou amar ninguém como amei você. Sempre terá lugar especial em meu coração, P.

Um forte abraço,
De sua C. N.

Após terminar de ler a missiva, dobrei-a e a pus no envelope rasgado — guardaria aquela lembrança até o fim de meus dias. Meus olhos marejaram, mas tentei me segurar para não chorar na frente de José Antônio e dos poucos clientes da taverna. Peguei um charuto e fui fumar caminhando pela rua Garrett.

Imputei a mim a culpa por não ter conseguido ficar com Carolina. Larguei-a grávida na juventude. Poderíamos ter constituído uma bela família em Portugal se eu não tivesse sido egoísta e covarde. Perdi-a para meu maior desafeto. O escritor passou a vida inteira me infernizando e ainda conseguiu ficar com Carolina.

A mim só restava o consolo da certeza de que ela me desejou e amou como jamais desejou e amou Machado de Assis. Eles, por seu lado, estavam condenados a viver pelo resto da vida num casamento de aparências.

"Alguns anos depois, Machado de Assis publicou um livro, cujo protagonista era um marido ciumento que não sabia se tinha sido traído pela mulher e por um amigo do casal. Passou toda a vida alimentando essa dúvida.

Nada mais autobiográfico."

ASSINE NOSSA NEWSLETTER E RECEBA INFORMAÇÕES DE TODOS OS LANÇAMENTOS

www.faroeditorial.com.br

Há um grande número de portadores do vírus HIV e de hepatite que não se trata. Gratuito e sigiloso, fazer o teste de HIV e hepatite é mais rápido do que ler um livro. FAÇA O TESTE. NÃO FIQUE NA DÚVIDA!

FARO EDITORIAL

ESTA OBRA FOI IMPRESSA PELA GRÁFICA KUNST EM JULHO DE 2019

CONHEÇA TAMBÉM:

Para amar Clarice
EMILIA DO AMARAL

A obra de Clarice Lispector é elogiada, com distinção, por muitos aspectos: a densidade na busca dos mais profundos mistérios humanos, seu incrível tom ao mesmo tempo de conversa ligeira e de refinamento metafísico, o pacto que constrói com o leitor colocando a Literatura a serviço da nossa existência. Questões amplamente encontradas em seus livros e que lhe conferem destaque dentre os autores mais importantes de nossa Literatura.

Para amar Graciliano
IVAN MARQUES

A obra de Graciliano Ramos é elogiada por muitos aspectos: a profundidade psicológica, a construção rigorosa das personagens, o uso de técnicas próprias do romance moderno, a abordagem de temas como a incomunicabilidade, a angústia e a loucura – além das leituras críticas da sociedade brasileira e da condição humana. Esses traços, fartamente encontrados em seus livros, lhe conferem destaque entre os autores mais importantes de nossa Literatura.